LES AMOURS D'EMMA

DU MÊME AUTEUR

Le Crépuscule du loup, De Borée, 2010.

L'Œil de l'auberge, L'Archipel, 2009.

La Bonne République, Lucien Souny, 2008.

La Vallée des alisiers, Lucien Souny, 2007.

Le Venin de la terre, Lucien Souny, 2007.

Par-delà l'oubli, Lucien Souny, 2006.

L'Âme des Basties, Lucien Souny, 2005.

L'Ombre des chênes, De Borée, 2003,
prix Claude Favre de Vaugelas.

La Méprise, De Borée, 2002, prix coup de cœur Vaugelas,
prix Lucien Gachon.

Au fil de la jeune Loire, Éditions Jeanne d'Arc, 2001.

Le Retour de Rose, De Borée, 2000,
prix du Roman d'Auvergne.

Le Simulateur, nouvelles, Éditions Jeanne d'Arc, 1999.

Roche-Longue, Éditions du Roure, 1994.

YVELINE GIMBERT

LES AMOURS D'EMMA

roman

l'Archipel

www.editionsarchipel.com

Si vous souhaitez recevoir notre catalogue
et être tenu au courant de nos publications,
envoyez vos nom et adresse, en citant ce livre,
aux Éditions de l'Archipel,
34, rue des Bourdonnais 75001 Paris.
Et, pour le Canada,
à Édipresse Inc., 945, avenue Beaumont,
Montréal, Québec, H3N 1W3.

ISBN 978-2-8098-0992-3

1

Avant que le cercueil ne soit placé dans le caveau, Aurélie a fermé les yeux. Mais elle a eu le temps d'apercevoir la moisissure sur les parois du tombeau, et les autres bières en piteux état. Quand les fossoyeurs refermeront la sépulture, les ténèbres et le silence y retomberont. Aurélie frémit. Elle a peur des tombeaux, des morts, de la mort. Emma, qu'on vient d'enterrer, s'en moquait, pour sa part – ainsi que du sort de sa dépouille ! Elle l'avait dit à Aurélie :

— Brûlée ou enterrée, peu m'importe ! Mais puisque j'ai ma place au cimetière, qu'on m'y mette donc !

Emma avait gardé la concession du caveau familial. Après quatre-vingt-seize ans passés sur cette terre, elle attendait l'heure du trépas. Non point avec résignation, mais avec une sorte d'impatience, car la vieille dame y voyait le commencement d'une autre vie.

Aurélie se remémore Emma Fournel, le corps plié en deux tout maigrelet, le visage aux mille rides ramassé sous un chignon blanc, les yeux verts dissimulés sous des paupières chiffonnées, les lèvres mauves toujours à se prêter l'une à l'autre la salive, les bajoues et le menton avachis sur ses clavicules ronflantes. Quelque beauté ancienne se lisait pourtant encore dans ce péril, nichée on ne savait où – au fond du regard, qui sait ? Ou peut-être provenait-elle de cette énergie étonnante qui animait encore Emma. Le changement ne s'était en effet opéré qu'aux prémices de la mort : deux mois plus tôt, cette femme s'était alitée pour ne plus se relever.

Aurélie lui avait toujours voué une vive affection – d'où sa peine ! Aujourd'hui, elle souffre en outre de ne pouvoir lui témoigner sa reconnaissance. Car la vieille dame l'a désignée comme son héritière. Ce legs concrétise le plus beau rêve d'Aurélie. Jamais elle n'aurait pu s'offrir un domaine tel que La Tranchère. La jeune femme rouvre les yeux, essuie une larme qui a roulé sur sa joue. Elle salue les personnes venues accompagner la défunte jusqu'à la tombe, puis emprunte l'allée sablonneuse du cimetière, où elle croit percevoir une odeur de décomposition, flottant et se mêlant au parfum des fleurs. Aurélie a envie de se retourner, de jeter un dernier regard au monument funéraire, de dire adieu à Emma. Mais à quoi bon ! Sa bienfaitrice est à présent dans l'autre vie, cet ailleurs merveilleux dont elle avait la certitude qu'il l'attendait.

Aurélie presse le pas et esquisse un sourire. Elle franchit le porche du cimetière, monte dans sa voiture, la lance à vive allure. Arrivée au domaine de La Tranchère, elle entre directement dans la demeure, marche jusqu'au salon et tire de la bibliothèque un cahier grand format, de belle épaisseur, couvert d'un papier dont l'aspect trahit l'âge. Ce cahier appartenait à Emma. À la dernière visite d'Aurélie, elle le lui avait remis en lui disant :

— Si tu veux lire ceci, c'est mon histoire… ou plutôt celle de mes amours, avait-elle ajouté avec un petit rire. Et puis, il y a dans ce cahier quelque chose qui t'apportera peut-être la paix intérieure. Ne me prends pas pour une folle : tu verras… une grande paix intérieure ! Je n'ai hélas pas pu terminer mon récit ; à cause de mon arthrose, je ne suis en effet plus capable de tenir un stylo. Mais ce n'est pas grave, car la suite, tu la connais.

Aurélie est curieuse de découvrir le contenu du cahier. En haut, à gauche, à l'encre noire, ces dates : « 2009-2010 ». La vieille dame aurait donc commencé à écrire l'année dernière. Aurélie ne peut contenir un lourd soupir. Elle ouvre délicatement le cahier, découvrant la fine écriture d'Emma :

Je regrette de ne pas avoir commencé à écrire plus tôt. Au soir de mon existence, je n'avais plus grand-chose à vivre qui puisse me faire tressaillir d'émotion ; ces dernières années, j'ai donc bien souvent songé à mon passé. Car on le sait : réveiller les souvenirs réveille les émotions. À l'hiver de notre vie, quand tout est fini, c'est une manière de revivre. Mais écrire ! C'est sans aucun doute autre chose, de mieux. La douleur qu'on épanche par les mots perd de son intensité – et lorsqu'on écrit son bonheur, on le savoure une seconde fois. Alors, écrire sa vie, n'est-ce pas là aussi revivre ? Oh, je n'ai pas écrit pour narguer la mort ! Je ne la crains pas. Mais autant l'attendre sans me morfondre. Tu sais, Aurélie, il faut vivre pleinement quand on doit vivre, et mourir dignement quand on doit mourir. J'ai écrit pour toi ; et c'est à toi que je remettrai ce cahier. Tu m'as souvent questionnée sur ma vie, mais tu en ignores le premier quart. Le découvrir t'aidera peut-être à mieux vivre. Je te dis ici mes joies, mes peines, mes amours… Je t'y parle de ceux que j'ai aimés, que tu as, toi aussi, parfois connus et aimés. Je sais que tu voues à ce domaine une affection aussi profonde que la mienne. Tu crois même que je n'ai vécu que pour La Tranchère. Ah, j'ai été si discrète, si réservée ! Mais tu verras, mon Aurélie, que j'ai aimé corps, cœur et âme ! Je souhaite que tu étreignes la vie. J'espère que mes écrits pourront t'y aider.

En proie à l'émotion, Aurélie n'a plus d'autre envie que de poursuivre sa lecture. Elle s'installe donc confortablement dans le fauteuil du salon, tourne la page, et entre dans le cahier d'Emma.

2

Août 2009

Je ne sais combien de temps encore je pourrai venir m'asseoir ici, à la belle saison, pour contempler le parc. Jamais il ne m'a paru aussi beau que ce soir. Je pense que cette splendeur résulte à la fois de la végétation qui croît d'année en année, et de l'éclat du ciel aujourd'hui. Il est d'un bleu profond, bien rare par ces chaleurs ! De fins nuages passent de temps à autre devant le soleil, renvoyant ses rayons tout irradiés de rose. Ils changent la couleur de la terre, de la pierre, des feuillages, des fleurs… et rendent à l'astre son sourire. Combien de fois encore reverrai-je cela ? En ce mois d'août, j'atteins mes quatre-vingt-quatorze ans. Je souffre d'arthrose mais ma santé est encore solide – elle l'a toujours été. La mort peut cependant me surprendre à tout moment. Hormis le fait de ne pouvoir finir ces mémoires, mon regret sera alors de ne plus admirer le paysage de La Tranchère. Il m'a tant captivée, en toutes saisons, sous tant de cieux ! Et ce soir, il est à l'apogée de sa beauté.

Mon arrivée à La Tranchère me paraît dater d'hier. C'était en août 1937, au lendemain de mon mariage avec Adrien Fournel. Je me rappelle avoir passé le grand porche comme si je franchissais les limites du paradis, envahie par une émotion intense qui ne me quitta pas tandis que je remontais l'allée centrale. J'étais éblouie par cet immense parc ; son agencement était remarquable, tout comme ses essences, qu'on n'avait pas l'habitude de voir dans la contrée : des rhododendrons rouges au croisement des allées, des cèdres bleus qui attiraient le regard à l'intérieur de cette cathédrale de verdure... En arrivant dans la cour de sable ocre, j'aperçus d'abord la fontaine à vasque, semblable à celle d'un château, puis la maison de maître et ses annexes à l'arrière-plan – le tout sous un ciel encore brouillé par des traînées roses que la brise pourchassait. Noble et robuste, exposée au sud, la demeure exhibait sa belle façade de basalte noir, ses encadrements de baies en trachyte rose, ses pierres d'angle en arkose d'une ravissante couleur fauve. J'étais si accoutumée à la lauze que le rouge du toit de tuiles m'émerveilla. La bâtisse avait noué une entente secrète avec son environnement, comme l'avaient fait les fermes des villages avec les clapiers épars dans la campagne. Mais ce toit de tuiles rouges... on aurait dit un coquelicot dans la verdure !

Je venais de La Renaudie, où j'ai grandi dans une ferme que mes parents avaient louée à Antoine Fournel, père d'Adrien et fondateur du domaine de La Tranchère. Cette ferme était dotée d'arpents de terre assez scindés, séparés des parcelles voisines par des murs en pierre sèche contre lesquels s'épanouissaient des frênes dont le feuillage servait encore à garnir les paillasses des plus pauvres.

Enserré par une colline ronde et une rivière, le village est situé à environ cinq kilomètres à l'est du domaine. Il n'offre de notable que les ruines d'un château gémissant à tous vents, où aiment encore jouer les enfants du pays. Le paysage est de bocage, il grimpe doucement à travers les buttes vers des monts plus élevés qui hérissent leurs contreforts sur l'horizon. Ces dômes majestueux, sortis de terre au temps des manifestations volcaniques, portent tous un nom : il y a le Montlet, le Pelé, l'Aigle et le Bard, qui plastronne avec sa masse imposante. Le Pelé se présente comme un pain de sucre à la cime dénudée, tandis que l'Aigle apparaît rogue au-dessus du horst des Gros. Petite fille, je venais souvent garder le troupeau sur cette immense esplanade. Elle est jalonnée de collines arrondies elles aussi baptisées par les anciens, telles la Drac et Chaptore, où d'imposantes orgues volcaniques se dressent comme des falaises et vibrent à tout-va lorsque souffle le vent.

C'est ici que j'ai fait vœu de devenir la souveraine du domaine de La Tranchère. Quelques années plus tard, Adrien Fournel commença à se montrer entreprenant à mon égard. Ce garçon était le meilleur parti qui soit pour une fille sans grande ambition comme je l'étais. J'avais toutefois obtenu mon diplôme de dactylographie et j'aurais pu, sans peine, dénicher une place de secrétaire en ville ; mais je n'aimais que la campagne. Je ne sais d'où m'est venu cet amour de la nature qui m'habite depuis l'enfance, et ce goût des retraites dans les endroits les plus sauvages. Mais, en même temps, je rêvais d'aisance ! Bien que je n'aie pas grandi dans la misère, j'avais toujours été émue par la pauvreté des autres fermiers. Adrien, lui, était fortuné… et beau garçon ! Sa taille et sa carrure étaient flatteuses, et sa démarche si aérienne qu'on pouvait croire qu'il était toujours pressé. Ses cheveux blonds tombant sur la nuque et ses yeux bleu ciel le distinguaient des garçons de la contrée, au physique plus typiquement auvergnat. Pour ma part, la nature m'avait dotée d'une silhouette mince aux courbes séduisantes. Mes yeux en amande, couleur d'ambre, ma longue chevelure noire et mes lèvres pleines faisaient de moi l'une des plus jolies filles du pays. J'étais comblée que le regard du riche héritier se soit porté sur moi ! Qu'importaient donc les vilaines paroles colportées au sujet d'Adrien. On disait de lui qu'il avait déjà goûté à tous les libertinages, à la ville et pendant son voyage au Canada, mais aussi qu'il était tyrannique en affaires, contrairement à son père, connu pour être juste et accommodant.

Dans les premières années du siècle, Antoine Fournel avait acquis des terres, riches mais dépréciées du fait de leur morcellement. Ceux qui s'exilaient vers des régions plus prometteuses les lui avaient cédées pour une bouchée de pain. Il avait ensuite acheté des terrains plus attrayants, non loin des villages, et y avait fait bâtir des fermes qu'il avait louées à des campagnards en quête de travail. Toute parcelle était profitable, même pentue et encaissée, leur avait-il démontré. Enrichi grâce à ces baux, Antoine Fournel avait fondé le domaine de La Tranchère sur trois hectares de terrain, à Bergonne, un lieu-dit où nulle âme ne vivait. Imaginez un grand bassin de verdure, enserré par les monts, sucs et les gardes, avec çà et là des villages roses tapis dans des replis de terrain et quelques mas isolés sur les replats. Plus bas dans la plaine, entre prairies et forêts, s'étalait un immense parc ceinturé de murs : en son milieu, une demeure ayant tout à la fois les allures d'un château et d'un grand mas de campagne. Avec une fontaine dans la cour et des pilastres au perron, des hangars pour abriter le matériel, des bâtiments pour les bêtes et un pigeonnier couvert d'une vigne, son grand œil ouvert sur la longue fuite des champs à la terre ocre.

Si Antoine Fournel avait été chanceux en affaires, ce ne fut pas le cas en amour : sa femme décéda juste après la naissance de leur fils. Brisé par le chagrin, l'homme mit le domaine en gérance et se consacra aux voyages. L'enfant fut confié aux soins des servantes, qui lui passaient tous ses caprices. Il ne put hériter des vertus de son père, et grandit dans l'aisance et l'oisiveté. J'ai entendu dire que, tout juste sorti de l'adolescence, il voulut tout gérer au domaine et que son père, ne voyant pas la chose d'un bon œil, réintégra la propriété, bridant tant ses plaisirs et son argent de sorte qu'Adrien eut soudain la lubie de s'expatrier au Canada, où son oncle avait fait fortune. Le jeune homme partit donc un beau matin d'hiver, alors que la bise rasait le haut pays. L'année suivante, la mort accidentelle d'Antoine le rappela cependant à La Tranchère, où il fut le roi. Il augmenta les baux. Bien que rétifs, les fermiers furent contraints de plier devant son intransigeance afin de pouvoir continuer à nourrir femmes, aïeux et couvées – d'autant qu'à cette époque les recrutements de colons en partance pour le Canada avaient cessé. Les ragots sur Adrien allaient donc bon train, mais j'y voyais l'effet de la jalousie à l'égard de sa fortune. J'avais vingt-deux ans ; habitée par l'insouciance de la jeunesse, je rêvais d'amour et de richesse. Comme tous les jeunes gens, j'envisageais l'avenir avec confiance, et je brûlais pour Adrien – du moins jusqu'à ce que mes yeux se dessillent…

3

En juillet 1937, Adrien se rendit chez nous à maintes reprises pour me faire sa cour. Il se montra généreux avec mes parents, au point de réduire leur loyer. Mon père décida de lui accorder ma main, sachant que j'étais consentante. Nos noces furent annoncées pour le mois suivant. Lorsque nous fîmes notre première promenade ensemble, je me sentis toute chose. Était-ce la compagnie du plus riche propriétaire du pays qui me troublait, ou bien son charme personnel qui opérait ? Adrien se montra en tout cas bien entreprenant. De mon côté, j'étais émoustillée et désireuse de connaître le plaisir charnel – n'ayant jusqu'alors connu que des flirts, j'étais aussi passablement effarouchée. Je refusai donc ses baisers appuyés et ses gestes audacieux, et lui demandai de patienter jusqu'à notre nuit de noces, toute proche. Au cours des promenades suivantes, Adrien refréna ses ardeurs, avec un air parfois renfrogné qui me faisait sourire. Mais j'aimais ces préliminaires, cette attente délicieuse ! Elle était pour moi essentielle… Un peu comme de rêver longuement à une pâtisserie avant de pouvoir enfin la savourer. Les préliminaires sont, en principe, si beaux, si exaltants !

Notre mariage eut lieu à la mairie et à l'église de La Renaudie. J'entrai dans l'église au bras de mon père, au son de la marche nuptiale de Mendelssohn, interprétée par une organiste de Mauron. Beaucoup de monde se pressa à la cérémonie. Les habitants des villages voisins côtoyaient les membres de nos familles – essentiellement des cousins et cousines issus de germains, étant donné qu'Adrien et moi étions enfants uniques. À la sortie de l'église, on nous lança des milliers de pétales de roses. J'étais confiante et radieuse dans ma robe à longue traîne choisie chez Ginette, la plus grande boutique de Mauron, spécialisée dans les tenues de cérémonie. Des fleurs et des rubans parsemaient mes cheveux, relevés en un chignon savamment élaboré par la coiffeuse la plus renommée de la ville. Adrien portait un costume bleu marine, fort bien taillé, et une chemise blanc cassé agrémentée d'une cravate mauve. Ses cheveux étaient séparés par une raie et lissés à la brillantine. Nous formions l'un des plus beaux couples que le photographe immortalisa cet été-là.

La coutume voulait que la fête se déroulât dans la ferme des parents de la mariée. Outre nos familles respectives, Adrien y avait convié nombre d'habitants du cru : fermiers, artisans, marchands. Les réjouissances se prolongèrent jusqu'au milieu de la nuit. Les mets, confectionnés par ma mère ou commandés chez un traiteur de Mauron, furent succulents et abondants. Adrien avait pourvu au festin. Le vin, et du meilleur, coula à flots. Après chaque plat, l'accordéoniste s'emparait amoureusement de son instrument. La musique jaillissait du soufflet et tout ce beau monde se jetait dans la danse. Inlassablement, les couples tournoyaient. Hormis une valse avec Adrien, je dansai avec mon père et deux jeunes hommes avec lesquels j'avais fréquenté les vogues des villages. Quel mariage ! Mais, à l'aube, le vin ayant fait son effet, la plupart des hommes allèrent s'effondrer dans la grange. Adrien fut de ceux-là. Presque d'un coup, la ferme se vida du monde, de la musique et des rires. Pour la dernière fois, j'occupai alors ma chambre de jeune fille – sans rancune envers mon époux, car mon désir était de lui appartenir sous le toit de La Tranchère.

Nous nous y rendîmes le lendemain en début d'après-midi. Je n'avais pénétré qu'une fois dans la propriété, alors que j'étais enfant, au côté de mon père qui apportait à Antoine Fournel des fruits provenant de ses récoltes, mais souvent, lors de mes errances, j'avais contemplé le domaine de loin. Ce que je découvris était toutefois bien au-delà de ce que j'avais imaginé, et me transporta d'émotion.

À l'heure du souper, j'avais visité presque toute la propriété, hormis le parc, dont je me réjouissais de découvrir bientôt tous les secrets. Jamais La Tranchère ne lasserait mon admiration ! À l'intérieur de la bâtisse, on retrouvait cette alliance de manoir et de bastide campagnarde : grand hall et immenses pièces qui mariaient la pierre et le bois, mobilier de belle facture, comme je n'en avais jamais vu et dont j'apprendrais qu'il provenait du Siècle des lumières. Des fauteuils en grand nombre, qu'un expert eût pu dater au vu de leurs pieds : sculptés, galbés, droits, fuselés ou cannelés, au gré des époques, de la Régence au style Louis XVI. Tout me séduisit, mais davantage encore la grande cuisine, sa cheminée, ses fourneaux et toutes les casseroles et poêles en cuivre qui pendaient aux murs et dont les culs rutilaient comme des soleils couchants. Je fus également conquise par la chambre où j'allais passer ma nuit de noces et où prédominait le rose, de la tapisserie aux rideaux, du couvre-lit au tapis, jusqu'à la cheminée en marbre de la même teinte. Il y avait même des bouquets de roses sur les chevets, les crédences et la coiffeuse. Leur parfum m'enivrait.

J'avais, bien entendu, fait connaissance avec le personnel. Les ouvriers étaient de jeunes garçons embauchés à l'année. L'un, plus âgé, nommé Gerfaut, supervisait leurs tâches. Le logis des ouvriers était aménagé dans l'une des annexes, où l'on entreposait aussi le matériel agricole. La grande pièce, meublée de six lits, était alimentée en eau et en électricité. J'avais d'autre part rencontré Marie, ma cuisinière, une septuagénaire replète et affairée, dont je découvrirais la bonne âme au fil des ans. La blonde et plantureuse Francine, ma servante, était quant à elle sensiblement de mon âge.

Dès mon arrivée, Marie m'avait témoigné une grande considération, tandis que Francine était restée distante. Elle ne cessait de jeter des œillades à mon mari. J'avais éprouvé de la jalousie devant son comportement et senti planer une ombre sur mon bonheur, ou plutôt mes illusions. Mais, à la fin de la visite, je l'avais oubliée, trop absorbée que j'étais par la nouveauté et envahie par le désir de me retrouver enfin avec Adrien dans la chambre rose.

Cette nuit de noces, j'avais espéré qu'elle serait la plus belle, la plus longue de toute mon existence. Je me sentais envahie par cette chaleur que j'avais déjà éprouvée en présence d'Adrien. Au cours du repas, je l'examinai à son insu. Il s'en aperçut et une lueur alluma son regard. Sentant qu'il avait deviné mes pensées, je rougis et il éclata de rire. Quand Marie apporta le dessert, il lui déclara que nous nous retirions. J'étais très empruntée tandis que je grimpais l'escalier et gagnais la salle de bains. Sa découverte m'avait fait bondir de joie. Elle était dotée d'une baignoire comme celles de l'établissement de Mauron édifié en 1928. Quel changement avec la bassine traditionnelle qu'on utilisait encore à La Renaudie ! Ici, à la demande, le personnel remplissait la baignoire d'eau bien chaude. Les étagères étaient chargées d'accessoires et de tout un tas de savons et de poudres parfumées à jeter dans l'eau du bain.

Ce soir-là, je me contentai néanmoins d'une brève toilette au lavabo, sachant qu'Adrien m'attendait dans la pièce voisine. Après avoir hésité sur le choix de ma chemise de nuit, j'entrai dans la chambre avec un air soucieux, mais habitée par une audace secrète à la pensée des plaisirs dont j'avais rêvé. Adrien se tenait debout près de la grande baie. Il me toisa l'air amusé, et avant de se rendre à son tour à la salle de bains, me commanda d'être nue dans le lit à son retour.

Ce ton ne me déplut pas, au contraire ! Bien que dotée d'un caractère indépendant, j'éprouvais encore, à cet âge, le besoin d'être commandée, et même souvent dominée. Ayant des difficultés à prendre des décisions, l'ordre qu'on me donnait me semblait un moyen d'échapper à mon hésitation. J'avais par exemple caressé l'idée d'entrer nue dans la chambre, mais jamais je n'aurais osé prendre une telle initiative ! J'accueillis en outre cette injonction comme une manifestation d'intérêt et d'amour. J'ôtai donc ma chemise de nuit et me glissai dans le lit, le cœur battant. Mon jeune mari revint, en tenue d'Adam. Mes yeux s'arrondirent devant son torse couvert d'une toison blonde qui descendait en flèche jusqu'à son sexe. Partagée entre la gêne et l'impudeur, je ne parvenais pas à détourner le regard. Une fois encore, j'étais traversée par ces aspirations contradictoires dont la nature m'avait dotée.

Las, les instants qui suivirent ne ressemblèrent en rien à ce que j'avais imaginé. L'assaut bestial, pour ainsi dire le viol, que je subis ne me procura pas une once du plaisir tant espéré. Il me laissa le corps endolori, l'esprit en proie au tourment. J'éprouvais un sentiment confus où se mêlaient la consternation et la rage. Mais ce débauché était mon mari et je lui trouvais mille excuses, à commencer par sa fougueuse jeunesse et le trop grand désir que probablement je lui inspirais. Je pensais qu'Adrien serait plus tendre une prochaine fois, que je lui apprendrais à le devenir et qu'il m'emporterait alors au septième ciel. Je voulais l'aimer et sentir son amour.

J'allongeai donc la main dans sa direction mais suspendis mon geste : il ronflait déjà. Je n'osai me coller contre lui et demeurai de longues minutes inerte, tout à la fois lasse et irrésolue. J'étais incapable de trouver des réponses à mes questions. Je voulais toutefois croire en l'avenir : ma vie serait telle que je l'avais souhaitée ! Avant de m'endormir, je laissai vagabonder mes pensées et rêvai au parc.

Dès le lendemain, j'y trouvai une consolation. Que de fois depuis je suis venue y guérir mes désillusions ! À cette époque, je m'efforçais de penser que mon bonheur résulterait des choses que nous partagerions, Adrien et moi. Or, combien je fus solitaire durant les jours qui suivirent ! Mon mari était constamment absent, en visite chez ses fermiers, aux foires, aux marchés… et je ne savais où le reste du temps. Nous ne nous retrouvions que le soir, le temps de repas vite enveloppés de silence, et la nuit, pour des ébats destinés à satisfaire l'appétit sexuel d'Adrien. Je guettais vainement ma propre jouissance. Il me semblait que je n'existais même plus, que j'étais pour mon époux un simple objet de plaisir. Je n'éprouvais que dépit et m'interrogeais sans relâche sur ce que pouvait ressentir une femme qui aimait vraiment et se savait aimée. Mais je ne trouvais aucune réponse et, chaque jour, je me rendais dans le parc.

Le parc ! Un havre où, dans les allées, sous le couvert des arbres et au creux des alcôves secrètes, je puisais détermination et confiance. Je m'y retirais de longues heures, errant ou blottie dans un abri touffu, une niche de verdure où je demeurais dans cette espèce de torpeur qu'engendre le souffle de la nature. J'étais si recueillie que je parvenais alors à ne plus penser, ni même à rêver. Je devenais le vent qui murmure, l'oiseau qui pépie, le nuage qui me surplombait et même cet arbre contre lequel je m'appuyais et dont je croyais sentir courir la sève. Je me laissais envahir par la beauté et le parfum des fleurs. Parfois je sortais du parc et suivais des layons qui serpentaient entre landes et forêts. Je vagabondais de longues heures, humant la végétation, admirant les tapis de bruyère et de mousse, à l'écoute de bruits qui me semblaient magiques. Je me perdais dans des vallons inconnus et, affolée, découvrais un paysage grandiose, d'une sensualité infinie, qui roulait en vagues irisées vers le ciel.

La solitude se mit rapidement à me peser. Je trouvai un peu de chaleur auprès de Marie, que j'allais voir quand elle s'affairait à la préparation des repas ou se concentrait sur son carreau de dentellière. Très vite, l'affection nous lia, alors que la distance persista avec Francine. Une fois par semaine, je rendais visite à mes parents, à pied quand il faisait beau, en charrette lorsqu'il pleuvait. Je leur cachais mes désillusions, leur parlais avec loquacité de ma vie à La Tranchère et leur faisais part d'un bonheur que je m'inventais, les laissant croire qu'Adrien était le mari idéal. J'espérais ainsi faire taire les ragots qu'ils avaient toujours entendus au sujet de mon époux.

Je me consacrais également à la demeure, en particulier à l'étage que nous occupions, mon mari et moi. Je remplis les meubles du linge de ma dot, les décorai des bibelots personnels que j'avais apportés de la ferme parentale. Quand survint l'automne, je me rendis plus souvent à l'écurie et à l'étable. J'en aimais l'odeur et l'ambiance tiède. Je trouvais un passe-temps agréable auprès des bêtes, en premier lieu les veaux, ces broutards de race pure qu'Adrien vendait en fin de saison. Quand il y avait des doublons, il m'arrivait de remplacer le vacher pour donner le biberon à un petit tandis que l'autre était sous le pis de sa mère. J'éprouvais un plaisir fou à contempler le veau téter et baver sur mes mains. Je montai à la grange dès le mois d'octobre, quand les bovins n'allèrent plus en pâture, au moment de l'affouragement. Puis je gagnais l'écurie où flottait une odeur plus âcre. Au domaine, on comptait trois juments et un vieil étalon, ce dernier monté parfois par le vacher pour conduire le troupeau à la pâture. Les juments étaient nécessaires pour la reproduction, le transport et les travaux du sol. Je me pris d'affection pour Princesse, une jument demi-sang à la tête bien coiffée, avec une double crinière et de beaux yeux cerclés de noir, une belle robe rousse et une ligne harmonieuse, bien dans son dessous. Je la jugeai apte à la course et, un soir, je fis part à Adrien de mon désir de la monter. Mon père m'avait appris l'équitation. Mon mari se chargea donc de commander une selle et des accessoires chez le bourrelier. Je pus sans tarder m'évader sur le dos de Princesse, et dépasser les limites du domaine. Certains fermiers, qui ne pouvaient souffrir qu'on fît du cheval par plaisir, me surnommèrent l'Amazone de La Tranchère.

L'hiver arriva, mais je n'interrompis pas ces chevauchées si bénéfiques à mon esprit. Je me sentis peu à peu gagnée par une force mystérieuse. C'était… comment dire… comme si les soufflets violents de la bise avaient été des coups de fouet. Je m'adonnais à ces cavalcades avec un acharnement auquel je ne pouvais mettre un frein. Peut-être éprouvais-je le besoin d'assimiler cette force afin de me prémunir des périls que je pressentais.

Au cours des mois suivants, le fossé allait en effet se creuser entre Adrien et moi. Nous n'avions guère de points communs, aucune complicité, pas d'intimité… sauf corporelle ! J'avais chaque fois répondu à ses assauts, sur le même rythme que lui, simulant le plaisir. Car je simulais. Cette idée m'était venue dès après nos noces, parce que je souhaitais que l'amour naisse entre nous. L'émoi ressenti lors de nos tout premiers moments ensemble me poussait à croire que cela était encore possible. Mais nos rapports sexuels s'espacèrent et cessèrent même avant la fin de notre première année de mariage. Je me sentis frustrée, blessée et fautive, croyant que cet éloignement ne relevait que de mon comportement, et qu'Adrien avait saisi mes ruses. Je m'interrogeai beaucoup, et conclus que le désir pouvait renaître à l'idée de donner la vie. J'étais cependant sceptique quant à ma fécondité, aucun de nos nombreux rapports ne m'ayant jusqu'alors fait connaître les joies de la maternité.

Je songeais donc à rallumer la flamme chez mon mari, lorsque s'éveillèrent mes soupçons quant à sa possible infidélité. Car chez Adrien transparaissait ce quelque chose que l'intuition féminine a tôt fait de déceler. J'attendis quelque temps pour mieux juger, envahie par un sentiment confus qui tenait finalement plus de l'amour-propre que de la jalousie. Je projetais d'interroger mon mari, mais me ravisais toujours, jusqu'au jour où je le surpris en plein adultère dans les bois – avec notre servante Francine ! Je ne fus en réalité guère étonnée, ayant repéré le manège suggestif de la domestique. J'assistai à une partie de la scène, avant de m'enfuir, bouleversée. J'étais cependant davantage troublée par le transport de cette fille que par le fait de me savoir trahie. Durant les heures qui suivirent, je me demandai ce que j'allais faire pour protéger mon avenir. J'étudiai maintes solutions et songeai à quitter Adrien, mais l'angoisse du lendemain me retenait, ainsi que la peur de devoir quitter La Tranchère, que j'aimais tant et où j'avais désormais mes repères. Je demeurais indécise et décidai de fermer les yeux. Je comptais sur une faveur du destin.

4

Les jours et les mois s'écoulèrent ; je me réfugiai peu à peu dans des habitudes et adoptai une vie très régulière. Je me levais et me couchais tôt, mangeais sainement, consacrais mon temps aux promenades, aux visites à mes parents, aux sorties à Mauron et à mes plaisirs quotidiens : le tricot, la broderie et l'entretien de quelques parterres de fleurs que j'avais soustraits aux bons soins de Marcel, notre jardinier. Mais les événements se précipitaient, préparant les jours noirs de la guerre. Nous pûmes en suivre l'évolution grâce aux journaux et à la radio – « Ici Londres, les Français parlent aux Français » –, depuis la mobilisation générale jusqu'au jour où Pétain signa l'armistice.

En 1940, la France se retrouva privée d'hommes : ne restaient que les enfants et les vieillards. Si notre contrée fut relativement épargnée par l'ennemi, tous ceux qui étaient aptes au combat se virent appelés sous les drapeaux. Adrien était du nombre. Il vécut l'attente puis l'invasion des troupes allemandes en mai 1940. À son retour, il ne prêta guère d'intérêt à ce qui se passait ici, en particulier aux actions des résistants qui se cachaient autour de Bergonne et de La Renaudie. Je crus que la drôle de guerre lui occupait toujours l'esprit. Mais bientôt, il participa en offrant d'héberger deux ou trois membres de l'armée secrète dans les annexes du domaine. Nous fîmes du marché noir pendant les deux dernières années du conflit, en particulier avec des gens de Mauron, plus rationnés en nourriture que ne l'étaient les paysans. À La Tranchère, nous ne manquions ni de viande ni de légumes et de fruits ; Adrien faisait payer le prix fort aux notables argentés. De mon côté, je pratiquais un troc plus raisonnable avec deux ou trois familles pauvres, sachant me contenter du sourire ou du baiser d'un enfant. Mais je préfère ne pas m'étendre sur cette sombre période.

C'est à peu près à cette époque qu'Adrien ressentit les premiers symptômes de sa maladie : il fut pris d'une douleur dans le bas du dos et d'une faiblesse dans les jambes. Il m'informa de son état malgré la distance qui s'était établie entre nous ; nous étions en effet devenus étrangers l'un à l'autre et faisions depuis longtemps chambre à part. Je connaissais maintenant tous ses dévergondages, ses beuveries et sa fréquentation des femmes de mauvaise vie. J'avais toutefois réussi à me défaire de mes illusions, et ces dérives ne m'atteignaient plus. Elles m'avaient même permis de prendre des initiatives au domaine et de renouer avec les travaux de la terre : la fenaison, la moisson, l'abattage des bois, le commerce des bestiaux... Je multipliais les sorties, à Mauron et dans les villages les plus proches ; j'allais aux marchés, aux foires, chez mes parents.

Je n'étais accompagnée d'Adrien que pour la messe du dimanche. Depuis la fin de la guerre, mon cousin Germain assurait l'office à l'église de La Renaudie. Mais si j'aimais m'y rendre, ce n'était pas tant pour ses prêches que pour ses envolées à l'orgue, que j'aurais écoutées des heures durant ! À la sortie de l'église, Adrien et moi causions avec les gens que nous connaissions depuis toujours. Ils étaient toutefois plus diserts avec mon mari. Ils lui semblaient dévoués comme des chiens à leur maître, comme oublieux de leur ressentiment et de leurs médisances. Il faut dire que tous ou presque vivaient grâce à lui : les fermiers à qui il louait (cher) ses fermes, mais aussi les nombreux artisans auxquels il fournissait du travail.

Mis à part ces occupations, j'aimais les chevauchées avec Princesse et les veillées que je passais avec Marie et Renée, ma nouvelle servante, avec laquelle je m'étais vite liée d'amitié (Francine, quant à elle, nous avait quittés sans explication en décembre 1944). Durant les veillées, tout en grignotant des noisettes, des noix ou des pommes cuites au four, nous nous attelions à nos ouvrages et bavardions dans une atmosphère de complicité qui s'affirmait de jour en jour. Faisant voltiger ses fuseaux, Marie nous racontait d'anciennes histoires de revenants, de diables ou de sorcellerie. Renée et moi nous amusions des locutions françaises pittoresques qu'elle employait à tout propos ; de notre employé Christian, qui était un vrai glouton, elle disait par exemple qu'il « avalerait la marmite des cordeliers ». Renée, pour sa part, me divertissait avec des sujets plus badins. Après de nombreux échecs sentimentaux, elle n'attendait plus rien de l'amour, mais me confia cependant un soir que le leveur de lait lui faisait tourner la tête. Notre complicité déplaisait à Adrien, qui, quand il rentrait de ses beuveries, nous surprenait parfois en train de rire. Il n'estimait pas tolérable qu'une telle relation eût cours entre la maîtresse du domaine et ses employés.

Les douleurs de mon mari s'accentuèrent, dans les jambes, le torse et les bras. Il trébuchait fréquemment. Inquiet, il fit appeler le médecin qui, ne pouvant se prononcer sur ses symptômes, fit pratiquer des analyses sanguines. Il diagnostiqua une maladie grave et à cette époque incurable, qui, selon lui, allait conduire le patient à la paralysie. Il ne savait combien de temps encore mon mari serait en mesure de marcher. Abattu par la nouvelle, Adrien devint d'une humeur exécrable. Je comprenais qu'il maudît Dieu de lui ôter la santé, la joie de vivre et ces plaisirs qui jusque-là avaient régenté son existence. J'éprouvais de la compassion et lui témoignai une attention nouvelle. Mais, une semaine plus tard, le médecin revint et demanda à me voir. Il m'apprit qu'Adrien était en réalité affecté par la syphilis. Il me conseilla de faire pratiquer une nouvelle prise de sang. Étourdie par cette annonce, je songeai à Francine qui nous avait quittés précipitamment, sans doute pour se faire soigner après avoir été contaminée par Adrien. Je m'apitoyai sur son destin et celui de toutes les autres femmes que mon époux avait fréquentées. Ma compassion envers lui se tarit bien vite ! Fort heureusement, il ne m'avait pas transmis son mal, qu'il avait très probablement contracté après notre mariage.

Quelques mois plus tard, nous sûmes qu'Adrien souffrait d'une myélite. Elle empirerait et le conduirait à une paralysie quasiment totale, en tout cas dans les membres inférieurs. Sentant venir son terrible sort, mon mari confia à Gerfaut la gestion des fermes et se mit en quête d'un régisseur.

5

La Tranchère, avril 1947

Je sentis le printemps dès ses prémices, un beau matin que j'errais aux alentours du parc. Je discernais dans l'air une odeur nouvelle, à peine perceptible, des bruits, des teintes transformées… Il me sembla que quelque chose en moi se relâchait. J'éprouvais un sentiment de légèreté, de quiétude, de bien-être. Je lâchai les rênes et levai le visage dans la brise, qui me caressa autant que m'avait cinglée la bise durant l'hiver. Je sautai de la selle avec l'envie de m'éveiller, moi aussi. La nature reverdissait et reprenait sa respiration. Mon souffle lui-même semblait recouvrer son rythme normal. Sensation inoubliable, grandiose et mystérieuse, née tout ensemble de la force que j'avais acquise et de cette légèreté nouvelle. Étonnamment, j'éprouvai tout cela quasiment à l'instant où je vis poindre une silhouette au loin.

Il s'agissait d'un homme. Sans bouger, je le regardais qui s'avançait. L'image était encore floue, mais je remarquai la grande taille du promeneur et sa démarche dégagée. Au fur et à mesure qu'il approchait, je distinguais mieux son visage, plutôt rectangulaire. Il avait des cheveux noirs coupés court, des sourcils broussailleux, des yeux sombres, une bouche charnue et un menton carré. Il parvint à ma hauteur, s'arrêta. Mon regard plongea dans ses yeux, émaillés de paillettes dorées et profondément enfoncés sous les arcades sourcilières ; son regard était profond comme l'un de ces lacs noirs qui étincellent au soleil. L'homme m'examinait lui aussi d'un air assez grave, et je détournai les yeux. Je ne sais combien de temps s'écoula avant son bonjour. Je lui rendis son salut.

— Vous êtes du pays, madame ? me demanda-t-il.

Sa voix était chaude et grave, teintée d'un léger accent qui m'était inconnu.

— Oui, je suis bien d'ici.

Il jeta un œil sur Princesse et me regarda de nouveau.

— Je cherche le domaine de La Tranchère.

Après un instant de surprise, je le soupçonnai d'être l'homme embauché par mon mari. Quelques jours plus tôt, Adrien m'avait annoncé son arrivée prochaine, mais j'avais ensuite complètement oublié cette information. Sans savoir pourquoi, je décidai de taire mon identité, me contentant d'indiquer le chemin du domaine en assurant à l'inconnu qu'il était presque arrivé.

— Le grand portail est ouvert à cette heure, vous verrez la demeure au bout du parc, et là... son propriétaire.

Il me remercia, s'apprêtant à reprendre sa route.

— Vous venez de loin, monsieur ? m'enquis-je.

— Non. De Nollieux.

Une dizaine de kilomètres au moins nous séparaient de Nollieux, une bourgade située à l'est du domaine. Je baissai le regard en direction des brodequins de l'inconnu puis remontai lentement, parcourant sa haute stature, mince mais sportive, les muscles saillants sous la chemise. De l'encolure ouverte jaillissait une toison dense et noire. L'homme tenait un bâton posé sur son épaule, auquel était suspendue une gibecière qui paraissait pleine et lourde. Le bras était relevé, la manche de chemise retroussée, la main fermée sur le bâton. Je me souviens avoir fixé son avant-bras couvert de poils noirs ainsi que ses doigts longs et forts. Une étrange sensation s'emparait de moi. Discernant un soupçon d'amusement dans ses yeux, je me sentis rougir et, pour parer à ma gêne, lui souhaitai bonne route.

L'homme fit un mouvement de la tête en guise de remerciement et assura le bâton sur son épaule avant de reprendre sa marche. Je montai en selle et lui accordai un dernier regard. J'eus le temps d'apercevoir son sourire et cette lueur amusée dans ses yeux. Mon trouble s'accrut et je tirai vivement sur les rênes. Tout au long de ma chevauchée, je ne prêtai pas attention au décor : habituellement, il me captivait, mais là, sous le tunnel des arbres, m'apparaissaient seulement ce sourire et ce regard. Malgré la fraîcheur de l'air, je sentais un courant chaud dans mes veines et sur ma peau. Je n'avais plus qu'une hâte : revoir cet homme ! À l'idée que ce moment pouvait être proche, je pressai Princesse.

Dès mon arrivée au domaine, je livrai la jument à Gerfaut et me précipitai dans la demeure. Dans la grande salle, je trouvai Adrien avachi sur une bergère, avec sa tête des mauvais jours. Je m'inquiétai de son état.

— J'ai dû faire appel à Marie pour descendre ce maudit étage, lâcha mon époux. La pauvre femme s'est cassé le dos. Je vais devoir faire installer mon lit dans le salon !

Je proposai à mon mari de faire appeler le médecin, mais il avait déjà ordonné à Christian d'aller chercher l'homme de science. Il faudrait bientôt acheter un fauteuil roulant, siffla-t-il. Cette perspective éveilla ma pitié, la souffrance d'Adrien m'ayant progressivement amenée à une forme de miséricorde. Mais, à cet instant, j'étais surtout sous le coup de l'émotion qu'avait, en moi, suscité l'inconnu. Je n'avais même pas remarqué le ton de mon époux, soudain plus affable.

— Ne vous tracassez pas à l'avance, m'exclamai-je, nous commanderons un fauteuil si le docteur le juge nécessaire.

— Il deviendra indispensable, tu verras ! rétorqua Adrien.

Son tutoiement me surprit : depuis dix ans, en effet, nous utilisions le vouvoiement, qui convenait sans doute mieux aux étrangers que nous étions l'un pour l'autre. Je décelai dans son regard une lueur que je n'y avais jamais vue.

— Tu es bien en beauté ce matin, Emma. C'est ta course dans les bois qui te met dans un tel état ?

Je perdis contenance. Mais ce ton narquois me rappela tout aussitôt mes dix ans de solitude et ses dix années de constante paillardise.

— Mes escapades en forêt me sont très bénéfiques ! Elles aussi me sont devenues indispensables, vous savez !

— Oui, Emma, mais ta jument n'est plus très jeune ; tu ne songes pas à la remplacer ?

— Elle n'a même pas vingt ans et je ne lui vois pas de faiblesse, répondis-je, agacée par ce tutoiement pour lequel Adrien semblait avoir définitivement opté.

— Elle peut aller sur ses quarante, et deviendra une vieille carne, comme Marie !

Sans doute mon mari se remémorait-il avec irritation l'aide que la cuisinière avait dû lui apporter pour descendre l'escalier. Marie se faisait vieille, il est vrai. Elle était encore solide, mais les rhumatismes la faisaient souffrir et l'handicapaient. Je frémis soudain à l'idée qu'elle disparaisse. Je me demandai ensuite si j'éprouverais le même chagrin au décès d'Adrien. Mais ce dernier m'arracha à mes pensées :

— On t'appelle l'Amazone de La Tranchère, ça te va bien ! Je voudrais te dire, Emma…

Il toussota et j'attendis la suite, perplexe.

— Tu n'as pas été bien heureuse ; notre union est un échec. Je sais que tu ne m'as pas aimé et que de mon côté… Ah ! À quoi bon te dire cela ?

Son ton de reproche et ses paroles me soulevaient de mépris, et je restai sans voix, me souvenant du désir que j'avais eu de l'aimer, de ces nuits où il me prenait comme une bête, de l'indifférence qui suivait. Mais j'approuvais son propos : nous ne pouvions plus combler le vide que ces dix années avaient creusé. Je m'apprêtais à quitter la pièce lorsqu'il reprit :

— J'ai décidé de rédiger un testament en ta faveur. Pour ce faire, je rencontrerai bientôt Me Brossier. Je veux que le domaine t'appartienne si je venais à disparaître. Tu le mérites car tu aimes cet endroit plus que tout, et tu t'y consacres. En outre, maintenant que je suis malade, je te réserve des jours moins bons encore que ceux d'autrefois.

Sa tirade lancée, Adrien se laissa aller contre le dossier de la bergère XVIIIe aux coussins moelleux et aux accoudoirs rembourrés. Il eut une grimace, puis soupira. Je détournai les yeux, pleine de dégoût. Une certitude m'étreignit alors : mon mari considérait ce don uniquement comme un moyen de me garder pour le soigner. En me léguant le domaine, il m'emprisonnait – et si jamais j'exprimais le souhait de le quitter, il changerait son testament ! Je ne l'avais jamais abandonné malgré ses écarts, ce qui m'inclina à penser que sa maladie ne m'y pousserait pas davantage. La Tranchère était en effet toute ma vie, mon seul amour. Mais d'un coup, je me ressouvins de l'inconnu que je venais de croiser, et je n'eus plus qu'une pensée : le revoir !

— Faites comme vous l'entendez, enchaînai-je. Il est vrai que le domaine est tout pour moi.

Je laissai mon mari et grimpai à l'étage afin de troquer ma tenue d'équitation contre une robe. J'en choisis une bleue et blanche, avec des manches ballon ; je l'avais portée au printemps dernier et Marie avait alors trouvé que je ressemblais à un papillon. Depuis dix ans, j'avais peut-être perdu le besoin d'être belle, mais il n'en allait plus de même à cet instant. Dans la salle de bains, je défis mon chignon comme je le faisais lors des premières nuits de mon mariage, ou parfois quand je montais à cheval. Je fus satisfaite de l'image que me renvoyait le miroir. Le grand air et une nourriture saine m'avaient donné un joli teint. Quant à ma silhouette, aucune grossesse ne l'avait transformée, et l'équitation – ma gymnastique quotidienne – entretenait sa fermeté. J'avais gardé la poitrine haute et ronde, les fesses rebondies et la taille de guêpe de mes seize ans. Réconfortée, je dévalai l'escalier et traversai le vestibule à grandes enjambées.

Je m'arrêtai sur le perron et dirigeai mon regard vers l'allée principale. Personne. Le domaine semblait désert. À cette heure, Marie et Renée étaient à l'office et les ouvriers à l'œuvre dans les bâtiments, aux champs ou aux bois. La période du fumage des labours débutait, et maintenant que l'abattage était terminé, on nettoyait les parcelles. Après les grandes coupes, effectuées avant la montée de la sève, les hommes prenaient toujours soin de râteler les sols en compagnie des fermiers des villages voisins. Ils ramassaient les dernières écorces, les branches et les pointes, de manière à rallonger le petit bois de chauffage. Cet hiver-là, justement, l'abattage avait été important. Nous avions choisi quelques beaux fayards sur nos parcelles, mais afin de laisser prospérer les plus jeunes, nous en avions aussi acheté en forêt domaniale, ainsi que des résineux. Les fourneaux de la cuisine et les cheminées seraient bien approvisionnés durant l'hiver, si rigoureux soit-il !

J'attendis. Il faisait beau, le ciel était d'un bleu pur et le soleil dardait ses rayons sur le parc d'où s'élevaient des vapeurs. Dans les coins ombreux, la gelée persistait, mais on discernait l'arrivée du printemps au verdissement de l'herbe et au velours des bourgeons. Les oiseaux piaillaient en multitude au-dessus du parc. J'aimais leurs envols frétillants, qui me faisaient penser au jaillissement des scories d'un volcan. Je les aurais plus longuement contemplés si j'avais été moins accaparée par l'arrivée de l'inconnu. Je guettais. Il surgit au bout de l'allée. La respiration coupée, je le regardai avancer de son pas souple. Mon cœur se mit à battre plus fort. Il m'aperçut, et, me reconnaissant, ralentit. Je ne bougeai pas jusqu'à ce qu'il fût au bas de l'escalier. J'en descendis alors les degrés. Dans ses yeux, je lus de la perplexité.

— Je suis Emma Fournel, m'exclamai-je alors ; soyez le bienvenu à La Tranchère.

Il se gratta le crâne. Ce geste d'embarras me fit sourire et raviva mon émoi.

— Si je m'étais douté ! lâcha-t-il.

Il s'avança, ôta la main de son crâne. Je crus à l'ébauche d'une poignée de main et levai la paume. Mais il laissa retomber son bras et je me retrouvai confuse.

— Vous êtes donc notre nouveau gestionnaire ! me hâtai-je de dire. Monsieur… ?

— Je me nomme Thomas Bertin, et je suis en effet votre nouvel ouvrier ; j'ai rencontré M. Fournel à la foire de la Loue.

Sa voix était encore empreinte de surprise. Il ne s'attendait certes ni à me revoir ici, ni à ce que je sois la dame Fournel ! Je me souviens avoir alors ressenti une inquiétude. Pour la chasser, je proposai à Bertin de le conduire jusqu'à mon mari. Je pivotai et gravis les marches du perron, sentant son regard sur mon dos. Nous marchâmes côte à côte du hall jusqu'au salon, sans mot dire. Adrien était toujours enfoncé dans la bergère, un journal sur les genoux.

— Voyez qui nous arrive ! m'écriai-je. M. Bertin, que vous avez engagé.

Adrien quitta son journal pour poser les yeux sur l'homme, qu'il ne sembla pas reconnaître. Mais alors que Bertin s'avançait, il lança :

— Ah, bonté ! Gerfaut m'avait annoncé votre arrivée hier, mais j'avais complètement oublié. Vous m'en voyez désolé.

Ses paroles et son air embarrassé m'ébahirent : jamais je ne l'avais entendu s'excuser ainsi. Mais il enchaîna, la voix de nouveau aigre :

— Voyez, monsieur Bertin, je suis plutôt tracassé par ma santé ; elle décline de jour en jour.

Quiconque aurait été saisi de compassion, mais moi qui connaissais l'origine de la myélite, j'étais écœurée, surtout devant la faiblesse dont Adrien faisait preuve alors que d'autres montrent tant de dignité face à la maladie. Mon mari osait gémir d'un mal qu'il s'était lui-même inoculé. Avait-il perçu mon dégoût ? Car il ajouta :

— Ah, allons ! Il ne faut jamais se décourager !

Quand il voulut se lever, ses bras tremblèrent, lui arrachant une affreuse grimace. Bertin et moi nous précipitâmes pour le retenir, mais mon époux retomba dans le fauteuil. Lorsque le régisseur et moi nous redressâmes, nos fronts se frôlèrent. Il y eut quelques secondes de flottement. Sentant le regard de mon mari, je revins toutefois à la réalité. L'éclat particulier des yeux d'Adrien me plongea dans la gêne.

— Me voilà contraint de rester assis, déclara mon mari. Je ne pourrai donc vous faire visiter le domaine, monsieur Bertin, mais je suis sûr qu'Emma se fera un plaisir de vous accompagner ! avança-t-il avec mépris.

Je ne sus quoi dire ni où tourner les yeux.

— Ne vous inquiétez pas, monsieur, répondit tranquillement Bertin. Je vous souhaite de vous remettre très rapidement.

Adrien le remercia brièvement et reprit aussitôt son journal. J'invitai donc Bertin à me suivre. Passant devant la cuisine où s'activait Marie, je m'arrêtai pour qu'ils fassent connaissance. Cinq minutes plus tard, nous étions sur le perron. Je me bornais à pointer le doigt vers les bâtiments pour signifier la direction au régisseur. Le silence se prolongea jusque dans la cour. Là, je vis que la fontaine attirait son attention.

— Venez donc la voir de plus près, lui proposai-je. C'est le père d'Adrien qui l'a fait construire. Qu'en dites-vous ?

— Elle est magnifique ! En pierre du pays ?

— Oui. Antoine Fournel possédait deux carrières et employait des tailleurs qui faisaient du bel ouvrage. Ces carrières sont d'ailleurs toujours exploitées.

Le régisseur m'écoutait et hochait la tête tout en considérant les sculptures de la colonne centrale. Il me demanda comment fonctionnait la fontaine. Ne sachant le lui expliquer précisément, je me contentai de lui désigner le robinet placé à mi-hauteur de la colonne, qui, caché sous un bel ornement de feuilles, commandait le jet. Il se pencha au-dessus de la vasque et plongea une main dans l'eau.

— Comme c'est agréable ! murmura-t-il.

— Oui, je viens souvent ici aux beaux jours. J'aime cet endroit et le bruit de l'eau. Mais la fontaine est encore plus belle quand les arbres sont couverts de feuillage et les massifs en fleurs. Vous verrez cela dans quelques jours ! Marcel, notre jardinier, est un artiste.

Bertin tourna les yeux vers l'allée centrale, puis considéra les alentours.

— Votre parc est fort bien entretenu, opina-t-il. Il compte des espèces superbes.

— Mon beau-père les a fait venir de Lyon. C'est également lui qui a embauché Marcel : il s'occupe de tout ici, et bien sûr du potager.

J'abandonnai l'homme à sa contemplation. Il me rattrapa et nos yeux se croisèrent. Je détournai vivement le regard. Alors, Bertin me questionna.

— Votre mari souffre donc d'une grave maladie ?

J'hésitai quelques secondes.

— Oui, c'est une maladie paralysante. Les premiers symptômes sont apparus il y a deux ans et depuis, son état ne cesse d'empirer. Un jour viendra où il ne pourra plus se servir de ses jambes. Il lui faudra un fauteuil roulant. Ses bras aussi sont atteints, mais le mal progresse moins vite. Il n'y a à ce jour aucun traitement.

— C'est bien triste, bredouilla l'homme.

Je restai silencieuse, songeant à la cause de ce mal et m'absorbant dans la contemplation du paysage. L'œil filait bien au-delà de La Renaudie et du Bard, ce mont comparable à un colosse décapité par le temps. Il dominait le Pelé, l'Aigle et les collines environnantes, qui bombaient leurs dos touffus jusqu'à l'horizon encore blanc de neige. Ce paysage figé avait quelque chose de surnaturel. Cette impression venait des quelques traînées blanchâtres entre les monts ainsi que de l'absence de nuages. La lumière intense du soleil conférait toutefois aux couleurs une pureté rare et un papillotement continu. On aurait dit un tableau de Corot. Tous les sons semblaient engloutis, à l'exception du bruit de nos pas sur la terre. Je prêtai une oreille attentive et parvins à mesurer la distance qui me séparait du régisseur. Elle était réduite ; je pouvais d'ailleurs apercevoir Bertin du coin de l'œil. Il contemplait le paysage, mais son regard semblait parfois se poser sur moi. Nous ne voulions, je crois, pas troubler ce silence dans lequel passait un courant secret. Comme nous approchions des bâtiments, je retrouvai cependant ma voix :

— Vous reconnaîtrez sans doute Princesse, ma jument. Nous irons à l'étable et vous ferez connaissance avec nos hommes. Gerfaut est notre gérant, il vous fera tout voir : les annexes, le matériel, nos terres...

— Ces bâtisses sont superbes, me coupa Bertin.

— Particulièrement la grange ! renchéris-je. La charpente est impressionnante.

Mon interlocuteur demeura muet. De mon côté, je m'interrogeais : qui était-il ? D'où venait-il ? Avait-il de la famille, une épouse, des enfants ? Ma curiosité fut si forte que je n'y tins plus.

— Vous ne m'avez pas dit grand-chose sur vous, monsieur Bertin. De quelle contrée venez-vous ?

— Je suis né à Besançon, j'y ai grandi, j'y ai travaillé comme commis chez un marchand de vin. Mais depuis trois ans, j'ai quitté le métier. J'avais davantage de goût pour la terre ; cela m'a conduit à devenir saisonnier. Lorsque j'étais enfant, j'ai parfois séjourné chez mon oncle à Malauzat. J'aime l'Auvergne. Voilà pourquoi j'y suis revenu.

— Et votre famille est toujours là-bas ? voulus-je savoir.

Le régisseur toussa et se racla la gorge.

— Mon père est décédé quand j'étais très jeune. Ma mère s'est remariée avec un homme qui ne m'aimait pas et que je n'appréciais pas non plus. J'ai coupé les ponts avec eux lorsque j'étais commis. Ma mère est morte l'année dernière ; il ne me reste que mon oncle de Malauzat, Pierre Brunel, et son fils Roger, un célibataire endurci. Comme ces bras suffisaient pour le travail de leur ferme, je me suis embauché l'été dernier chez un propriétaire de Nollieux.

Ma curiosité était presque assouvie. Avec le recul, je me rends compte que je ne me réjouissais en fait que d'une chose : savoir Bertin célibataire.

— Je connais peut-être ce fermier de Nollieux ! m'exclamai-je.

— Georges Bartier.

Le régisseur avait un regard ironique. J'en déduisis qu'il avait deviné le motif de mon indiscrétion.

— J'ai rencontré Bartier plusieurs fois, poursuivis-je précipitamment, quand j'allais à la foire de Nollieux avec mes parents. Puis, mon mari a eu des relations avec lui pour des terres qu'il voulait lui acheter.

— Oui, je sais...

Bertin s'interrompit trop brusquement et je compris qu'il était au courant des affaires d'Adrien avec Bartier. Je le scrutai au fond des yeux.

— Et que savez-vous au juste, monsieur Bertin ?

Il eut l'air embarrassé.

— Je sais que votre mari ne s'est pas entendu avec Bartier.

— Ne soyez pas confus, tout se sait dans nos campagnes, et cette histoire de terres n'est pas un secret. Il y a trois ans, Adrien a acquis deux fermes entre Nollieux et Valz. Il comptait acheter des terres à Bartier afin de donner plus de valeur à ses fermes, mais ils se sont fâchés et Bartier n'a pas voulu vendre. Vous avez sans doute appris que pour ce genre de transactions, mon mari n'est pas aussi doué que ne l'était son père. La ferme de Valz est aujourd'hui à l'abandon ; l'autre est heureusement louée à un homme qui n'a pas peur du travail. Bartier a lui aussi une bonne réputation, c'est un homme droit et sympathique. Vous avez donc travaillé chez lui ?

— Oui, il est brave et j'étais bien à son service.

— Sait-il que vous êtes embauché chez nous ?

— Ma foi oui.

Je savais que je n'apprenais rien au régisseur, son ancien employeur n'ayant certainement ménagé ni Adrien ni sa réputation. Cela me causait du souci car

Bertin pouvait penser qu'il tombait chez un mauvais patron.

— J'espère que vous serez heureux à La Tranchère, monsieur Bertin, ajoutai-je donc cordialement.

— Merci madame ; je sais déjà que je m'y plairai !

Il avait mis tant de conviction dans sa voix et m'avait regardée si profondément dans les yeux... Comme pour me signifier qu'il se plairait ici parce que moi, j'y étais. Je ne pus chasser la douce sensation qui m'avait déjà envahie lors de notre rencontre – et ce, même quand je vis approcher Gerfaut. Je les présentai l'un à l'autre et ils devisèrent tandis que nous nous dirigions vers la grange. Gerfaut semblait content de l'arrivée de Bertin. Il avait effectivement fort à faire avec les nouvelles charges que lui avait confiées Adrien, notamment la gestion des baux. J'appréciais moi aussi depuis longtemps ce responsable dont je mesurais la valeur. Nous fîmes le tour des bâtiments, annexes comprises, renseignant Bertin sur tout.

À l'écurie, j'entraînai le régisseur vers Princesse, espérant qu'il lui manifesterait de l'intérêt. Comme s'il avait entendu mon souhait, il lui flatta le chanfrein. Il lui parlait d'une voix irrésistible et la jument frémissait des naseaux. J'avais vue sur le dos de Bertin, ses cheveux bruns, sa nuque, ses larges épaules.

— C'est une belle bête, dit-il.

Je lui demandai s'il montait à cheval.

— Non. Mon patron à Besançon possédait des pur-sang. J'allais souvent les voir mais je ne les ai jamais montés. J'étais jeune, j'aurais pu apprendre, mais je me contentais de les regarder. Maintenant, il est trop tard.

— Trop tard, monsieur Bertin ? Vous ne semblez pourtant pas bien vieux !

Il m'indiqua son âge : trente-deux ans – comme moi.

— Vous avez donc tout le temps d'apprendre, affirmai-je.

— Eh bien, peut-être que j'essaierai un jour, mais quand on est débutant, il doit déjà être rudement compliqué de se mettre en selle !

Il eut une grimace qui me fit rire.

— Si la bête est immobile, il n'y a pas de problème, répondis-je avec enjouement. Mais si le cheval se met à avancer, il faut saisir les rênes et le faire reculer de quelques mètres.

Constatant qu'il m'écoutait attentivement, je continuai :

— Dans la tête d'un cheval, un réflexe s'installe en effet doucement. Comme il n'aime pas reculer, il préférera bientôt se tenir stoïque tandis que vous grimperez sur son dos. Voyez-vous, monsieur Bertin, les chevaux apprennent par répétition et associations d'idées ; tant que l'animal ne fait pas ce qu'on attend de lui, il faut répéter l'action.

— Je vois que vous êtes une cavalière experte !

— Mon père m'a tout appris, poursuivis-je non sans fierté. Nous avions un demi-sang à La Renaudie. La maîtrise vient avec la pratique. L'apprentissage de l'arrêt, par exemple, n'attire pas les jeunes cavaliers. Précision, confiance, soumission, impulsion, équilibre et rectitude sont en fait de mise. Il ne faut pas tirer sur les rênes sans avoir prévenu le cheval par le biais de l'assise. L'animal s'arrête parce qu'il comprend la demande, non parce qu'on lui oppose notre poids : à ce petit jeu, il serait plus fort que nous. Ensuite, il faut fermer les doigts en redressant le buste. Cette action doit être brève et précise. Et voilà ! Si l'on souhaite que le cheval reste plus longtemps immobile, on rend les rênes. Cela devient une pause, que l'animal accepte volontiers.

J'avais atteint mon but : Bertin me fixait les yeux écarquillés et l'air ravi, tout en se grattant le crâne, comme il l'avait fait au bas du perron. J'éclatai d'un grand rire, espérant tout de même ne pas l'avoir découragé. Il me rassura aussitôt :

— Votre connaissance du sujet suscite l'envie d'apprendre !

J'étais sur le point de proposer de lui donner des leçons d'équitation, mais il avait déjà pointé le doigt sur les deux autres bêtes installées dans les stalles voisines.

— Celles-là sont de trait, plutôt faites pour le travail !

— Elles ont effectivement tiré la charrue. Mais désormais, grâce au nouveau matériel, elles se fatiguent moins.

Un bruit se fit entendre derrière nous. C'était Gerfaut qui rangeait des outils dans un recoin de l'écurie ; j'avais complètement oublié sa présence. Je me dirigeai vers l'étable, les deux hommes m'emboîtant le pas. Les bêtes avaient été conduites au pré, mais l'un des vachers revenu fit connaissance avec Bertin. La conversation entre les trois hommes s'anima et se concentra bientôt sur la crise que vivait notre pays. Dans les années 1940, l'inflation sévissait. Il fallait reconstruire un pays en ruine, et en profiter pour moderniser enfin les infrastructures. Gerfaut craignait quant à lui que les récoltes ne suffisent pas à nourrir la population. La guerre avait par exemple fait baisser de 60 % la production de blé. Cela n'était heureusement pas le cas à La Tranchère. Bertin évoqua les causes de la crise des prix, comme la hausse des salaires des citadins, montrant ainsi qu'il suivait de près l'actualité. Pour ma part, j'avoue que je préférais de loin les chansons en vogue.

Entre les trois hommes, la conversation se termina, et Thomas Bertin me lança un regard. J'en fus émue mais il vint s'y mêler une pointe d'angoisse : l'image d'Adrien s'interposait et je me souvins de la venue du médecin. Je demandai à notre gérant de finir la visite et de mettre Bertin au courant de tout.

— Gerfaut vous montrera les offices et votre chambrée, lançai-je au régisseur avant de quitter l'étable. Je vous souhaite la bienvenue à La Tranchère, monsieur Bertin !

Il me remercia de sa voix grave et j'eus du mal à détourner les yeux. Quand je lui lançai de me faire appeler s'il souhaitait me voir, ma voix était fébrile.

Je n'attendis pas sa réponse et me précipitai au-dehors. Là, je levai les yeux vers le ciel bleu inondé de soleil. Il me sembla que l'air n'avait jamais été aussi doux, les odeurs si délicieuses, le panorama aussi ravissant. J'avais l'impression de me tenir dans un grand sourire de l'univers.

6

Durant la semaine qui suivit, je croisai Bertin une seule fois, un matin qu'il partait aux champs. L'un des ouvriers l'attendait un peu plus loin. Gerfaut m'avait informée que le nouveau venu exécutait son travail avec vigueur et volonté, et gérait tout convenablement. Pour le plaisir d'entendre sa voix, je demandai néanmoins à Bertin s'il était heureux de ses débuts parmi nous. Il me répondit positivement. Nos regards s'accrochèrent un instant. Les jours s'écoulèrent pourtant sans nouvelle rencontre. J'espérais secrètement que Bertin se chargerait de préparer ma jument, mais Christian en avait pris la responsabilité. Je n'osais même plus panser Princesse, intimidée à l'idée de croiser le régisseur. Lorsque je rentrais de mes chevauchées, je ne traînais pas non plus près des annexes. Précautions superflues, car aux heures où j'apparaissais, Bertin était dans les terres.

C'était la pleine période du fumage des labours. J'aurais pu aller contrôler l'avancée du travail ou examiner le terrain – je l'avais déjà fait à la place d'Adrien. J'aurais aussi pu venir contrôler la levée des semis, mise à mal par un temps très défavorable et des gelées tardives. Mais, à chaque fois, je me ravisais. Bertin aurait en effet pu deviner que je cherchais à le voir, et rire de moi. En outre, la maladie de mon mari connaissait une rémission, après trois longs jours d'immobilité passés dans la bergère. Adrien avait notamment souffert d'engourdissements et de douleurs dans les jambes. Sur certaines zones hypersensibles de son corps, même le port de vêtements lui était une souffrance. Celle-ci s'était cependant éteinte presque d'un coup, et il avait recouvré ses capacités motrices. Malgré tout, il ne s'absentait plus que rarement, sa maladie l'ayant diminué et ayant même eu raison de sa libido. Il ne se rendait qu'aux marchés et aux foires les plus proches, et quelquefois en visite chez ses fermiers. Durant ces dernières rémissions, il se consacra davantage au domaine et alla plus souvent auprès des ouvriers. J'aurais pu l'accompagner, mais ce n'était pas dans nos habitudes. Je me résignais à compter sur la bienveillance du sort pour revoir le régisseur.

Puis, je me mis à douter de la conviction que j'avais eue : pourquoi Bertin voudrait-il revoir une femme mariée comme moi ? Il avait certainement une bien-aimée qu'il allait retrouver le dimanche à Nollieux ! Je tentai donc de l'oublier, mais mes efforts furent vains : je sombrais sans cesse dans le souvenir éthéré des brefs instants passés à ses côtés. L'envie de le revoir ne me quittait pas. Je cherchais des prétextes que je repoussais sur-le-champ.

Un matin, alors que je sortais de l'écurie, j'entendis quelqu'un appeler :

— Madame Fournel !

J'avais reconnu sa voix ! Je me retournai vivement. Bertin se tenait à une vingtaine de mètres de moi, droit comme un I, une main légèrement relevée enroulée dans un mouchoir. Me précipitant vers lui, je lui demandai ce qu'il avait fait pour se blesser.

— Ce n'est pas bien grave, répondit-il, je me suis juste entaillé la main.

Ah, ces instants me reviennent avec une netteté incroyable ! Nous nous faisons face. Nous nous considérons. Nos regards tentent de se dire ce plaisir des retrouvailles que nous n'oserions exprimer à haute voix. Une saute de vent nous ramène à la réalité. Je me penche sur la blessure de Bertin. Il déroule le mouchoir. Face à l'importance de la plaie, je parle d'appeler le médecin.

— Mais non ! réplique-t-il. Ne vous affolez pas, c'est juste une coupure un peu profonde. Il suffit de la désinfecter, mais nous n'avons pas le matériel nécessaire. C'est pourquoi je me suis adressé à vous.

Tout en réexaminant l'entaille, je me promets de faire installer une trousse à pharmacie dans le local agricole. La plaie se situe sur le dessus de la main, entre le poignet et le pouce. Je me demande si l'os n'est pas à nu. Je veux savoir comment Bertin s'est blessé.

— Bêtement, m'avoue-t-il. Avec Albert, nous épandions du fumier au champ des Cougny. Le manche de sa fourche a cassé ; j'ai voulu l'amincir avant de le remettre en place. Et comme je manœuvrais franchement mon couteau, voilà le résultat ! Ce que c'est que d'être malhabile...

Je ne peux m'empêcher de sourire au reproche qu'il s'adresse. J'en déduis également que Bertin touche à la besogne autant que les autres ouvriers, bien qu'il ait été embauché comme régisseur. J'ai envie de le lui faire remarquer mais, de peur de le contrarier, je me contente de le prier de me suivre jusqu'à la demeure ; tandis que nous cheminons, je lui demande si Adrien était avec lui au champ des Cougny, qui se trouve non loin, derrière les bâtiments.

— Oui, c'est lui qui m'a dit de venir vous voir.

Est-ce l'évocation d'Adrien qui fait naître en moi une pointe de contrariété ? Pour ne plus y songer, j'invite Bertin à me confier des impressions plus détaillées sur ses premiers jours à La Tranchère.

— Tout va bien, assure-t-il ; je n'avais jamais travaillé de si grandes terres, mais grâce au matériel que vous détenez, l'ouvrage est facilité. J'ai toujours aimé les outils ! Et puis les types sont sympathiques, le lieu magnifique et les repas savoureux.

Je me mets à rire.

— Tant mieux, monsieur Bertin, je dirais à Marie que vous appréciez sa cuisine.

Il répond qu'il le lui a déjà fait savoir la veille, par la voix de l'ouvrier parti chercher leur marmite.

— Eh bien, tout vous plaît donc, ici !

— Oui, madame, tout !

Le ton de sa voix rend le mot très évocateur : ce « tout » m'englobe peut-être. J'en suis émue. Nous arrivons à la maison. Le hall est désert. À cette heure, Marie est aux fourneaux et Renée dresse la table dans la grande salle. Je désigne l'escalier à Bertin et l'y précède.

À l'étage, la pénombre règne, mais des rais de soleil fusent par les tabatières jusque sur les tapis et les tissus tendus sur les murs. Dans le couloir, l'atmosphère est tiède et la quiétude à peine troublée par les trilles des oiseaux. Nous parvenons devant ma chambre. Je pousse la porte. Le rose de la pièce resplendit dans le soleil. Après avoir noté avec satisfaction que les yeux de Bertin n'ont pas perdu une miette des lieux, je referme doucement la porte et me dirige vers la salle de bains. Mon corps a frôlé le sien ; j'en ai le souffle court. La salle de bains semble moins ensoleillée que ma chambre. Les murs sont, il est vrai, d'une couleur plus sobre, un blanc cassé typique de l'époque. Les rideaux bariolés et les boîtes et flacons colorés, achetés par mes soins chez un enlumineur de Mauron, lui donnent cependant un caractère pimpant. La pharmacie occupe tout le meuble dressé contre le mur de gauche. Après avoir fait entrer Bertin, je tire une chaise vers le milieu de la pièce. Je lui ordonne gentiment de s'y asseoir. Il paraît penaud.

J'imagine qu'il est gêné que je le soigne, mais il me révèle la raison de son embarras :

— Je ne me suis pas déchaussé et j'ai sali votre sol.

Je regarde par terre. Nos pas ont semé un peu de terre sèche.

— Ai-je quitté mes bottillons ? répliqué-je. Ne vous inquiétez donc pas de ça !

Je sors une fiole du meuble à pharmacie. Elle contient un antiseptique à base d'iode. Je saisis aussi la bouteille de mercurochrome, des compresses, une bande et une épingle anglaise. Je dépose le tout sur une petite table toute proche, sur laquelle trône déjà la bassine. L'ayant placée sur les genoux de Bertin, je lui demande de la tenir de sa main valide et de placer sa main blessée juste au-dessus. Ainsi, le désinfectant coulera dans le récipient. Je me concentre maintenant sur la plaie. J'ai peur qu'il ait mal lorsque l'antiseptique pénétrera les chairs. Quand j'approche la fiole, le tremblement de ma main disparaît pourtant. Le liquide coule sur la plaie et je regarde Bertin. Il a le visage impassible, les yeux rivés sur l'estafilade. À l'aide d'un coton, je tapote pour éponger le sang. J'aperçois une tache blanchâtre. Affolée, je lui dis que l'os est à nu.

— On n'a pas beaucoup de chair à cet endroit, confirme-t-il.

Je reprends mon souffle et, armée d'un coton imbibé de solution antiseptique, j'entreprends de rabattre le morceau de chair et de peau que la lame a soulevé. J'appuie sur la jointure, du bout des doigts, afin de favoriser la cicatrisation. Je badigeonne de mercurochrome, pose une compresse sur la plaie et enroule la bande autour de la main de Bertin. Je fais deux tours sur le poignet et la fixe avec l'épingle. L'homme a observé chacun de mes gestes.

— On dirait que vous avez fait ça toute votre vie.

Je lui réponds qu'il se trompe, tout en essuyant du revers de ma main le dessus de ma lèvre où la sueur a perlé. C'est en effet la première fois que je fais un tel pansement. Bertin examine sa main emmaillotée et j'en profite pour le regarder encore. Je vois son crâne de près, ses cheveux coupés court, droits sur la nuque. Il relève tout à coup la tête, puis se redresse. Une force nous attire l'un contre l'autre à laquelle nous ne pouvons résister ; nos bouches s'unissent. Nos lèvres s'ouvrent et se goûtent longuement. Nos langues se mêlent. Je suis envahie par une sensation que je n'ai jamais connue, transportée par un courant voluptueux duquel je ne parviens à m'extraire que lorsque Bertin met fin à ce si long baiser.

Quand je rouvre les yeux, quand j'aperçois son regard, son sourire, le frémissement de ses narines, je recouvre la conscience avec un sentiment de bonheur incroyable, un peu comme lorsqu'on sort avec mollesse d'un rêve enchanteur et que l'on croit encore baigner dedans. Mais aussitôt, je pense à Adrien, à toutes ces années vécues auprès de lui au domaine. D'un coup, la réalité m'accable. Thomas a dû s'apercevoir de quelque chose, car il me fait asseoir sur la chaise, avant de s'agenouiller auprès de moi et de murmurer mon prénom d'une voix émue : « Emma. » La ferveur qui se lit sur son visage me procure de nouveau un délicieux frisson.

— Je ne sais pas ce qui m'a pris, s'excuse-t-il – mais… mais…

Je pose un doigt en travers de ses lèvres.

— Chut ! Ne soyez pas désolé, ou ne le dites pas.

Je souhaite que Bertin soit saisi du même bouleversement que moi lors de notre baiser, et non assailli de remords. Il redresse le torse et m'empoigne les bras, enfonçant ses doigts dans ma chair. Ses yeux au fond des miens, il me lance :

— Vous hantez mes jours et mes nuits. Sans cesse, j'ai souhaité ce moment.

Ah, ces mots ! Quel bonheur de les entendre... Ils me font oublier le reste du monde, Adrien et toutes ces années insipides. Rien d'autre n'existe que cet homme et les paroles qu'il me confie. Je suis comme saoule, et en même temps pleinement consciente du bonheur qui m'inonde. Je saisis la tête de Thomas entre mes mains.

— Je pourrais employer vos mots : tout le temps depuis notre rencontre, j'ai songé à vous. J'avais pensé lire du désir dans votre regard, mais, par la suite, j'ai cru m'être trompée.

— Comment avez-vous pu croire que vous ne m'attiriez pas ? Mes yeux vous parlaient bel et bien, Emma !

Nous échangeons deux ou trois baisers furtifs, puis Thomas s'écarte de moi. Son visage est devenu grave et son regard interrogateur.

— Est-ce possible ? reprend-il. En avons-nous le droit ?

Il pense bien sûr à ma condition de femme mariée. Mais, pour moi, il n'y a pas d'obstacle. Adrien a été si souvent volage ! Et quand bien même j'aurais eu un mari fidèle, je n'aurais pu résister à mon attirance pour Thomas.

— Je crois que nous avons le droit de nous voir ! asséné-je.

Thomas garde pourtant le front plissé. Son regard est préoccupé. Il attend sans doute que je justifie une telle liberté de conduite, mais une forme de fierté me retient de révéler les écarts d'Adrien. J'estime en effet qu'une femme qui avouerait l'inconduite de son époux pourrait ne plus sembler digne d'intérêt.

— On a le droit ! répété-je, butée.

— Mais après, Emma... Après, qu'adviendra-t-il ?

J'examine Thomas sans savoir quoi répondre. Tout est si rapide, si fort, si exaltant ! Je ne partage pas ses réticences, mais le mot « après » me ramène soudain au testament qu'Adrien a rédigé en ma faveur. Je songe alors que s'il apprend ma relation avec un autre homme, il changera ses dispositions – et le domaine ne m'appartiendra plus. Mais, à cet instant, je désire tant savourer mon bonheur ! Mon cœur bat si fort...

— Pourquoi déjà songer à l'après ? Nous verrons bien ! Là, je n'ai qu'une envie : vous revoir. Vous aussi ?

— Mais oui ! s'écrie Thomas en agrippant de nouveau mon bras.

— Alors, chassez cet air anxieux ! On dirait que je vous effraie. Vous me faites penser à un petit animal apeuré par un plus gros, mais qui s'en approche quand même.

— Je n'ai pas peur de vous. Vous m'attirez comme un aimant : vous êtes si belle...

Ces paroles m'ont semblé si douces. Durant toutes ces années, je ne m'étais en effet plus regardée que distraitement dans le miroir, comme ces vieilles dames qui redoutent leur reflet et que toute envie de plaire a quittées depuis longtemps.

— Vous m'avez ensorcelé, ajoute Thomas.

— Alors, je vous reverrai, dis-je dans un rire.

À ce moment précis, la voix d'Adrien résonne dans l'escalier : « Hello ! » Nous nous éloignons brusquement l'un de l'autre et nous composons une attitude qui ne laisse rien paraître de notre élan. À voix basse, je souffle :

— Ce soir, dans la grange, à 23 heures !

Je n'ai pas réfléchi un instant. La surprise de Thomas se lit sur ses traits, mais, d'un hochement de tête, il accepte sur-le-champ. Côte à côte, nous descendons au rez-de-chaussée, en silence. Je me sens toute légère, comme débarrassée d'une camisole qui m'aurait enserrée durant ces dix dernières années. Quand nous atteignons la dernière marche, apercevant Adrien, je m'exclame :

— Il faudra changer votre bandage, monsieur Bertin. Je vous ferai apporter le nécessaire par Renée. Mais si vous le désirez, je puis vous refaire le pansement demain.

Adrien est appuyé contre un pilier de la rampe. Son regard nous scrute, passant de l'un à l'autre. Comme Thomas ne répond pas, je m'adresse à mon époux :

— M. Bertin s'est fait une bien vilaine blessure…

— Mais je pense que tu l'as bien soigné, Emma !

Son regard d'acier me frappe, comme quelques jours plus tôt. Puis il se tourne vers Thomas, et jette :

— Bertin, laissez donc les réparations à Christian ; je vous ai embauché pour répartir le travail, pas pour réparer les outils. Et puis, chez nous, les fourches et les pioches ne manquent pas, et les réparations peuvent attendre !

Thomas a retrouvé sa voix.

— J'aime bricoler les outils, monsieur, répond-il. Et cette entaille sera très vite refermée.

Le régisseur m'accorde un regard furtif, me remercie et part vers le hall.

Je ne me sentis pas contrite de ce départ, sachant que nous nous retrouverions le soir même dans la grange. Adrien emboîta le pas de Thomas. Je les regardai tour à tour. L'un plutôt élancé, la chevelure blonde, l'autre aussi grand mais plus large d'épaules et les cheveux presque noirs. Thomas portait un pantalon en grosse toile sombre et une chemise bleu pâle, les manches retroussées comme au premier jour. Je les entendais discuter tandis qu'ils franchissaient la porte, mais je ne prêtais attention qu'à la voix de Thomas, qui me semblait plus agréable que celle de mon mari.

Les douze coups de midi sonnant à l'horloge, je gagnai la salle à manger où Renée s'était attardée. Elle se renseigna sur ce qui était arrivé à Bertin. Je le lui racontai, mais ma voix trahissait sans doute mon émotion. Voyant que Renée avait un sourire en coin, je lui donnai l'ordre d'aller ranger le désordre dans la salle de bains. Je demeurai seule dans la grande pièce, songeuse. Toutes mes pensées allaient à Thomas.

J'avançai jusqu'à la baie. Elle donnait sur le sentier menant à la grange, juste après la charmille. Je m'imaginais courant, exaltée, vers mon rendez-vous au cœur de la nuit. En même temps, j'éprouvais un sentiment plus confus, où se mêlaient le plaisir et la crainte d'être surprise. Adrien revint et je m'attablai face à lui. Je notai une contraction sur son visage et soupçonnai le retour de ses douleurs.

— Souffrez-vous ? lui demandai-je.

— Oui. Je crois bien que, pas plus tard que demain, je serai à nouveau cloué dans ce maudit fauteuil ! Peut-être même dès ce soir…

Son regard fixait la nappe et je pus le considérer à son insu. La maladie creusait ses traits. Il avait pourtant pris du poids et la peau en excès s'amassait sur les joues, ce qui le vieillissait. Ses épaules s'affaissaient et son dos se courbait. Il releva la tête. Surprenant mon examen, il se redressa, allongea le cou, sourit. Mais, malgré tous ses efforts, la mortification se lisait sur son visage. Il était désormais incapable de dissimuler cette irrémédiable débâcle. Je pris un air plus détaché.

— Il faut que je te révèle une chose, Emma, reprit-il : je me suis pris d'engouement pour la lecture. Ce que je préfère, ce sont les récits de voyages, ceux qui ont appartenu à mon père. Mais je peine maintenant à tenir ces gros volumes, et j'aimerais que tu me fasses chaque soir un brin de lecture. On pourrait même commencer dès aujourd'hui, si tu en es d'accord.

Je fus fort étonnée, car jamais je n'avais vu Adrien lire. Plus que tout, j'étais ennuyée, du fait de mon rendez-vous avec Bertin. À quelle heure finirait donc cette séance de lecture ? J'avais prévu de passer la soirée à me faire belle en attendant 23 heures. Je ne pouvais toutefois pas refuser cette faveur à mon mari.

— Je vous ferai volontiers cette lecture, mais si vous n'y voyez pas d'inconvénient, j'aimerais commencer juste après le repas et terminer une heure après – car voyez-vous, j'ai moi aussi pris l'habitude de lire avant de m'endormir.

— Je n'ai pas l'intention de te faire coucher à une heure indue, rétorqua Adrien ; tu finiras cette lecture quand bon te semblera !

Je lui demandai quand lui était venu ce goût pour la lecture et il m'apprit qu'il datait de sa dernière période d'immobilité. Ce passe-temps l'empêchait de trop penser à sa maladie. Les récits d'aventures, tout particulièrement, lui permettaient de s'évader. Adrien avait effectivement toujours eu le goût des voyages, comme en témoignait son séjour au Canada. Il me parla aussi de son père, souvent parti à l'autre bout du monde, lui qui chérissait pourtant notre région et disait n'en avoir pas vu de plus attrayante. Le père d'Adrien voyageait pour se libérer de son chagrin, lui de sa maladie, et moi pour oublier que notre mariage était un échec, ajouta-t-il. Je choisis de ne pas relever cette dernière phrase.

— De mon côté, j'ai plutôt un faible pour les romans policiers, comme ceux d'Agatha Christie, me bornai-je à répondre. Elle fait fureur ! Chacun de ses livres est captivant, et l'on retient son souffle jusqu'à la révélation finale.

— Tu aimes le crime, alors ? Cela me désole, mais la lecture que je vais t'imposer te paraîtra peut-être fastidieuse...

Une fois de plus, les égards d'Adrien me surprirent. Il n'avait pourtant jamais éprouvé de remords pour quoi que ce soit dans sa vie ! Découvrais-je quelque facette inconnue de sa personnalité que la maladie mettait au jour ? Je m'apitoyai sur le sort de mon mari et songeai que l'échec de notre union était aussi de ma responsabilité, car je n'avais pas su lui témoigner de désir. À cet instant, j'éprouvais même une forme de gratitude, car en me demandant cette lecture, mon mari nous offrait pour la première fois la possibilité d'un moment de partage.

— Mais non, voyons, ne vous tracassez pas ! m'exclamai-je. Je vous ferai la lecture avec grand plaisir.

— Il n'est pas dit alors que je ne me lance pas moi aussi dans le roman noir ! rétorqua-t-il avec une joie évidente.

Nous discutions avec bonne humeur quand Marie apporta le repas. Notre conversation animée la réjouit. Depuis quelque temps, elle me portait une attention plus vive, comme si elle avait décelé un changement en moi et cherchait à en connaître la raison. Mais, à cet instant, peut-être espérait-elle simplement que le lien se resserrerait entre Adrien et moi. Elle s'en alla et mon mari lança la conversation sur un autre sujet : la politique, à laquelle je ne m'intéressais guère, hélas. Contrairement à mon époux, je ne lisais pas les journaux. Je n'avais qu'un minimum de connaissances sur le piètre état économique et social du pays, et je me souvenais à peine de l'élection du président Vincent Auriol, au début de l'année. Je ne savais pas davantage que des grèves avaient éclaté pour protester contre la politique indochinoise. Lorsque Adrien me l'apprit, je me promis de jeter un œil aux gros titres. Sans doute dépité par mon ignorance, mon mari en vint à parler des récoltes et, insidieusement, de notre nouveau régisseur. Il me demanda comment je le trouvais. J'étais gênée car

Adrien me scrutait. Je crois bien avoir baissé les paupières tout en répondant :

— Il me semble fort sympathique, travailleur, et bricoleur, comme il vous l'a dit.

— Contrairement à moi ! siffla Adrien.

Je fus ébahie par le ton de sa voix et son air dépité. Mon mari n'avait effectivement guère manié les outils, et les avait encore moins souvent réparés ! Je ne l'avais pas vu égrener un seul épi de blé, ni remuer le foin, ni éparpiller la paille, ni donner le biberon aux veaux, ni couper du petit bois pour en garnir l'âtre. Ces gestes et menus travaux, je les accomplissais avec joie. Lui en revanche n'avait trouvé de plaisir qu'en compagnie des femmes et de la boisson, ainsi que dans les transactions qu'il réalisait lors des foires et marchés, habité qu'il était par l'appât du gain.

— Bertin sait monter un tombereau, poursuivit Adrien, et quel bois utiliser pour chaque partie d'un outil. Il m'a d'ailleurs appris qu'on faisait tremper les pièces dans une écluse pendant tout l'hiver afin de les rendre plus souples.

Mon mari poussa un soupir de regret à l'idée qu'il n'était pas doué pour les travaux manuels. Je me demandais *in petto* comment Thomas avait pu acquérir toutes ces connaissances en étant commis chez un marchand de vin. Son cousin, paysan à Malauzat, lui avait peut-être transmis son savoir. J'en parlai à Adrien.

— Je vois que tu en sais beaucoup sur Bertin ! rétorqua-t-il.

Sa voix était redevenue rêche et sa bouche avait retrouvé son pli amer. Il avait l'œil sec, le visage austère. Je demeurai silencieuse. Je m'attendais à ce qu'il me questionne plus avant mais le silence s'établit et perdura jusqu'à la fin du repas. Je me demandais si mon époux avait remarqué le désir né entre Bertin et moi, ou s'il était tout simplement envieux du savoir-faire et de la santé du nouveau régisseur. À peine le repas fini, il quitta la table, non sans me rappeler la séance de lecture que je lui avais promise. Il s'éloigna d'un pas mal assuré en direction du salon, dont il avait fait sa chambre. Gravir l'escalier lui était en effet devenu difficile, voire impossible les jours où la maladie lui paralysait les jambes.

Je demeurai à table jusqu'à ce que Marie réapparaisse. Je l'informai des douleurs d'Adrien ; elle fut contrariée par cette rechute – surtout après la joie éprouvée en nous voyant discuter avec entrain. Comme elle le faisait souvent, elle posa sa main sur mon épaule et murmura :

— Ma pauvre petite.

Je ne lui avais jamais confié mes désillusions, mais la cuisinière n'était sans doute pas dupe. Elle qui fréquentait deux ou trois vieilles pies de La Renaudie connaissait les dévergondages d'Adrien, et certainement sa relation avec notre ancienne servante. Elle avait par ailleurs été aux premières loges pour assister au naufrage de notre mariage. Ces dernières années, elle n'abordait même plus le sujet dont autrefois elle aimait tant s'entretenir avec moi : la maternité. Que de fois elle avait espéré que des « gosses », comme elle disait, naissent de cette union ! Quant à moi, si j'avais déploré de ne pas tomber enceinte au début de mon mariage, je m'en étais réjouie par la suite. J'étais de toute manière certaine d'être inféconde.

Je brûlais de confier à Marie les folies que je venais de commettre, mais je me ravisai, imaginant que la cuisinière s'alarmerait pour mon avenir et celui d'Adrien, qu'elle continuait d'affectionner malgré ses dérapages.

J'étais en train de lui demander d'aller préparer la tisane quand Renée vint m'annoncer que mon mari était couché et m'attendait. Lorsqu'il était impotent, c'était la servante qui l'aidait à se mettre au lit. Il l'appelait au moyen d'une sonnette que nous avions fait installer dans l'ancien salon. Un jour que ses douleurs connaissaient une accalmie, il avait également permuté les fauteuils, les tables gigognes et les autres meubles entre la salle à manger et l'étage. Il avait lui-même descendu ses deux chevets et son lit après l'avoir démonté. Nous n'avions pas déménagé la grande bibliothèque, car elle était pleine à craquer de livres que nous avions récupérés pendant la période du marché noir. Mais, avec Renée, nous avions tout de même débarrassé l'étagère du fond pour y ranger le linge de corps d'Adrien. Nous lui avions réservé un coin pour la toilette derrière un grand paravent, avec une table garnie d'une cuvette et de tout le nécessaire pour se laver et se raser.

La chambre de Renée étant située derrière le salon, la servante arrivait au premier coup de sonnette. Marie, elle, occupait toujours la même chambrette au fond du couloir. Désormais, j'étais donc seule à l'étage ! La nuit, je pouvais prendre la clé des champs sans que personne m'aperçoive. À l'idée de mon escapade nocturne, mon cœur se mit à battre très fort et un léger tremblement s'empara de mes membres. J'avais hâte d'être au rendez-vous, mais en même temps, je me réjouissais de l'attente. Drôle d'état d'esprit pour la première séance de lecture que j'allais offrir à Adrien.

Pendant toute l'heure qu'elle dura, mon excitation ne retomba pas. J'avais beau m'appliquer pour mettre le ton, j'accordais trop peu d'importance aux mots que je prononçais pour espérer entrer dans l'histoire. Allongé sur le lit, Adrien ne bougeait pas d'un pouce et gardait les yeux fixés sur les poutres du plafond. Lorsque je refermai le volume, il me confia avoir été captivé par l'histoire. De mon côté, j'aurais même été incapable de dire dans quel pays elle se déroulait. J'avais tout juste le souvenir qu'il y faisait froid et que la neige tombait à foison. Je lançai un regard à la pendule dont les aiguilles allaient bientôt marquer 22 heures. Je me levai de la bergère et reposai le livre sur la table de nuit. Au passage, je heurtai le fauteuil roulant, qui nous avait été livré la semaine précédente. Adrien lança :

— Toi au moins, tu ne t'es pas amusée à l'essayer, contrairement à Renée !

— Non, mais elle m'a confié qu'il était très maniable.

J'empoignai l'une des grandes roues et la fis un peu tourner, puis demandai à mon mari s'il souffrait.

— Je sens une lourdeur dans mes jambes et au niveau du bassin, ce qui est de mauvais augure.

Il avait baissé les yeux. Il était assis, le tronc calé par deux ou trois oreillers et la tête appuyée sur deux autres, ses mains posées à plat sur le drap. Son visage cireux reflétait toute son angoisse. Ses cheveux étaient ternes et gras aux racines. Il portait un pyjama à manches courtes d'où sortaient ses bras amaigris sillonnés de veines marquées. La couleur bleu foncé du pyjama faisait ressortir la pâleur de sa peau. J'aurais pu éprouver de la compassion... si je n'avais autant songé à mon rendez-vous avec Bertin.

Mon mari s'était-il aperçu de ma hâte ? Il me fit en tout cas signe de m'en aller. Et quand j'arrivai vers la porte, il déclara :

— Je compte sur toi demain. Tu as une belle voix, Emma. Je ne t'avais jamais entendue lire. Oui, vraiment une belle voix !

Sur ces mots, je refermai la porte, un peu déconcertée, même si, arrivée au bas de l'escalier, j'avais déjà oublié notre échange. Dans la cuisine, je croisai Renée, mais pour une fois je ne m'attardai pas pour discuter. Je lui recommandai d'éteindre les lumières et d'aller vite se coucher car il n'était pas impossible qu'elle fût dérangée par monsieur durant la nuit. Je prenais en réalité mes précautions afin de m'échapper sans encombre, une fois l'heure venue. Marie pour sa part avait déjà gagné sa chambre. Je montai à l'étage dans une obscurité presque totale. Je réfléchis un moment à la tenue que j'allais enfiler et décidai soudain de me rendre à la grange en chemise de nuit. Si d'aventure je me faisais surprendre en pleine nuit, que penserait-on en effet en me voyant vêtue de ma plus belle robe ? En simple chemise de nuit, je pourrais prétexter une crise de somnambulisme ! J'allai à la salle d'eau où je fis une toilette complète avant de brosser mes cheveux. Puis j'attendis l'heure, assise sur mon lit, tout excitée.

Les onze coups retentissent enfin. Je jette un châle sur mes épaules et saisis mes escarpins rangés à côté de l'armoire. Tremblante, je descends en posant doucement les pieds sur le nez de chaque marche afin d'éviter tout craquement intempestif. Grâce à l'imposte vitrée fixée au-dessus de la porte d'entrée, je peux facilement me diriger dans le hall. Je tourne doucement la clé dans la serrure et, une fois sur le perron, j'enfile mes chaussures. Là, je reprends ma respiration et marche à grands pas dans l'herbe rase. La nuit est silencieuse, baignée par la lune. Grisée par ma fugue, je scrute le paysage et hume ses senteurs qui m'enivrent encore davantage. Une fois la charmille passée, je presse le pas. Je distingue bientôt les silhouettes massives des bâtiments se découpant dans la nuit. À quelques mètres de la grange, je ralentis, épiant les alentours et tendant l'oreille. Je scrute la grange de toutes mes forces sans discerner le moindre mouvement. Mais alors que j'emprunte la montée, j'aperçois la silhouette de Thomas devant la porte à demi ouverte. Je m'arrête, le cœur battant. Il s'avance. La lune nous éclaire suffisamment pour révéler l'émotion qui se peint sur nos visages. Thomas pose la main sur mon épaule et me demande si tout va bien. Je réponds dans un chuchotement et nous restons un instant devant la porte, indécis.

— On entre ? lance-t-il.

J'acquiesce, prise d'une envie de rire. Nous sommes si empruntés ! Il me montre la lampe tempête qu'il a pris la précaution d'emporter, puis il s'en retourne vers la porte. Je le suis. Il fait très noir dans la grange. Les meurtrières sont placées trop haut pour que la lumière tombe jusqu'à nous. La lune éclaire tout juste les poutres transversales sur lesquelles des hirondelles ont construit leurs nids et des araignées tissé leurs toiles. Mes yeux s'habituent cependant très vite à l'obscurité et je distingue sur ma gauche le mur formé par les bottes de foin entassées, ainsi que le grand garde-manger où sèchent les fromages. Le reste de la grange est noyé dans les ténèbres jusqu'à ce que Thomas allume la lampe, chassant les ombres vers les angles des murs. Il y a des outils anciens et un tas de foin que les ouvriers ont abandonné après avoir donné leur ration aux bêtes. Thomas lève la lampe au-dessus de ma tête et me considère. Son regard court sur mon visage. Je l'examine moi aussi, immobile, saisie d'une trouble fascination. Cet homme si près de moi ! Je songe au baiser échangé dans la maison et me demande si je ressentirai la même chose quand nos lèvres se joindront de nouveau. Thomas se rapproche et m'interroge :

— À quoi pensez-vous ?

J'hésite à le lui dire, mais il m'empoigne par les épaules et répète sa question.

— Je me demandais ce que je ressentirais quand vous me prendrez dans vos bras et que vous m'embrasserez.

Thomas marmonne quelques mots que je ne parviens pas à saisir, sans doute dans son patois natal, puis lance :

— Laissez-moi vous le montrer !

Il pose alors la lampe sur le plancher et m'attire contre lui. Ses lèvres sont brûlantes. Il écarte les miennes avec sa langue ; la sensation est encore plus intense que lors de notre précédent baiser. Je me laisse entraîner dans ce tourbillon et je dois m'accrocher à

Thomas quand il me relâche enfin. Pour la première fois de mon existence, je ressens la morsure du plaisir. Pour moi, plus rien ne compte que l'étreinte de ses bras, le contact de son corps puissant et la caresse de sa bouche. Je ne pouvais imaginer un tel bouleversement. J'ai une folle envie qu'il recommence et je tends mon visage vers le sien. Mais Thomas se contente de me regarder et je comprends ce qu'il attend : il veut savoir quel effet m'a fait son étreinte.

— C'est si fort, tellement saisissant, bredouillé-je. Si rare aussi : jamais je n'avais ressenti cela.

Son regard est fiévreux, son souffle précipité. Je devine que son désir est aussi grand que le mien. Nous nous dirigeons vers la meule de foin. Là, guidés par une alchimie merveilleuse, nos deux corps s'unissent en une longue étreinte et nos bouches en un long baiser. Puis, nous nous laissons choir dans le foin. Thomas ôte mon châle tandis que mes mains courent sur sa nuque et ses épaules. Nous sommes emportés par la sensualité de ce moment hors du temps. Tout s'accélère. Nous voilà nus... Ses baisers et ses caresses éveillent en moi le feu qui couve depuis si longtemps. Soudain folle de désir, animale, je noie mes lèvres dans la toison noire de son torse. Je ne suis plus qu'une masse d'émotions confuses. Après avoir éprouvé une attirance presque primitive, je me sens maintenant envahie par la langueur. Je ne bouge plus, afin de savourer la montée de mon plaisir sous les baisers de Thomas. Il s'allonge sur moi de tout son poids ; je perçois sa virilité et me retrouve submergée par de nouvelles sensations vertigineuses. Je réponds à cette invasion sublime jusqu'à ce qu'elle m'emporte vers la crête encore vierge de la jouissance. Parce que j'avais espéré ce moment depuis dix ans, toutes mes impressions se trouvent décuplées, magnifiées. Tout en nous se cherche pour mieux se fondre. Nous ne formons qu'un seul corps, une seule voix, un seul soupir. Quand

Thomas tressaute à son tour et pousse des gémissements contre ma bouche, j'éprouve un bonheur infini.

Je n'ai nulle gêne à raconter cette scène pendant laquelle je me sentis enfin femme, parce que mon amour était pur et vrai. Nous sommes restés sur le foin, le souffle court, nos corps encore soudés et les yeux dans les yeux, comme anéantis par ce que nous venions de vivre. J'aurais aimé que la nuit s'éternise afin de sentir encore la chaleur de Thomas et de le regarder, les yeux brillants, la bouche rieuse, sa peau claire et irisée à la lumière de la lampe vacillante. Je caresse sa nuque, lui mes cheveux.

— Je t'aime, Emma, murmure-t-il soudain.

— Je t'aime aussi, réponds-je sans hésitation.

Il se redresse, me regarde de la tête aux pieds.

— Tu es si belle !

Je pousse une exclamation de surprise qui lui fait ajouter :

— Tu ne le sais donc pas ?

Mon apparence m'a si peu préoccupée ces dernières années que j'ai juste un mouvement de la tête assez vague.

— Tu es superbe, tu me plais tant, Emma.

— Vous me flattez, m'sieur, répliqué-je.

— Pas de quoi, m'dame ! rétorque-t-il du tac au tac.

Nous rions comme deux gosses. Lorsque la lampe s'éteint, nous faisons silence. Nous nous enlaçons de nouveau et, dans l'obscurité, je lui confie qu'il me plaît aussi énormément.

Las, une heure plus tard, le chant du coq nous rappelle aux servitudes de la vie. Je demande à Thomas quelle explication il fournira aux ouvriers au cas où ils aient remarqué son absence. Il dit qu'il prétendra n'avoir pas trouvé le sommeil dans la chambrée et être allé dormir à la belle étoile. Le voyant garder le silence, je comprends qu'il songe à mon propre retour. Mon escapade a pourtant dû l'éclairer sur l'état de mon couple ! Par son ancien employeur, il a probablement eu vent des fredaines d'Adrien, mais il doit s'interroger sur les sentiments exacts que je porte à mon époux et sur ce que je vis avec lui. Je ne tarde pas à avouer que je n'ai pas véritablement éprouvé d'amour pour Adrien, qu'il ne m'a jamais inspiré de désir ni donné de plaisir, et que notre mariage est un échec. J'ajoute que, pendant ces longues années, toute ma passion est allée au domaine. Thomas se penche vers moi. J'aperçois encore une foule de questions dans ses yeux. Mais le jour commence à entrer dans la grange, et le coq chante une deuxième fois. Il nous faut nous séparer, enlever les brindilles de foin qui se sont prises dans nos cheveux et nos vêtements. Avant de sortir de la grange, nous nous embrassons une dernière fois et Thomas glisse :

— J'aimerais te revoir très vite ! Le plus tôt possible ! Dans un instant à peine, tu me manqueras déjà.

Prise de la même impatience que lui, je propose de le rejoindre le soir venu, au même endroit, à la même heure. Je m'échappe brusquement, une boule au fond de la gorge. Mais une fois dehors, apercevant le soleil levant, je m'exalte à l'idée que dès la fin du jour, je retrouverai mon amour. Je presse le pas jusqu'à la demeure et monte dans ma chambre sans que personne me surprenne. Dans mon lit, je revis les moments passés avec Thomas. Je sais qu'ils resteront gravés dans ma mémoire jusqu'à mon dernier souffle. La vieillesse venue, ma peau sera le parchemin des baisers et des caresses de cet homme, et après ma mort, elle en restera le linceul.

Je m'endors heureuse.

7

À compter de ce jour, nos rencontres avec Thomas se succédèrent à un rythme effréné. Durant les mois qui suivirent, je me préoccupai ainsi bien plus de l'histoire de mes amours que de celle du pays. Pourtant, l'année 1947 fut l'une des plus dures que la France ait connues. Car si la reconstruction avait bien démarré, ses effets n'étaient pas encore visibles. La situation économique et sociale était critique, les communications aléatoires, le manque d'argent criant et la production réduite. La crise touchait aussi l'alimentation et ceux qui n'avaient que les cartes de rationnement ne mangeaient souvent pas à leur faim. Les boulangeries n'ouvraient que trois jours par semaine à cause de la pénurie de céréales. En ville, le manque de pain plongeait la population dans le découragement et le pessimisme ; on vit refleurir marché noir et trafics. Les Français redoutaient une catastrophe. Outre des grèves, le pays connut le blocage des voies ferrées et les attaques des centraux téléphoniques à Montmartre, Paris, Béziers, et même le déraillement de l'express Paris-Tourcoing, qui provoqua la mort de plusieurs personnes. Beaucoup redoutaient une guerre civile entre classe ouvrière et possédants. Jusque dans les sphères dirigeantes, on constatait que les esprits s'échauffaient. Le journaliste Claude Mauriac écrivit même : « Nous sommes à la veille d'une totale interruption de la vie du pays, par suite des grèves, à la veille aussi de la chute définitive du franc ; peut-être d'une insurrection communiste. Nous connaissons une angoisse proche de celle des pires jours de l'Occupation. »

À la fin de l'année, un vent de folie soufflait sur la France lorsque Robert Schuman prit la présidence du Conseil. Le 10 décembre, la radio apprit à Adrien la capitulation du comité national de grève et l'ordre général de reprendre le travail. En quelques heures, le pays retrouva un peu d'apaisement.

Dans nos campagnes, nous n'avions pas connu les mêmes difficultés. Les récoltes avaient été bonnes et le blé assez abondant pour confectionner le pain. Les porcs avaient été engraissés comme les années précédentes ; il y avait de surcroît les volailles, les œufs et les fruits des vergers, ainsi que les noix et les châtaignes de nos forêts. Le bois de chauffage débordait des réserves bien que les cheminées et les fourneaux aient ronflé durant le long hiver. Il avait été bien rude ! Cloué sur son fauteuil de mai à décembre, Adrien lisait les journaux.

Pour ma part, une nuit sur deux, je retrouvais Thomas dans la grange. Nous nous croisions parfois pendant la journée mais nous ne pouvions guère nous exprimer devant les ouvriers, sinon par des regards, enflammés ou tristes selon le délai qui nous séparait du prochain rendez-vous. J'ai souvent pensé que nos escapades n'étaient depuis belle lurette sans doute plus secrètes. Comment les employés ne se seraient-ils pas rendu compte des sorties nocturnes de Thomas ? Nous ne nous en préoccupions pourtant pas, et l'idée ne nous effleurait pas qu'un des ouvriers eût pu suivre son régisseur lors de ses fugues. De mon côté, je m'évadais sans crainte, sachant Adrien immobilisé, Marie et Renée dans leurs chambres. Notre imprudence était à la hauteur de notre passion. Elle nous poussa même à nous rejoindre le dimanche après-midi, dans une ferme inhabitée de Valz, ou bien dans les bois.

J'affichais un nouvel éclat, une nouvelle allure qui n'échappaient pas à mon entourage. L'amour rend la femme plus belle et plus gaie ! Pour la première fois, je fredonnais dans la maison. Adrien aussi avait remarqué ma transformation, mais je n'en avais pas conscience. Pour sa part, il n'allait pas plus loin que le perron, où il demeurait de longues heures. Fidèle à ma promesse, je lui faisais la lecture chaque soir après le repas. Un jour que la douleur devenait lancinante, mon mari me demanda de lui masser les jambes ; j'y consentis. Je ne me sentais pas vraiment fautive de mes amours clandestines, mais une forme de culpabilité me poussait quand même à dorloter un peu Adrien tandis que j'attendais mes retrouvailles avec Thomas.

Nos rendez-vous ne purent cependant garder la même fréquence, car quand arrivèrent les gros travaux, mon pauvre amant apparut bien éreinté. La journée, il se dépensait dans les champs et, une nuit sur deux, dans mes bras ! Le manque de sommeil se faisait sentir. Une nouvelle rémission de la maladie d'Adrien allait de toute manière nous contraindre à espacer nos rencontres nocturnes. Un beau matin, je trouvai en effet mon mari debout dans le hall, totalement libéré de ses engourdissements, fin prêt à se rendre auprès des employés et même au marché, ainsi que chez ses fermiers. Le risque devenait grand de le croiser lors de mes fugues, car Adrien, qui avait souvent des insomnies, se levait à n'importe quelle heure de la nuit. Après deux mois effrénés, nous décidâmes donc avec Thomas de ne plus nous voir que deux nuits par semaine.

Fin juin, la grosse chaleur s'installa, et malgré les gelées tardives que nous avions connues, l'herbe poussa très vite. Haute et drue, elle promettait une belle fenaison. À La Tranchère, le foin se ramassait de toute manière en quantité suffisante, qu'il fît beau ou mauvais temps, car nos employés prenaient soin d'amender la terre. Début juillet, un jour que le vent avait tourné au nord, ils attelèrent par conséquent les chevaux à la faucheuse et gagnèrent les prés. Thomas conduisait la machine tandis que les autres maniaient leurs faux sur les bordures et dans les endroits pentus. Quand mon amant me manquait trop, je m'arrêtais pour le contempler en rentrant de mes chevauchées, ou bien je me proposais pour apporter le panier du casse-croûte. Je le regardais manœuvrer la machine, libérant la barre de coupe pour la coucher dans l'herbe, lançant l'attelage et dégageant la barre avec ses mains si le mécanisme s'était bloqué sur une taupinière ou un amoncellement d'herbe trop dur. Les yeux fixés sur ses mains, je songeais à leur caresse et brûlais d'impatience à l'idée du prochain rendez-vous. La délicieuse odeur d'herbe fraîchement coupée décuplait mes sensations.

Durant ces beaux jours d'été, Thomas et moi délaissâmes la grange pour nous retrouver en contrebas du bâtiment ou au pré des Cougny, dont nos étreintes saccageaient l'herbe. Mais déjà je prévoyais de faire venir mon amour dans la chambre rose, et ce, dès la prochaine immobilisation d'Adrien. Celle-ci arriva juste avant le battage. Mon mari avait cependant tenu à être aux premières loges, et on l'avait conduit dans son fauteuil jusqu'au terre-plein devant la grange où avait été installée la batteuse. Des fermiers étaient venus en renfort des villages voisins. En tout, une vingtaine d'hommes se répartissaient le travail. Dans la grange, l'un d'eux jetait les gerbes sur le plancher. Trois autres les faisaient passer au trio qui se trouvait juché sur la machine. Le premier coupait les liens des gerbes, le deuxième les ouvrait et le troisième les enfournait dans la gueule de la batteuse. Il s'agissait de Thomas ! Les autres hommes présents s'affairaient quant à eux à l'ensachage du grain, à son transport dans les greniers et à la confection des bottes de paille. Malgré la cadence élevée, le travail s'effectuait dans la bonne humeur. Le battage était un peu jour de fête, à La Tranchère comme ailleurs. Au domaine, nous prenions pour l'occasion le repas tous ensemble, maîtres et ouvriers à la table dressée dans la cour.

Le parfum des mets mitonnés par Marie nous avait chatouillé les narines depuis le matin et tout le monde salivait. Nous avions reconnu le fumet des poules au pot dont elle avait le secret. Sans doute avaient-elles été commandées par Adrien, qui en était aussi friand que le bon roi Henri. Ce jour-là, nous eûmes tout d'abord droit aux terrines de garenne, acheté à un braconnier de la contrée. Après le plat de résistance vinrent les bons légumes du jardin, savamment aromatisés. Le tout accompagné du vin de Loire qu'Adrien laissait vieillir dans la cave du domaine. Nos convives se régalaient – de quoi reprendre le travail sans rechigner !

Marie et Renée étant accaparées par le service, j'étais la seule femme de la tablée. J'avais pris l'habitude de ces compagnies entièrement masculines. Mais cette fois, tout était changé, car Thomas était assis en face de moi ! Je me souviens des regards appuyés que nous lançaient les employés quand je lui adressais la parole ; pour la première fois, j'eus la nette impression qu'ils savaient.

La conversation tourna autour de la moisson, puis certains boute-en-train se mirent à raconter des blagues. Tout le monde riait, même Adrien, malgré la crise de paralysie qui l'avait frappé la veille. Placé entre Gerfaut et moi, discutant souvent avec l'intendant, il ne pouvait, j'en étais sûre, intercepter les regards langoureux que je décochais à Thomas et ceux qu'il me rendait.

8

Les journées s'écoulaient sans égards pour les amants impatients que nous étions. Mais après les semailles de l'automne 1947, nos rencontres retrouvèrent leur rythme de mai. Je ne désirais rien d'autre dans ma vie et n'imaginais pas le moindre changement, comme si cette situation pouvait durer toujours. Je ne me doutais pas que Thomas aspirait à autre chose, jusqu'à ce qu'au printemps 1948, un dimanche après-midi que nous étions dans la maison de Valz, enlacés au creux du vieux lit de coin, il me confie :

— C'est dur de ne pas se voir librement. Et ça fait plus d'un an !...

N'ayant jusqu'ici pas songé sérieusement à l'avenir, et percevant du reproche dans sa voix, je répondis un peu sèchement :

— Justement, je ne suis pas libre !

— Mais pourquoi restes-tu avec lui ?

Décontenancée, je marquai un temps avant de m'écrier :

— Parce qu'il est mon mari !

— Un mari, ça se quitte !

Je demeurai silencieuse. Je jugeais les mots de Thomas presque brutaux, le divorce n'étant à l'époque pas entré dans les mœurs des campagnes. Mais je lui avais tant dit que je l'aimais, et conté tant de fois mes déconvenues que sa proposition constituait une conclusion logique.

— Oui je sais, répondis-je, mais... mais je n'y ai pas réfléchi, et surtout je n'ai jamais envisagé de partir de La Tranchère, qui est toute ma vie !

— Tu as donc plus d'amour pour ce domaine que pour moi...

Thomas s'était brusquement écarté et fixait les étoiles.

— Mais voyons, ce n'est pas le même amour ! m'écriai-je. Je t'aime, mais j'aime aussi ce lieu ; j'y ai puisé ma raison de vivre.

— Je voudrais que maintenant ce soit moi, ta raison de vivre, rétorqua-t-il.

Comment ne pas être attendrie par ces mots ? Tandis qu'il restait immobile, je me glissai sur lui et le regardai au fond des yeux.

— Et si je divorce, que ferons-nous ?

— Nous vivrons ensemble, bien sûr !

— Et puis ? Comment vivrons-nous ?

— Nous pourrions prendre une ferme : je connais bien le travail, désormais, et je suis né paysan ! Pour que tu sois heureuse, nous réunirions deux terres afin d'y faire un parc comme ici, et tu décorerais la maison à ton goût.

Tout cela était à la fois si inattendu et si touchant que je me retrouvai soudain plongée dans une grande confusion. Bien que ma vie eût pris un sens nouveau depuis l'arrivée de Thomas, je ne m'étais jamais imaginé vivre ailleurs qu'au domaine. Des souvenirs surgirent alors et des images défilèrent devant mes yeux, dont celle d'Adrien condamné au fauteuil roulant.

— C'est mon mari, et en plus, il est malade ! m'exclamai-je.

— Que veux-tu dire ?

— On dira que je l'ai quitté parce qu'il est malade. Comment pourrais-je partir alors que...

Il m'interrompit.

— Tu éprouves donc quelque chose pour lui ? T'a-t-il rendue heureuse ? Tu sais bien qu'il préférait les beuveries et les femmes de mauvaise vie !

Parce que j'avais été discrète sur les écarts d'Adrien, je ressentis de l'humiliation à imaginer les vilenies que mon amant avait dû entendre : « Elle porte des cornes d'ici à Marseille, la cocue de La Tranchère !... » Les ragots blessent décidément autant que les faits eux-mêmes. Avant que j'aie le temps de répondre, Thomas ajouta :

— Et dire qu'après tout ça, tu lui fais la lecture, tu lui masses les jambes...

J'en eus la certitude, cette aigreur ne quitterait Thomas que lorsque je quitterais Adrien. J'essayai toutefois de trouver des raisons de l'apaiser.

— Je ne pouvais refuser : c'est dans un esprit de bonté qu'une femme apporte de l'aide à son mari. Notre union est un échec, mais Adrien n'en est pas le seul responsable. Je ne lui ai pas témoigné d'amour et je n'ai rien fait pour combler le fossé. Par la suite, j'ai fermé les yeux et je n'ai vécu que pour ce domaine dont il m'a fait l'héritière. Si je n'ai pas divorcé, c'est pour La Tranchère !

— Rester avec un être qu'on n'aime pas, ou plus, pour un domaine ? Alors que je suis là, moi...

— Tais-toi ! m'écriai-je. Oui, tu es là désormais, et tu sais que je t'aime ! Mais notre histoire est encore toute fraîche, elle n'a qu'un an... Il faut laisser le temps au temps, et les choses suivre leur cours, et puis tout finira par arriver, tu entends ?

Thomas se releva brusquement. Il s'habillait en hâte, l'air renfrogné.

— Mais oui, je vous entends, vous laissez les événements suivre leur cours. Mais je crois aussi que vos paroles sont des phrases en l'air !

Bien que blessée par ces mots et ce retour du vouvoiement, je ne pus m'empêcher de ressentir un surcroît d'amour. Je me levai, me collai contre Thomas et passai une main sur sa nuque. Je repris moi aussi le vouvoiement pour lui demander s'il m'aimait vraiment. Comme il opinait, j'ajoutai que je penserais à ses souhaits et que je désirais autant que lui leur concrétisation. Il me serra très fort et posa sa joue contre la mienne.

— Je voudrais être chaque jour avec vous, vivre avec vous, faire le chemin avec vous, vieillir avec vous et mourir près de vous !

Je souris. Le ton de sa voix était si émouvant…

— Si je meurs avant vous, la dernière étape de votre plan tombera à l'eau, lançai-je.

— Le reste est en tout cas possible ! Mais je voudrais pourtant que nous mourions en même temps. Même si ça vous fait rire…

— C'est vous qui me faites rire ! Vous ressemblez à un enfant.

— Un enfant qui aimerait voir ses rêves se réaliser !

— Et pourquoi mourrions-nous en même temps ?

— Parce que nous ne pourrons rester dans ce bas monde l'un sans l'autre. Nous devrons partir ensemble vers un ailleurs !

Je m'écartai de Thomas pour mieux le regarder. À cet instant, mon amour était si fort et si évident que je désirais combler tous les désirs de mon amant.

— Vos rêves se réaliseront, car je veux moi aussi être tout le temps près de vous, déclarai-je. Mais vous croyez donc en un ailleurs ?

— Oui j'y crois, depuis que je vous connais, Emma. Pas vous ?

— Je ne sais pas… mais j'aimerais qu'il existe une autre planète où nous puissions nous rendre au terme de notre vie ici-bas.

— Oh, comme ce serait bien, une autre planète pour nous deux, Emma !

En ce temps-là, j'avais peur de la mort. Je ne croyais pas à un après, mais je décidai quand même d'entrer dans le rêve.

— Cette planète serait la copie conforme de notre bonne vieille Terre. Mais mille fois plus grande pour y accueillir tous ceux qui ont vécu ici pendant des millions d'années ! Le temps non plus n'aurait pas la même mesure, car cent ans ici en vaudraient quatre cents là-haut.

— Quel bonheur alors de pouvoir nous aimer aussi longtemps, Emma ! Mais comment s'appelle cette fameuse planète ?

Je n'eus pas à réfléchir longtemps.

— Elle s'appelle Gléba ! Car nous chérissons la glèbe, les champs, les bêtes.

Thomas éclata de rire et me serra de nouveau contre sa poitrine.

— Alors, nous irons tous deux sur Gléba, pour nous y aimer pendant quatre cents ans, ma chérie ! Quel bonheur… Et si je pars le premier, pour sûr, je vous y attendrai !

— Et moi, je n'aurai plus peur de mourir, murmurai-je en posant mes lèvres sur son cou.

J'étais si complètement entrée dans le rêve que je crus pendant quelques secondes que cette planète existait bel et bien.

— Ne songez pas trop à tout cela, s'exclama Thomas ; pensez plutôt à la réalisation de nos rêves ici-bas !

Comme je désirais moi aussi que nos espoirs se concrétisent : vivre auprès de mon amant, tout partager avec lui… Je venais d'en avoir la révélation, Thomas était l'homme de ma vie. Et quand ma pensée s'évada de nouveau vers La Tranchère, je me promis de m'en détacher peu à peu. Je demandai toutefois à Thomas de patienter, le temps de mener à bien nos projets. Et je le priai de me faire confiance. Nous fîmes de nouveau l'amour sur la vieille paillasse. Je me jetai dans cette étreinte avec une frénésie qui témoignait de ma passion et de mes résolutions.

Une fois que j'eus regagné ma chambre, je repensai cependant à la promesse faite à Thomas. Je me rappelai mon passé, tout ce qui avait assombri ma vie et m'avait incitée à puiser des forces dans le parc. Des craintes me vinrent, comme si, en vivant loin du domaine, j'allais me retrouver dépourvue de cette force que m'apportait La Tranchère, sans réaliser que je n'en aurais plus besoin auprès de Thomas... J'avais toujours eu l'impression d'être faite pour passer toute mon existence au domaine, comme on peut avoir le sentiment d'être fait pour un seul être, sans que rien ni personne puisse nous en détourner. C'était comme si j'étais née à vingt ans, lors de mon arrivée dans cette propriété – comme si je n'avais jamais respiré un autre air !

L'affolement me gagna. J'étais incapable de mettre en balance le poids de mes deux amours – Thomas et La Tranchère. J'étais néanmoins sûre d'une chose : je ne pourrais vivre sans l'un ou sans l'autre. Je me retournais dans mon lit, ma pensée allant sans cesse de Thomas au domaine. Le lendemain, quand l'impatience de revoir mon amant me saisit de nouveau, mes angoisses s'allégèrent toutefois, et je sus que mon amour pour lui était tel que, si je devais le perdre, ma vie n'aurait plus ni sens ni saveur. Lorsque je le retrouvai, je lui annonçai que j'informerais bientôt Adrien de mon désir de divorcer. Je tins néanmoins à ce que Thomas me rassure une nouvelle fois sur notre avenir. Il me souleva du sol et s'exclama :

— Comment pourrais-je avoir changé d'avis ? Je t'aime, Emma ! Je suis si heureux...

Ces mots me galvanisaient mais je mis une main sur sa bouche, craignant que quelqu'un n'entende ses exclamations enthousiastes. Nous étions dans la grange, il était presque minuit. Il me reposa sur le sol et alla dénicher sous le garde-manger la couverture que nous prenions soin d'y cacher. Il l'étira sur le foin et plaça la lampe tout près. Je m'y étendis et il me rejoignit, plongeant ses yeux dans les miens.

— Tu verras, Emma, murmura-t-il, nous prendrons une ferme. J'ai appris le métier de paysan et il me plaît. Si tu veux, tu m'accompagneras aux champs, mais tu n'y seras pas obligée car mes bras suffiront pour travailler la terre. Tu n'auras qu'à t'occuper de la maison et l'arranger pour t'y plaire. J'aménagerai un endroit qui te fera penser au parc. Oh, pas si grand ! Mais aussi joli ! Et puis je t'achèterai une jument aussi belle que Princesse, et tu deviendras l'amazone de nos terres.

Je souriais, ravie. Je caressais la nuque de Thomas et me noyais dans son regard qui luisait sous la lampe. Je me demandais cependant comment il se débrouillerait pour acheter une ferme.

On aurait pu croire qu'il lisait dans mes pensées.

— Je sais que l'un des fermiers de Bartier va prendre sa retraite en fin d'année. Je suis sûr que Bartier me vendra la ferme. Il m'avait confié qu'à son âge, il ne voulait plus s'embarrasser de baux, et que son fils n'en avait pas besoin. J'ai des économies assez importantes pour l'acquérir.

— Tu as des économies ? m'étonnai-je.

— Mais oui ! J'ai travaillé et peu dépensé. Tu vois, Emma, j'attendais pour m'établir de rencontrer la femme de ma vie. Seul, je n'en avais pas envie.

Ma curiosité s'éveilla, et je voulus savoir si Thomas avait déjà été amoureux, et combien de relations il avait eues.

— J'ai été amoureux une fois, dans mon jeune âge, de la fille de mon patron, une jolie petite blonde qu'un autre m'a ravie après quelques mois de fréquentation. Puis, j'ai connu d'autres femmes avec lesquelles je n'ai pas pu me lier. Ce n'étaient que des aventures sans lendemain.

— D'autres femmes ? m'écriai-je, redoutant leur nombre et ressentant le pincement de la jalousie lorsque je songeai que le regard de Thomas avait devant elles brillé autant qu'aujourd'hui.

Mon amant éclata de rire et répliqua :

— Il y en a eu deux, Emma ! Mais elles n'ont pas compté. C'est seulement aujourd'hui, avec toi, que j'apprends ce qu'est l'amour !

Réconfortée, je revins au précédent sujet de conversation.

— De mon côté, expliquai-je, je n'ai pas d'économies ; je n'ai jamais travaillé, et quand je partirai du domaine, je n'aurai pas un sou.

— Aucune importance, Emma ! Nous n'aurons pas de loyer à verser et nous vivrons des revenus de la ferme. J'ai d'ailleurs de quoi acheter l'outillage. La propriété t'appartiendra également, nous ferons le nécessaire à ce sujet. Ce ne sera pas La Tranchère, mais notre chez-nous ! Nous y serons heureux, et il ne dépend maintenant que de toi que j'aille discuter avec Bartier et réserver la ferme.

J'étais heureuse, et pourtant mon estomac se noua subitement. Je songeais à Adrien et redoutais sa réaction lorsque je lui parlerais du divorce. Thomas s'aperçut de mon malaise et me demanda de lui livrer le fond de ma pensée.

— Tout va si vite ! Je désire tout cela mais... je n'avais pas réfléchi à ce que cela engage.

— Je sais bien, mais plus tôt tu parleras à ton mari, plus tôt nous serons ensemble !

— C'est un homme malade qui compte désormais sur moi ; va-t-il accepter le divorce ?

— Il devra s'y plier. Au besoin, il prendra une garde-malade, car toi, tu n'en es pas une !

J'étais à peu près sûre qu'Adrien s'opposerait à ce divorce. Ces derniers mois, sa maladie avait noué entre nous un lien que je jugeais solide. Je n'aurais su l'expliquer précisément, mais cela ressemblait à un pacte : il me donnerait La Tranchère en échange de ma présence et de mes soins. J'avais accepté ce marché ; n'aurais-je pas le sentiment de le trahir ? Je songeais d'autre part aux racontars : « Elle ne l'a pas quitté quand il la trompait, mais elle le fait maintenant qu'il est paralysé ! », diraient les gens.

Thomas semblait décidément doué de télépathie.

— Les gens en parleront quelque temps puis ils passeront à autre chose, tu le sais bien, Emma, c'est ainsi ! Rien ni personne ne doit nous empêcher de faire notre vie ensemble. Nous en avons le droit ! Le divorce existe, et nous nous aimons. Nous ne pouvons pas continuer ainsi, tu entends ?

Je hochai la tête et il poursuivit :

— Nous ne pouvons pas éternellement nous cacher ! Nous voir dans cette grange la nuit, dans les bois le jour ou dans les fossés ! Je veux pouvoir te serrer dans mes bras librement, en plein jour, aux yeux de tous, pouvoir te regarder, te parler. Ne le désires-tu pas, toi aussi ?

— Mais si, bien sûr…

— Tu parleras à ton mari ? Tu lui parleras, dis ?

— Oui, je le ferai, répondis-je dans un souffle.

Thomas m'attira à lui et embrassa mon visage. Entre chaque baiser, il murmurait des mots d'amour, des mots doux, des mots fous. Des phrases dont j'avais désormais besoin et que je ne voulais plus cesser d'entendre. Je sentais si fort mon amour pour lui que les obstacles ne me parurent plus si impressionnants. Mes sentiments pourraient m'aider à franchir les plus hautes montagnes, si c'était pour vivre auprès de Thomas. Ah, ce bonheur ! Il se présentait enfin et il ne fallait pas le lâcher. Je voulais cette vie avec Thomas. Oui, je la voulais !

9

À cette époque, les terres de Bergonne regorgeaient de gibier. Mais c'était au sanglier que forêts et landes procuraient le territoire idéal. L'animal y trouvait une nourriture variée et de l'eau à volonté grâce aux nombreux rus et à la Saline, la principale rivière. Il pouvait se vautrer dans la boue des souilles et dormir dans des bauges bien sèches, dissimulées dans de multiples dépressions. Durant la saison de la chasse, les battues ne cessaient point. Les chasseurs se concertaient avec Adrien car une grande partie des terres appartenaient au domaine. Presque tous ses fermiers chassaient : ceux de La Renaudie, de Malauzat, de Valz et même de Nollieux. Trois des employés de La Tranchère faisaient équipe avec les plus fervents et les plus habiles. Ils nous fournissaient le gibier que Marie préparait à toutes les sauces. Le sanglier primait. Et, à La Tranchère, on ne parlait plus que du déroulement des battues.

Appâté par les récits de ses compagnons de chambrée, Thomas avait pris son permis de chasse et il était désormais de toutes les traques. De son côté, Adrien s'y intéressait encore, mais il avait cessé d'assister aux découpes, qui s'effectuaient dans un local attenant à l'étable. Mon mari sentait en effet venir la paralysie complète. Durant la première moitié de l'année 1948, les crises de paraplégie et les rémissions s'étaient succédé.

Chaque phase durait deux à trois semaines. De nouveaux symptômes, notamment digestifs, étaient en outre apparus, et l'effet des tisanes de Marie s'amoindrissait de jour en jour. Lors des crises les plus fortes, les fourmillements qui s'emparaient de ses membres exaspéraient le malade et le rendaient agressif. C'était l'une des raisons pour lesquelles j'appréhendais et repoussais sans cesse le moment de lui parler du divorce. Et quand par extraordinaire il jouissait d'un répit, Adrien s'échappait, semblant me fuir comme s'il avait deviné mes intentions.

Lors des séances de découpe du gibier, je me rendais au local afin de récupérer notre part – trouvant là un bon prétexte pour voir Thomas. Tous les chasseurs ou presque étaient présents, attendant de recevoir la part que le chargé de découpe tirerait au sort. Les morceaux attribués à nos employés partaient dans les réserves de la maisonnée ; quant à la tête du sanglier, elle revenait à celui qui avait tué l'animal. Thomas regardait dépouiller, vider et découper la bête avec une sorte de bienveillance, tout en discutant de la battue avec les autres chasseurs. J'aurais pu croire qu'il oubliait ma présence, mais tel n'était pas le cas. Nous étions souvent l'un près de l'autre ; nous nous frôlions, nous échangions quelques regards. Ces moments-là étaient très forts, car nous devions exprimer notre amour à l'insu des chasseurs, grâce à ces petits effleurements, ces regards furtifs, ces silences où nous percevions parfois nos respirations mutuelles. C'était un plaisir immense que cet amour doucement diffusé en secret des autres.

Aux battues venaient les Martin père et fils, qui faisaient partie de nos fermiers. En son temps, Antoine Fournel leur avait loué la ferme des Aulnes, sise sur le chemin de La Renaudie, en bordure de rivière. Peu de gens fréquentaient les Martin, à cause de leur insociabilité et de leur étrangeté. Père, mère, fils : tous trois étaient noirs de peau, de cheveux, avec le regard charbon. Les époux se ressemblaient comme des jumeaux, faisant naître le soupçon d'une union contre nature. Bref, les trois Martin étaient en tous points égaux, et affreux par leur mentalité. Chacun leur tour, ils fixaient de leur œil ténébreux les gens qui passaient devant chez eux, leur jetant des mots indécents, tirant parfois la langue ou levant le poing. Même s'ils étaient plus modérés à mon égard, je craignais de les voir. Je redoutais leur attitude et leurs regards sournois. Quand je passais devant chez eux, je gardais les yeux rivés au sol. J'avais moins peur de leur fils Régis, que j'avais côtoyé sur les bancs de l'école pendant une année ou deux. C'était un être fuyant, laid et des plus solitaires. On ne le rencontrait nulle part ailleurs que dans les bois ou à la ferme des Aulnes. Sa présence aux découpes n'était due qu'à celle de son père.

Quand je revenais à la maison, j'étais en tout cas imprégnée de Thomas, et mon impatience redoublait à l'idée du prochain rendez-vous. Comme je l'avais prémédité, nous nous retrouvions désormais dans ma chambre, à la faveur des immobilisations d'Adrien. J'étais loin de me douter que la dernière surviendrait début janvier 1949.

Ce soir-là, en rentrant de la découpe, je me sentais enfin prête à parler à mon mari. Il était assis de guingois dans l'une des bergères de la grande salle à manger. Je m'approchai et me laissai choir dans le fauteuil face à lui. Là, j'aperçus un rictus de douleur sur son visage. J'ouvris la bouche, mais sa voix retentit avant que j'aie pu placer un mot.

— Tout s'est bien passé ?

Décontenancée, je lui racontai que chaque chasseur avait emporté sa part, et que Marie préparerait la tête de l'animal en fromage, avec des plantes et des légumes appropriés. C'était en effet Thomas qui avait abattu le sanglier.

— Ainsi, c'est Bertin le tueur ! Il devait être rudement fier, s'exclama mon mari.

J'acquiesçai. Son regard pénétra au fond du mien.

— Toi aussi, tu dois être fière, Emma !

J'eus alors la certitude qu'il savait. Cela transparaissait dans ses yeux acier et le ton de sa voix. Ma résolution s'en trouva raffermie, et pour la deuxième fois j'ouvris la bouche, mais Adrien m'interrompit encore en levant soudainement la main. Puis, il jeta un petit cri et fit une grimace. Avait-il compris que j'allais lui confier mes intentions ? Ou bien était-ce là une authentique manifestation de douleur ? Je lui demandai précipitamment ce qu'il avait.

— Ne l'as-tu donc pas vu ? maugréa-t-il. Je suis coincé dans cette position depuis deux heures, à nouveau complètement bloqué. Mes jambes... Mais je sens aussi un engourdissement, là !

Il désignait son abdomen. Toute ma détermination s'envola : je lui accordai davantage d'attention et remarquai son corps tout contorsionné.

— Mais pourquoi ne pas avoir sonné Renée ?

— Pas envie de la voir ! Je voulais attendre demain pour rejoindre ce maudit fauteuil. Je t'attendais aussi, Emma, je voulais te voir. Ou plutôt, je voulais voir ton visage après avoir assisté à cette découpe dont Bertin était le champion !

L'occasion n'était-elle donc pas propice pour parler ?

— Que voulez-vous dire ? commençai-je.

Mon mari demeura un instant pensif. Dans ses yeux étrécis fixés sur moi passait un regard hostile. Puis, sa voix se fit plus amène.

— Je veux dire que... tout simplement, que je suis jaloux. Tu vois, Emma, ce bonheur sur ton visage, je l'envie. Tu as bien dû remarquer que je ne vais plus aux découpes, même quand je suis à peu près valide ! Je me mets des bornes avant que ma paralysie ne s'y emploie. Comment dire ? Je me suis doucement préparé. Et ce soir… de te voir revenir si gaie… moi aussi, j'aurais aimé assister au spectacle ! Si je te parle de Bertin, c'est parce que je jalouse sa force, sa santé ! N'est-ce pas stupide ?

J'étais complètement déroutée. Adrien n'avait donc rien deviné ?

— Et maintenant, reprit-il, je sens que je ne marcherai plus. C'est une impression profonde, comme une prémonition. Je crois que je serai très bientôt complètement paralysé, Emma !

Comment ne pas m'apitoyer devant une telle sentence ? Comment ne pas mettre de côté mes résolutions ? Je déclarai qu'il fallait appeler le médecin, mais Adrien refusa tout net.

— Demain suffira bien ! De toute façon, personne ne connaît de remède à mon mal. Appelle juste Renée pour qu'elle me mette au lit.

J'allai tirer la sonnette, puis revins près de mon mari :

— Vous vous trompez peut-être. C'est sans doute une crise plus sévère, mais elle passera, ne soyez pas si pessimiste…

— Je te dis que non ! Ah, Emma, heureusement que tu es là ! Je sais que je peux compter sur ta présence, et sur tes lectures, qui me sont un immense réconfort. Heureusement pour toi, tu trouves à La Tranchère quelques divertissements et des plaisirs. Je suis content que ce domaine t'appartienne : si je venais à disparaître, je le sais entre de bonnes mains.

Toutes ces paroles me ramenèrent à mes tergiversations. J'étais toujours sûre de ma décision, mais l'instant ne se prêtait pas à une annonce : mieux valait attendre.

Renée arriva et nous conjuguâmes nos efforts pour mettre Adrien au lit. Ses jambes étaient inertes et le reste de son corps engourdi. Il ne pouvait même plus remuer le tronc, et les gestes de ses bras étaient indolents. Tandis que Renée lui enfilait son pyjama, je m'installai dans le fauteuil et saisis le livre entamé la veille. Quand la servante se retira après m'avoir adressé un regard soucieux, je reportai mon attention sur Adrien. Il me regardait avec un air étrange, un regard que je ne lui avais jamais vu, qui m'embrouillait. Je songeai que son état le terrassait et lui rappelait le contraste avec les belles années de sa vie, pourtant pas si lointaines. Il était effectivement bien jeune pour subir un tel sort. Dans un élan de compassion, je lui glissai :

— Je vais demander à Marie qu'elle vous apporte le souper et ensuite, nous reprendrons cette belle lecture.

— Je ne voudrais pas t'imposer ces séances, mais elles me sont devenues indispensables, répondit-il. Je ne pourrais apprécier une autre voix que la tienne. Je crois que je suis condamné à ce fauteuil roulant, mais je tâcherai de ne pas te rendre l'existence trop difficile. Je demanderai juste ta présence avant la sieste et le soir, pour ces lectures.

D'une voix douce, je repris la parole.

— Même si vous deviez rester dans le fauteuil, ce n'est pas une raison pour vous couper du monde ! Vous me parliez des découpes tout à l'heure : pourquoi vous en priver ? N'importe lequel de vos employés peut vous conduire où vous le désirez : dans la cour, le parc, aux marchés, aux foires… Un fauteuil, ça se transporte !

— Je sais bien, mais je n'ai plus goût à rien. Cette invalidité me fait horreur. Toujours être à la merci des autres, à demander ceci ou cela !

— Vous savez bien que Christian ou Gerfaut vous aideront avec plaisir. Et puis il faut continuer à surveiller vos fermiers…

— Et ainsi, on verra passer l'infirme ! Tous les yeux seront braqués sur moi. Dans certains, je lirai même de la jubilation. Tout le monde ne m'aime pas, Emma, tu le sais pertinemment !

Je marquai un temps d'hésitation.

— Tout le monde est en affaires avec vous dans cette contrée, que ce soit pour la chasse, les bois, les fermes, les terres... Dans les yeux des gens, vous ne verrez rien de ce que vous redoutez bêtement !

Adrien demeura un moment songeur avant de reconnaître que j'avais sans doute raison. Il ajouta qu'il ferait annoncer son état à ses fermiers et dire qu'il espérait leurs visites. Quant à moi, j'étais aux prises avec un cas de conscience, perturbée par ce lien que la paralysie avait noué entre nous quand je voulais qu'il n'en existât aucun. Je tâchai d'entrevoir une solution, mais la seule voie qui se présenta était celle de la patience dont Thomas et moi aurions à nous armer.

Je quittai Adrien et allai droit à la cuisine. J'y trouvai Renée et Marie, cette dernière visiblement accablée par l'aggravation de la maladie de son employeur. Elle me caressa la joue comme elle le faisait quand elle me croyait affligée. Elle savait cependant que je n'éprouvais pas le chagrin propre à une femme aimante ; son geste traduisait plutôt son apitoiement face à l'avenir qu'elle imaginait pour moi, au côté d'un époux paralytique.

— Ne changez rien à vos habitudes, ma petite, déclara-t-elle, et ne lui en donnez pas de nouvelles ! Il doit se faire au fauteuil et apprendre à se déplacer, dans la maison comme dehors.

Je hochai la tête. Au même moment, j'aperçus les marmites des ouvriers sur le fourneau ; espérant que peut-être Thomas serait chargé de venir les chercher, je fis durer la conversation avec Renée. Pendant ce temps, Marie s'activait devant la cheminée. Pour elle, l'âtre restait l'élément essentiel, avec sa grande crémaillère qui permettait de suspendre à différentes hauteurs l'indispensable marmite. La cuisinière y avait mitonné une soupe de légumes. À l'aide d'une louche, elle en transvasa une partie dans un faitout, qu'elle posa sur le fourneau ronflant. Puis, elle remplit un bol que Renée porta à Adrien. L'employé n'arrivait toujours pas pour chercher les gamelles de ses camarades ; je mis son retard sur le compte de la découpe. Je me résignais à gagner la salle à manger quand des coups furent frappés à la porte entrouverte. Heureuse surprise : c'était Thomas ! Par des mimiques, je lui fis comprendre que j'avais à lui parler. Nous commençâmes toutefois par remplir les paniers avec les plats et une couronne de pain. Il complimenta Marie pour le fumet de sa pitance.

— Qu'elle vous garde en bonne santé, jeune homme, répondit-elle, et qu'elle vous régale le gosier !

— Pour sûr qu'elle le régale, s'écria-t-il en riant à pleines dents et en me faisant un clin d'œil.

Je lui rendis un sourire et un regard langoureux qui ne put échapper à Marie. Je raccompagnai ensuite mon amant jusqu'au perron, où il déposa les paniers et attendit, l'air soudain plus soucieux, soupçonnant sans doute ce que j'avais à lui annoncer. Dès que j'eus évoqué la grave crise d'Adrien, il lança :

— Eh bien ?

Sa voix était exaspérée.

— Il affirme qu'il ne remarchera plus jamais, murmurai-je.

— Et alors ?

— Alors, je ne peux pas parler de divorce à Adrien dans ces circonstances. Je crois qu'il faut attendre.

— Comment ton mari peut-il savoir qu'il ne quittera plus ce fauteuil ? Cela dure comme ça depuis longtemps : une crise, un répit, une crise, un répit ! Au fond, ce n'est peut-être que de la comédie. Ou même des prétextes qui te permettent de te défiler…

Malgré l'obscurité, j'apercevais son regard découragé. Il attrapa l'anse des paniers et me tourna le dos pour s'en aller. Je le retins par la manche de sa veste.

— Arrête, Thomas ! Arrête de dire des bêtises ! Ce que je te dis est vrai et je suis sûre qu'Adrien ne se trompe pas. Parfois, le corps parle... Il faut que tu comprennes que je ne peux pas lui annoncer ma décision en ce moment. Mais je le ferai bientôt, comme promis, car c'est avec toi que je veux être, Thomas !

Il sembla perplexe, puis reposa ses paniers.

— Crois-tu vraiment que tu pourras passer à l'acte, Emma ? Je crains que, dans six mois, tu ne me dises la même chose qu'aujourd'hui. Il y aura toujours un obstacle ! La prochaine fois, ton mari te dira probablement qu'il est à l'article de la mort. Tu trouveras toujours un prétexte pour ne pas quitter ton domaine !

Ses mots me firent mal : ils montraient qu'il n'avait pas confiance en moi.

— Tu dis n'importe quoi ! Tu ne raisonnes pas ! Je veux juste qu'Adrien ait le temps de s'habituer à son état, à son fauteuil... Ma conscience me travaille. Avoue que ce n'est pas le moment, dis-moi que tu le comprends ! Arme-toi de patience et attends-moi, mon amour. Je te rejoindrai peut-être plus tôt que tu ne le penses.

J'avais les larmes aux yeux. Thomas se calma et réfléchit un instant avant de répliquer :

— Dans trois mois, alors, Emma ! Dans trois mois, il sera habitué au fauteuil – il y est déjà, de toute façon. Et si ta conscience te reproche de le quitter alors qu'il est dans cet état, dis-toi que tu n'y peux rien. C'est sa fatalité. Que tu restes ou pas, son sort sera le même !

Il avait probablement raison. Je ne devais pas me sentir coupable ni retarder encore nos desseins à cause d'une maladie dont Adrien était l'unique responsable. Certes, il y avait ce lien tissé par les lectures qui me donnait l'impression que j'allais manquer à mes devoirs. Mais ne devais-je pas me sentir encore plus coupable de ne pas répondre aux promesses faites à Thomas ? Je me précipitai contre lui.

— Trois mois, pas davantage ! promis-je. Je lui parlerai, sois-en sûr ! Aie confiance en moi.

Il ne répondit pas mais passa sa main dans mes cheveux. Je relevai la tête et nos regards se cramponnèrent l'un à l'autre. J'espérais lui communiquer mon assurance. Thomas déposa un baiser sur mon front et saisit les paniers pour disparaître dans la nuit. À cet instant, j'eus conscience de ma lâcheté jusqu'ici et je me promis de quitter Adrien avant trois mois.

Cette nuit-là, je rêvai de mon amant, ce qui m'éveilla. Je finis par me rendormir mais, au petit matin, je fus la proie d'un phénomène étrange : dès mon réveil, je sentis une présence – celle de Thomas ! L'apparition portait un pyjama orné de rayures. L'image était assez floue mais je ne pouvais me tromper sur ce visage. Ce n'était pas un rêve, car j'étais assise dans mon lit. Je pensai avoir affaire à une sorte de message télépathique, d'une intensité telle que je ressentais presque physiquement la présence de l'être aimé. Tout se passait comme si cette communion extrasensorielle était le fruit de ma pensée concentrée sur Thomas, qui l'avait recueillie et me l'avait retournée. Après cet échange fantastique, je restai fébrile toute la journée, convaincue d'avoir reçu là un signe de bon augure.

10

Adrien ne s'était pas trompé sur son état. Même le médecin resta perplexe, ne sachant dire si ses jambes recouvreraient un jour leur autonomie. Après un examen minutieux, le diagnostic fut en revanche positif quant à la mobilité du tronc et des bras. Le spécialiste demeurait toutefois soucieux face aux symptômes apparus ces derniers mois, en particulier les problèmes d'incontinence, le dysfonctionnement de l'intestin et la douleur au bas du dos. Il ne fit part de ses inquiétudes qu'à moi. La maladie était encore mal connue, mais il était certain qu'elle progressait à grands pas. Je demandai jusqu'où pouvait aller son évolution. Le médecin parut bien ennuyé.

— On ne peut éliminer l'éventualité d'une paralysie complète. Nous avons, avec deux de mes confrères, étudié le cas de votre mari, et nous pensons cependant qu'il pourrait souffrir d'affections cardiaques avant même la survenue de la paralysie. Mais nous ne pouvons nous prononcer sur les échéances.

— Le cœur serait donc touché ? Cela veut dire que mon mari risque la crise cardiaque ?

L'homme de science eut un haussement d'épaules.

— Mais, docteur, est-ce une affaire de mois ou d'années ?

— Hum. L'évolution de la maladie a été lente au début, puis elle s'est accélérée. Votre époux a sans doute plusieurs mois à vivre… peut-être des années, je ne saurais le dire.

Le médecin parti, je retournai à mes interrogations. Elles me tourmentèrent jusqu'au soir. Thomas était auprès de moi, dans ma chambre.

— Plus tôt tu agiras et mieux ce sera, trancha-t-il. Si sa maladie empire, ta culpabilité grandira elle aussi… bien qu'elle n'ait pas lieu d'exister. Je te rappelle que tu ne déroges pas à ton devoir car tu n'es pas une garde-malade.

Comme je restais préoccupée, mon amant poursuivit :

— Je sais à quoi tu penses : Adrien pourrait mourir durant la procédure de divorce. Le médecin lui-même n'a pas su dire combien ton mari avait encore de temps à vivre. Mais on ne peut rien contre la fatalité ! Si, pour agir, on attend toujours d'être sûr de l'avenir, on n'avance pas. À moins que tu penses qu'en divorçant, tu perdras bêtement La Tranchère ! Mais si ton mari meurt dans trente ans… ?

— Comment peux-tu me dire tout ça ? répliquai-je en me détournant.

Et pourtant oui, j'avais effectivement songé au risque de perdre stupidement le domaine. J'enfouis ma tête sous l'oreiller pour cacher ma confusion. Devant l'homme de ma vie, je me trouvais à nouveau faible. Je sortis la tête de sous l'oreiller.

— Je parlerai à Adrien avant trois mois, comme prévu ; je suis décidée, Thomas.

Mon amant se pencha sur moi et scruta mon regard. Sans doute voulait-il y puiser davantage de certitude. Rassuré, il ne remit plus en doute mes propos et se contenta de poser ses lèvres sur les miennes. Avec sa langue, il me força progressivement à ouvrir la bouche.

Mes défenses tombèrent, et à notre baiser succédèrent ces étreintes dans lesquelles nous nous abîmions avec frénésie chaque fois qu'un problème surgissait – comme pour prouver que notre passion surpassait tout…

Nous nous détachâmes enfin, mais un souffle à peine séparait nos deux visages. Nous nous regardions, une nouvelle fois émus et étonnés de cette ardeur avec laquelle, toujours, nous nous aimions. Au petit jour, je descendis avec Thomas afin de refermer la porte à clé derrière lui. En cette nuit glacée de janvier, je ne l'accompagnai toutefois pas sur le perron.

Depuis mi-décembre, les températures battaient en effet des records de froid : la nuit, elles tombaient à –20 °C et ne remontaient pas au-dessus de zéro durant la journée. La campagne remuait à peine, prise sous une camisole de givre en dépit de quelques percées du soleil. Il avait neigé trois fois depuis novembre, en petites quantités – présage d'un hiver doux, avaient assuré les anciens, finalement bien étonnés de s'être pour une fois trompés. Ce froid intense et tenace était cependant plus appréciable que la neige habituelle, qu'on avait tant de peine à déblayer devant les portes. En outre, le givre risquait moins d'étouffer les seigles qu'une neige tombée sur un sol non gelé. Les hommes quant à eux accédaient plus aisément à la forêt pour la fin de l'abattage, même si la prudence restait de mise. Et moi, j'avais pu poursuivre mes chevauchées malgré la froidure.

Je tirai mon châle sur mes épaules. En traversant le hall, j'aperçus de la lumière sous la porte d'Adrien : il ne dormait donc pas. Je me demandai si la lumière filtrait déjà une minute plus tôt, lorsque nous étions passés avec Thomas. J'étais presque sûre que non, car je regardais toujours attentivement avant de me faufiler vers la sortie. Adrien pouvait-il avoir entendu le bruit de nos pas ? Nous faisions tellement attention… Seule la porte d'entrée grinçait un peu. Je fus cependant vite rassurée : mon mari n'avait pu nous voir, immobilisé qu'il était !

Je montai rapidement dans ma chambre et me glissai dans les draps qui enfermaient l'odeur de mon amant et celle de nos corps mêlés. Je la respirai et songeai aux instants passés, à cette façon irrépressible qu'avaient nos regards de se croiser. Lorsque je lui avais demandé ce qu'exprimaient nos yeux dans ces instants-là, Thomas s'était exclamé : « De l'amour, Emma, de l'amour ! » Ces derniers temps, je m'étais beaucoup interrogée sur mon sentiment envers lui. Lorsque je songeais à lui, je l'imaginais le plus souvent nu, pendant l'amour, mes mains glissant sur son corps. Mon désir était peut-être plus charnel qu'affectif. J'avais, il est vrai, tant attendu de connaître le plaisir : mon attachement ne relevait-il pas seulement de cette découverte ? Mais il suffisait que je me remémore les émotions ressenties les premières fois où je m'étais trouvée en présence de Bertin, bien avant qu'il ne devienne mon amant : les palpitations, la moiteur et le tremblement de mes mains, la boule dans la gorge… Par la suite, chaque fois que je le voyais, les mêmes signes apparaissaient. Ah ! je l'aimais tant ! Mon désir ardent, mon plaisir pendant l'amour étaient tout simplement à la hauteur de mes sentiments. Et désormais, j'avais en outre cette envie de vivre avec Thomas et de tout partager avec lui. La Rochefoucauld le disait : « Il est du véritable amour comme de l'apparition des esprits : tout le monde en parle, mais peu de gens en ont vu. » J'avais rêvé de ce grand amour, puis douté de sa réalité, certaine que je ne le rencontrerais jamais, mais maintenant que je le connaissais, rien ni personne ne se mettrait en travers de ma route !

11

La Tranchère, février 2010

À cette heure, la bise glaciale court comme une folle à travers le parc. J'entends son souffle, les gémissements des hauts fûts, les craquements du toit, le bruit des loquets qui claquent. Parfois, des coups sont frappés au carreau – sans doute un oiseau de nuit qu'attire la lumière ou que malmène la bise impétueuse. Les bûches crépitent et les flammes chuintent comme si l'on y jetait de l'eau. Je suis au petit salon, à l'étage, installée à une table entre la cheminée et le canapé. Par la fenêtre, à ma droite, je peux voir les cimes des charmes ballottées sur le ciel uniformément gris. À chaque fois que je m'arrête d'écrire, je les regarde et j'écoute les bruits alentour. J'ai mal à la main : depuis l'été, cette maudite arthrose m'a encore tordu les doigts, et je crains de ne bientôt plus pouvoir tenir un stylo. Bah ! Peut-être me laissera-t-elle terminer l'histoire de mes amours.

Même si le temps gomme les détails, je me souviens fort bien de ce jour de février 1949. Durant presque tout le mois écoulé, Adrien avait été d'humeur maussade, se sachant condamné au fauteuil roulant. Il avait refusé de quitter le lit et de voir du monde – sauf Marie, Renée et moi, bien entendu. Puis, son moral sembla enfin remonter. Il se résigna à son sort et demanda de l'aide pour se lever et gagner le fauteuil. Il le manœuvra sans grimacer à travers tout le rez-de-chaussée, et, malgré le froid de février, l'amena jusqu'au perron. Un après-midi, alors qu'approchait la grande battue, il fit appeler Gerfaut et le somma de réunir les chasseurs au plus vite. Il parut même se souvenir qu'il en était le préposé. Le rassemblement des chasseurs fut donc fixé pour le samedi soir, veille de la battue. On devait y élire le directeur de la battue (celui qui avait la meilleure connaissance du terrain), les rabatteurs (qui possédaient les chiens les plus chevronnés) et les « posteurs » (les chasseurs dont les tirs étaient les plus précis). C'était aussi l'occasion d'évoquer la dernière traque ; si quelque erreur s'était produite, on en discutait afin de ne pas la répéter. Durant la réunion, Renée, Marie et moi nous étions, comme autrefois, retrouvées à la cuisine pour broder et tricoter devant l'âtre. Marie faisait encore sa dentelle au carreau, et les fuseaux voltigeaient sous ses doigts habiles. Les chasseurs, eux, s'étaient tous rendus dans la salle à manger. Leurs voix nous parvenaient et parfois, nous suspendions nos ouvrages pour les écouter, mais à cause du ronflement de la cheminée, nous ne pouvions comprendre ce qui se disait. Nous reprenions donc notre conversation et nos ouvrages. Pendant ces pauses, je pensais à Thomas : je l'imaginais parmi les autres hommes, avec son écharpe et son bonnet noirs. Je déplorais déjà de ne pouvoir le retrouver le lendemain ; le soir de la battue, il serait en effet rompu et affairé au transport des dépouilles de sangliers. Cela ferait trois jours sans le toucher ! Mais je me ressaisis, songeant aux joies de nos retrouvailles après cette longue patience. Je savais également que dans quelques mois, c'en serait fini de telles attentes ! Je serais avec lui pour toujours.

Lorsque l'horloge sonna dix coups, les chasseurs vinrent nous souhaiter bonsoir avant de se retirer. Certains nous serrèrent la main, d'autres se contentèrent d'un discret signe de tête. Thomas, lui, me gratifia d'une poignée de main, en pressant tant mes doigts et en m'accordant un regard si appuyé que j'en fus toute remuée. Je ne compris toutefois pas pourquoi mes deux compagnes restaient sur leur chaise, bras croisés, alors que nous avions rangé nos ouvrages. Je vis alors Régis Martin passer la porte de la salle à manger. Il traversa rapidement le hall, sans nous dire bonsoir ; j'eus à peine le temps d'apercevoir sa figure grave.

Le moment était venu d'aller assister Adrien pour le coucher. Exceptionnellement, la séance de lecture fut reportée. Avant que mon mari n'avalât sa tisane, je m'empressai de lui souhaiter une bonne nuit à lui et aux deux femmes.

Le lendemain, la bise soufflait toujours follement, semant çà et là de petits flocons de neige sur le parc. Des tourbillons opaques se formaient, puis disparaissaient comme par enchantement. Les grésillements faisaient place à des silences durant lesquels on ne percevait plus que le bruissement des flocons mourant sur les feuilles mortes. Puis venait une autre bourrasque qui redonnait vie aux fantômes de l'hiver.

Ce matin-là, j'étais assise sur la margelle de la fontaine, drapée dans un grand châle noir. Je regardai ce ballet sans bouger, comme si le froid m'avait statufiée. Seules de petites mèches de mes cheveux remuaient sous la bise intermittente. Le regard fixé sur les cimes des arbres, je songeais à Thomas, l'imaginant à la battue, au loin dans la forêt. La matinée s'étirait, l'heure du repas approchait, mais je n'avais pas envie de rentrer. Je guettais le prochain coup de fusil, dont la bise apporterait l'écho. Mais on n'entendait rien d'autre que le hurlement de la bise et le grésillement des flocons lors des accalmies.

Je me décidai enfin à rentrer et sautai de la margelle lorsque je crus entendre quelque chose. Je tendis l'oreille. C'étaient des voix. Intriguée, je regardai vers la grande allée. Les voix se rapprochaient. Deux hommes débouchèrent d'un coup et je reconnus Basile Boitias, de La Renaudie, et son beau-frère Émile Chambon. Ils m'aperçurent et stoppèrent. Je m'adressai à Basile :

— Que se passe-t-il ?

— Ah, Emma... Mon Dieu !

Il me fixait d'un air hébété. Les mots paraissaient ne pas vouloir sortir. Je haussai le ton.

— Allons, parlez ! Qu'est-il arrivé ?

Je regardai son compagnon, qui baissa aussitôt les yeux. Lui aussi avait l'air bouleversé. Basile reprit :

— Il y a eu un accident, un terrible accident de chasse !

Il me sembla que mon cœur s'arrêtait, et avec lui tous mes organes. Je balbutiai :

— Dites...

— M'sieur Thomas... Emma, c'est m'sieur Thomas !

La sensation de vertige s'accentua.

— Quoi donc, monsieur Thomas ?

Les jambes coupées, tremblante, je m'avançai tout près de l'homme. Du regard, je l'implorai de parler, même si je savais ce qu'il allait m'annoncer.

— Il a reçu un coup de fusil, il est...

Sa voix s'étrangla. Il se contenta de me fixer. Ce mot qu'il n'avait pu prononcer, je ne voulais pas l'entendre... Pendant quelques secondes, je demeurai dans un état indicible, proche de l'évanouissement. Mais je parvins à puiser dans mes dernières forces : je voulais voir Thomas, je voulais défier ce mot manquant, priant qu'il fût une erreur de mon entendement. Je m'élançai dans l'allée. Je ne voulais plus croire à l'irrévocable :

j'allais voir Thomas, l'étreindre, lui parler, l'écouter ! Il n'était sans doute que blessé. Je courus vers la Combelle, où se tenait la chasse.

À mi-chemin, après avoir franchi le porche du parc, je fus rattrapée par Émile Chambon. Il montait Princesse. Tout alla très vite : je pris place sur le dos de la jument et partis au triple galop, à grands coups de talons dans les flancs du cheval. Nous avions juste eu le temps d'échanger un regard furtif, comme si Émile voulait me cacher l'évidence et moi ne pas la regarder en face. À proximité de la Combelle, au débouché du bois, j'aperçus des chasseurs. Je tirai sur les rênes. Je reconnus deux ou trois hommes, mais presque aussitôt mes yeux se fixèrent sur deux autres, postés devant un fourré. Ils me dévisageaient comme si j'étais un fantôme. Leurs mines étaient accablées. Mon regard tomba au ras du fourré. Un corps gisait, à moitié dissimulé par des plants de bruyère. Thomas ! Je glissai du dos de la jument et me précipitai, mais les hommes me barrèrent le passage. L'un d'eux me saisit par le bras.

— Non, madame Emma !

Je levai sur lui un regard hagard. J'avais maintenant la certitude que Thomas était mort. Je dis à l'homme que je tenais à voir le corps. Il hésita quelques secondes et me libéra, puis il fit signe à son compagnon et tous deux s'éloignèrent. Je m'approchai doucement. On avait étalé une veste de chasse sur la dépouille de mon amant, probablement pour couvrir la blessure. Seuls son visage et ses jambes étaient visibles. Je me souviens avoir porté les mains à mon visage et m'être mordu les doigts pour réprimer un cri. Je me suis ensuite accroupie près de lui et ai été étonnée de ne pas voir son regard. Ses yeux étaient fermés, à tout jamais.

Ma douleur fut si grande que le cri que j'avais étouffé s'échappa enfin, et j'éclatai en sanglots. L'un des chasseurs s'approcha et m'adressa quelques mots de réconfort, puis il m'annonça qu'on était allé chercher la charrette afin de transporter Thomas jusqu'au domaine. J'entendais sa voix comme si elle sortait d'un rêve. J'acquiesçai toutefois, ajoutant que je désirais me recueillir un instant auprès de la dépouille. Je n'avais pas idée du spectacle que j'offrais et de l'amour dont je faisais montre au grand jour.

J'avais seulement conscience que plus jamais Thomas ne me parlerait, ne me sourirait ; plus jamais son regard ne se mêlerait au mien, plus jamais ses mains ne se poseraient sur moi, plus jamais son souffle... Tous nos rêves venaient de s'anéantir. Je baissai la tête vers son visage et baisai ses lèvres déjà froides. Mon cœur se brisa une nouvelle fois devant ce corps inerte. Une question me tordait le ventre : pourquoi ? Pourquoi la mort nous séparait-elle au moment où nous désirions tant nous unir ? À travers mes larmes, je contemplais le corps sans vie de mon amant, redoutant cependant de ne garder de lui que cette image de mort. Thomas paraissait dormir, il n'y avait sur son visage aucun stigmate de souffrance. Je voulus savoir comment le drame avait eu lieu. Je me relevai et allai interroger le chef de ligne, Marcel Boitias, resté dans les parages. Il me répondit que Thomas était probablement mort sur le coup. Cette nouvelle allégea un peu ma douleur.

— Mais que s'est-il passé ?

— C'est une méprise. On avait mis Bertin rabatteur, il devait « faire les voix » et lâcher les chiens pour rabattre le sanglier en bas de la zone de chasse. Quand il est sorti de la ligne de poste, l'un des chasseurs en attente a tiré. Thomas a reçu le coup de fusil en pleine poitrine.

Je m'empressai de demander qui était l'homme qui avait tiré.

— Paul Gravier, répliqua Boitias. C'est un bon tireur, mais il dit qu'il a entendu du bruit dans la broussaille, qu'il a vu une ombre… Les tourbillons de neige réduisaient son champ de vision. Il a tiré, croyant voir déboucher l'animal. Il affirme cependant qu'il ne peut pas avoir atteint Bertin, parce qu'il a bien vu qu'il n'y avait pas de sanglier et a détourné son fusil. Sauf que l'évidence est là. Cela dit, il y a eu d'autres tirs à peu près en même temps, car le sanglier a bel et bien déboulé.

— Ça pourrait donc être un autre chasseur ?

— Hum… personne ne le pense. C'est sans aucun doute une méprise du Rouquin qu'il ne veut pas avouer. Pour sûr ! Quand il s'agit de la vie d'un homme…

Boitias tourna les yeux au loin. Suivant son regard, j'aperçus, en contrebas de la clairière, trois hommes que je n'avais pas remarqués à mon arrivée. L'un d'eux était appuyé à un tronc d'arbre, la tête plongée dans l'encolure de sa veste. À sa chevelure, je reconnus Paul Gravier, alias le Rouquin. Son accablement était manifeste, mais je ne ressentis aucune émotion à son égard, abîmée que j'étais dans ma propre peine. Au même moment, un ronflement se fit entendre et deux voitures débouchèrent des pinèdes, dont la Simca du docteur Bellegarde. Marcel Boitias fit signe au conducteur d'avancer près du fourré. De l'autre véhicule sortirent deux hommes. Je reconnus Roger Brunel, le cousin de Thomas, que j'avais déjà croisé plusieurs fois. Au regard qu'il me lança, je compris qu'il connaissait notre liaison. Je me rendis alors compte de tout ce que mon comportement avait dû révéler ou confirmer aux chasseurs présents. Mais qu'importait…

Je m'écartai et m'adossai à un tronc, comme l'avait fait le Rouquin. De là, je regardai faire le médecin. Après avoir enlevé la grande veste étalée sur le corps, il examina Thomas. Je distinguais le haut du visage de mon amant, son front et la ligne d'implantation de ses cheveux, ses sourcils broussailleux. J'aimais tant ce front, je l'avais tant regardé quand nous faisions l'amour... Toujours une veine y gonflait et je le disais à Thomas tout en la caressant du bout du doigt. Ma douleur me comprima brutalement le cœur, mes jambes fléchirent et j'enfonçai mes ongles dans l'écorce.

La bise me souffla au visage son haleine glacée, ce qui me ranima un peu, puis elle alla remuer les buis dans le fourré. L'arbre de la mort, disait ma mère. Je fermai les yeux et, à la place des buis, j'imaginai des acacias, ceux qui fleurissaient début mai derrière les bâtiments et sous lesquels nous allions nous lover aux beaux jours. Ils nous enivraient, tout comme l'herbe montante que nous écrasions de nos corps enlacés. Nous faisions fuir sur le pré toutes les bêtes amoureuses du crépuscule. J'entendis alors la voix de Thomas, quand, quelques jours plus tôt, il m'avait dit : « Je sais que tu m'aimes, Emma. » Je me demandai s'il avait au moins eu la conviction que je mêlerais ma vie à la sienne. Je rouvris les yeux et vis le médecin qui se redressait. Les hommes l'encerclèrent et je m'approchai moi aussi, forçant mes jambes à avancer. Le docteur ne nous apprit rien que nous ne sussions déjà, mais il nous affirma en tout cas formellement que Thomas n'avait pas souffert.

Peu après, la charrette déboucha du sentier. Je n'avais aucune idée du temps écoulé depuis mon arrivée sur le lieu du drame. Une heure, deux, trois ? Ma souffrance était si lourde qu'il me semblait la porter depuis des siècles. Non loin de moi, les chasseurs s'entretenaient, et leurs voix me parurent soudain gutturales, comme dans un cauchemar. Basile proposa d'emmener le corps au domaine mais Roger Brunel s'interposa : son père, que l'on avait mis au courant, désirait que Thomas repose chez lui en attendant l'enterrement. Comme Roger était le seul membre présent de la famille de Thomas, personne ne s'y opposa. Deux hommes déposèrent donc le corps dans la charrette. Tous les chasseurs lui accordèrent un dernier regard – excepté le Rouquin qui était resté au même endroit, avachi sur le sol, la tête rentrée dans les genoux. Je contemplai moi aussi la dépouille avant de reculer et de porter la main à ma bouche pour m'empêcher de hurler. La charrette s'ébranla sous les arbres pour prendre le chemin de Bergonne, qui rejoignait celui de Malauzat. Intérieurement, je dis adieu à mon amour. Je me sentais mourir.

12

Les obsèques de Thomas eurent lieu dans la petite église de La Renaudie. Beaucoup de gens y assistèrent, moins en raison de leurs liens avec le défunt qu'avec les chasseurs témoins du drame. Les familles de ces derniers étaient venues en nombre. Adrien aussi était présent, malgré la vive douleur qui lui vrillait le dos. Il fit le trajet avec Renée, Marie et moi dans la Renault Juvaquatre de Christian, notre premier employé. Le fauteuil roulant avait été placé dans le fourgon de Mathieu Roland, maréchal-ferrant à La Renaudie, venu tôt le matin au domaine. Une fois arrivés à l'église, on installa Adrien devant le chœur, dans l'allée de droite, suffisamment large pour que le fauteuil ne gêne pas le passage durant le partage de l'hostie. Je n'étais pour ma part pas loin, au premier rang, en bout de banc.

Dans son sermon, mon cousin Fernand invita classiquement les paroissiens à prier pour le salut du défunt, mais aussi à méditer sur le geste involontaire du Rouquin et à demander son pardon. Le discours était stéréotypé car le prêtre, comme l'assistance, connaissait peu Thomas, qui n'avait plus pour seuls parents que les Brunel. Fernand loua tout de même sa générosité, son humilité et son ardeur au travail. Il termina en égrenant des poncifs sur le caractère inéluctable du trépas et l'incertitude où nous sommes de l'heure de notre mort.

Bien que rebattues, ces paroles étaient cruciales, et je fis mille efforts pour refouler mes larmes.

Tandis que tous s'abîmaient dans l'adoration de Dieu, j'avais souvent les yeux levés sur les arcades. Je songeais à cette planète que Thomas et moi avions inventée, sur laquelle nous rêvions de nous retrouver : Gléba. J'aurais tant aimé la rejoindre sur-le-champ...

À la fin de la messe, le crescendo de l'orgue sous les voûtes accrut ma douleur. Au cimetière, pendant la mise en terre, Renée dut même me donner le bras pour m'éviter de défaillir. Une forte amitié nous liait désormais, à la grande désapprobation d'Adrien – mais je me moquais bien de ses principes éculés sur les hiérarchies à respecter.

Deux mois plus tôt, j'avais révélé à Renée ma liaison avec Thomas et mon intention de divorcer d'Adrien. Elle m'avait confortée dans ma décision en affirmant, comme mon amant, que je ne devais pas céder à la culpabilité. De son côté, elle m'avait confié ses amours avec le leveur de lait. Elle envisageait de vivre bientôt avec lui dans la ferme de ses parents à Malauzat, car en plus de son métier, il était paysan. Si de tels épanchements n'avaient pas eu lieu avec ma bonne Marie, cela tenait au fait que la cuisinière restait une célibataire endurcie et qu'elle était plus proche d'Adrien que ne l'était Renée.

J'étais toutefois certaine que ma relation avec Thomas n'était plus un secret pour Marie. J'avais souvent surpris son regard posé sur nous et saisi des allusions dans lesquelles j'avais perçu une forme d'assentiment. Elle devait par ailleurs bien se douter que Renée et moi ne parlions pas uniquement cuisine et chiffons ! À ce sujet, je me souviens de nos longues heures au lavoir. Quand Marie nous appelait, je m'exclamais : « Amour, amour, quand tu nous tiens ! » Et Renée de poursuivre : « On peut dire “Adieu prudence !” » Et nous riions d'imiter ainsi notre amatrice de locutions.

Durant les jours qui suivirent la mort de Thomas, ces facéties me parurent bien lointaines. Ma douleur navrait Renée et chaque soir, avant de rejoindre son soupirant, elle me rappelait que viendraient des jours meilleurs et que mon chagrin s'apaiserait. Je faisais montre d'une grande volonté d'aller de l'avant, mais dès que Renée avait tourné le dos, je retombais dans ma détresse. Un immense désir de dormir m'envahissait. Dormir, dormir, dormir, pour ne pas avoir à vivre les temps horribles qui me séparaient des jours meilleurs évoqués par Renée. J'aurais aimé gagner ma chambre juste après le souper, mais il fallait encore faire la lecture à Adrien. Me savoir condamnée à répéter ces séances *ad vitam æternam* augmentait ma douleur et ravivait l'absence de Thomas.

Notre bonheur avait été si bref que dans certains moments d'égarement, je me demandais même si ces deux années n'avaient pas été qu'un rêve. Le soir, dans la chambre rose, je retrouvais ma conscience et renouais avec la dure réalité. En proie à toutes ces émotions, je croyais que le temps ne parviendrait pas à apaiser ma souffrance et je repartais dans le délire pour être moins terrorisée, me disant que la vie elle-même n'était peut-être qu'un rêve et qu'après la mort, je me réveillerais auprès de Thomas, non pas au paradis, mais sur la planète Gléba.

À Adrien, je faisais la lecture d'une voix monotone, l'esprit plus absorbé par mes douloureuses pensées que par l'histoire que je racontais. Parfois, un mot ranimait des souvenirs. S'il arrivait que mon mari m'interrompe, j'évitais de le regarder, ne voulant pas qu'il perçoive mon chagrin et la rancune que je ressentais à son encontre : dans trois mois, je serai en effet encore là, à lui faire la lecture pour son bon plaisir, alors que l'homme que j'aimais était mort et avec lui nos projets.

J'en voulais aussi à Adrien de ne pas avoir témoigné plus de compassion après le drame. Il n'en avait manifesté que pour le Rouquin. Celui-ci n'avait toutefois pas été condamné : les gendarmes avaient conclu à une méprise, tout comme le directeur de la battue. Le Rouquin persistait à dire qu'il avait détourné son fusil avant de tirer. Certes, rien ne prouvait qu'il fût l'auteur du coup mortel, tous les tireurs ayant ce jour-là chargé leurs armes à la chevrotine. Mais on disait que le Rouquin cherchait surtout à se disculper. Il avait en tout cas accusé le coup et était depuis dans un piteux état. Peu à peu, je pris conscience du bouleversement dans lequel avait dû le plonger une telle bévue. Au fil des jours, ma rancune envers Adrien s'atténua également. Ce n'était pas de sa faute si la lecture du soir se poursuivait... La mort de Thomas était hélas écrite, comme toutes les autres !

Plus que tout, je me mis à déplorer la lenteur du temps, sachant que lui seul apaiserait mon chagrin. Renée ne cessait de me le répéter, en disant que l'activité y contribuerait également. Aussi, après un mois durant lequel les jours me semblèrent interminables, je repris mes chevauchées matinales. Combien il me fut douloureux de me rendre de nouveau à la grange, au bois de Bergonne dont les alcôves servaient nos amours secrètes, dans la maison de Valz... Je pénétrai dans la bâtisse, le souffle court et le cœur étreint. Mes yeux et mes mains caressaient l'espace, les vieux murs, les meubles : la table et les chaises bancales, le buffet vermoulu, le lit clos et sa paillasse qui avait tant gémi lors de nos ébats. Les souvenirs affluaient... Plus jamais ces murs ne seraient témoins de notre amour, plus jamais je ne vivrais un bonheur pareil !

Ici, je lui avais remis une photo de moi qu'il avait longuement contemplée, répétant combien j'étais belle. Il l'avait ensuite glissée dans la poche de sa chemise, contre son cœur. Quelque temps plus tard, j'avais fait peindre mon portrait par un jeune artiste de Mauron dont la renommée s'affirmait. J'avais accroché l'œuvre dans ma chambre et, quand Thomas y venait, certains soirs, il l'admirait, caressant mes cheveux sur la toile. Il ne pouvait, pour l'heure, emporter le tableau, mais avait exprimé le souhait de l'accrocher lui-même dans notre future chambre.

Ma douleur se trouva tellement ravivée par les souvenirs de Valz que je m'enfuis de la bâtisse comme folle, et parcourus des dizaines de kilomètres sur le dos de Princesse avant que mes larmes ne se tarissent. Pendant des jours et des jours, je vécus à travers ces souvenirs et ce rêve que j'avais fait tout éveillée, cette forme de télépathie que je croyais alors de bon augure. Je n'avais plus aucune vigueur et ne croyais plus à rien. L'avenir s'annonçait morne, sans saveur.

Au début du printemps, suivant les conseils de Renée et de Marie, je retournai pourtant voir les ouvriers, qui m'accueillirent avec une joie manifeste. Celle-ci me réconforta. L'expression de mon chagrin, le jour de la mort de Thomas, avait dû constituer le sujet de bien des conversations – au-delà même de La Tranchère ! La population montrait cependant une forme de retenue vis-à-vis de cet amour caché. L'accident de chasse en était-il la raison ?

Quelques jours après le drame, le cousin de Thomas était venu au domaine afin de nous adresser ses remerciements ; devant mon insistance, Adrien avait en effet accepté que nous prenions en charge les obsèques. Lorsque j'avais raccompagné Roger sur le perron, il avait glissé une enveloppe dans ma main. « J'ai hésité, avait-il dit, mais je pense que vous serez heureuse d'avoir ceci. Soyez tranquille, madame Emma. » En proie à une vive curiosité, j'avais gagné le côté de la maison afin d'ouvrir l'enveloppe au calme. Elle contenait ma photo, celle que j'avais offerte à Thomas. Au verso, il avait écrit : « Ma raison de vivre, mon sourire permanent, ma femme que j'admire tant, je t'aime, mon Emma. » Mon émotion avait été si forte que mes yeux s'étaient embués. À mon chagrin se mêlait toutefois un certain bonheur à l'idée que cet amour incroyable m'appartiendrait pour toujours.

Je me rendis de nouveau à La Renaudie pour rendre visite à mes parents, maintenant à la retraite. J'avais toujours préféré les voir à la ferme plutôt qu'au domaine, où ils ne venaient que les jours de fête. Afin de ne pas être complètement oisif, mon père avait gardé une vache et un grand arpent de terre qu'il travaillait en potager. Ma mère, quant à elle, tenait toujours sa basse-cour et passait le plus clair de son temps au ménage ou à sa couture. Ils étaient presque vieux mais en bonne santé et toujours en parfaite harmonie. J'avais souvent admiré leur entente, qui faisait ressortir la disparité du couple que je formais avec Adrien. Je ne leur avais jamais révélé le moindre de mes désarrois et désenchantements, mais ma mère n'était pas dupe et elle avait souvent cherché à percer mes mystères. Ce jour-là, s'apercevant de ma pâleur, elle m'interrogea dès que mon père fut sorti de la pièce. Elle se montra directe et je me livrai.

— Cet homme, Thomas Bertin, qui a été tué par le Rouquin à la battue... j'avais une liaison avec lui. Je l'aimais et il m'aimait, je voulais divorcer pour vivre avec lui.

Ma mère fixait sur moi de grands yeux dans lesquels je ne vis pourtant aucun étonnement. Elle prit ma main dans la sienne.

— Je m'en doutais ! Ma pauvre enfant, c'est un bien triste coup, mais... il faut le surmonter, car ta vie continue.

Je fus surprise par l'intuition dont elle avait fait preuve.

— Durant ces derniers mois, m'expliqua ma mère, tu semblais si heureuse... Je t'ai vue resplendissante comme jamais depuis ton mariage. Ce ne pouvait être que l'amour qui te changeait ainsi – et pas celui d'Adrien ! Une mère n'est jamais dupe : je respectais ton désir de taire tes déboires mais parfois j'espérais... Tout de même, à moi, ta mère, tu aurais pu te confier !

— Je ne voulais pas t'ennuyer, avouai-je gauchement.

— M'ennuyer ? C'est surtout ta dignité qui t'empêchait de parler ! Mais voyons, une mère, c'est fait pour consoler ! Avec ton père, nous avions quelques craintes sur ce mariage, mais nous ne voulions pas prêter foi aux rumeurs : Adrien était jeune, il faisait plus d'un envieux, et puis tu voulais cette union ! Mais nous nous sommes vite interrogés... Tu nous parlais du domaine mais jamais de ta vie de couple, jamais de lui, de vous ! Bien d'autres ragots nous sont parvenus, même si nous ne voulions pas les entendre. Combien de fois ai-je pensé que tu gâchais ta vie avec cet homme... Une belle fille comme toi ! J'ai même cru quelquefois que tu l'aimais et que tu subissais ton sort. Je voulais savoir, mais ton père m'affirmait que ton amour pour le domaine surpassait tout. Moi, je savais bien que...

Sa phrase resta en suspens. Je repris la parole.

— Je n'ai jamais aimé Adrien. J'ai cru que je pourrais, mais mes efforts ont été vains. C'est peut-être pour ça qu'il m'a trompée si vite. Oui, je le savais, je l'ai même surpris... Papa a raison : il y avait le domaine, auquel je me suis totalement vouée lorsque j'ai vu que mon mariage était un échec. Partir ? Je n'ai pas pu. Je crois que je guettais un signe du destin. Au fond, j'attendais l'arrivée de Thomas. Hélas...

Je ne pus retenir mes larmes. Ma mère m'attira contre elle et caressa mes cheveux comme quand j'étais enfant.

— Je comprends, murmura-t-elle. Mais cet homme n'est plus là. Quelle vie vas-tu avoir au côté d'un paralytique ? Tu es encore jeune, tu peux trouver un travail, refaire ta vie, rencontrer un autre homme…

— Je ne pourrai pas en aimer un autre, m'écriai-je entre deux sanglots, surtout après avoir connu ça ! À peine deux ans d'amour ! La vie est trop injuste.

— Elle l'est souvent, Emma, mais souvent elle se rattrape ! Ce que tu as vécu avec cet homme, tu le portes en toi, et ta douleur s'atténuera au fil du temps. Après le décès d'un être aimé, cela se passe ainsi, surtout quand on est jeune – et tu peux vivre une autre histoire d'amour ! Mais… Adrien sait-il que tu voulais divorcer ?

— Non. Je comptais le lui dire dans quelque temps. J'y étais déterminée, même si je me sentais un peu coupable vu son état de santé.

— Que vas-tu faire maintenant ? demanda ma mère d'une voix inquiète.

— Puisqu'il n'était pas au courant de ma relation avec Thomas, je fais tout comme avant… comme si rien ne s'était passé. Car si je quitte Adrien, je perds le domaine ! Or, il ne me reste que lui ! L'abandonner pour Thomas m'importait peu, car nous voulions acheter une ferme à Nollieux. Mais aujourd'hui, perdre La Tranchère serait trop dur !

Je me mordais les doigts pour réprimer mes sanglots. Ma mère resserra son étreinte. Après un moment de silence, elle poursuivit :

— Je comprends, mais… rester toute ta vie avec Adrien ne sera pas une vie ! Rappelle-toi que le temps passe vite : je ne voudrais pas qu'un jour, tu repenses à ton existence en éprouvant mille regrets.

Je découvrais avec étonnement une nouvelle facette du caractère de ma mère. La seule manière de la rassurer était de lui promettre de réfléchir sérieusement à mon destin le jour où ma peine serait apaisée.

— Un jour viendra où tu supporteras ton chagrin sans qu'il te fasse mal, ajouta-t-elle en poussant un soupir. À ce moment-là, il te faudra détacher les yeux du domaine.

Je le savais, elle songeait là à sa propre mère, qui avait perdu son époux dans la deuxième année de son mariage. Trois ans plus tard, mon aïeule s'était remariée avec un dénommé Baptiste, qu'elle avait aimé sans pour autant oublier son premier époux. Baptiste avait élevé ma mère avec une tendresse qu'elle lui avait rendue. Il fut aussi un bon grand-père, jusqu'à sa mort alors que j'avais dix ans.

Sur ces entrefaites, mon père entra. Me voyant en larmes, il voulut connaître la cause de ma peine. Mais retenue une fois encore par une fierté mal placée, je répondis que ma mère lui révélerait tout une fois que je serais partie. Je les quittai. Sur le chemin du retour, me revint en mémoire le diagnostic du médecin au sujet des affections cardiaques d'Adrien... Une voix intérieure me soufflait que je n'aurais peut-être pas à passer ma vie entière auprès de mon époux.

Je m'efforçai de reprendre mon existence en main. Je me rendis de nouveau en ville, accompagnée le plus souvent par Renée. L'autocar avait fait des progrès ; nous le prenions désormais devant le porche de la propriété. Il circulait entre Bergonne et Malauzat, et bien sûr jusqu'à Mauron. Nous visitions tous les commerces et faisions nos emplettes en étant attentives à la mode, en particulier pour les vêtements. Nous allions parfois au cinéma le dimanche, quand l'amoureux de ma servante et amie travaillait dans ses champs. Adrien se montrait plus conciliant vis-à-vis de notre amitié, et paraissait même approuver nos sorties en ville.

Je faisais de nombreuses dépenses, mais elles restaient raisonnables. L'inflation s'atténuait et l'argent ne manquait pas à La Tranchère : nos recettes étaient confortables et j'aurais donc pu dépenser sans compter. Adrien ne formulait de toute manière aucune objection, se montrant plutôt curieux de mes trouvailles. Il s'exclamait devant la belle vaisselle, les bibelots, les tissus. Pour remplacer le vieux phonographe, j'avais acheté un combiné radio et tourne-disque ainsi que des 33 tours de Georges Guétary, Tino Rossi et Édith Piaf – sans oublier le dernier titre d'Yves Montand, « Les Feuilles mortes », que j'écoutais en boucle dans ma chambre après avoir monté le volume.

De son côté, Adrien me commandait souvent des livres et j'en choisis de Walter Scott, Jules Verne ou Stevenson, auteur qui me captiva lorsque j'appris qu'il avait parcouru les Cévennes avec son âne pour oublier un chagrin d'amour. J'avais repris mes lectures et me plongeais dans les nouveautés : *La Peste* de Camus, *Les Naufragés de l'autocar* de Steinbeck ou les derniers *Maigret* en date. Je noyais mon chagrin le jour dans l'activité, le soir dans la lecture et les songeries d'avant-sommeil. Une petite pensée terrée dans mon inconscient me poussait à vivre, dans l'attente de quelque chose.

Pouvais-je espérer quelque chose d'Adrien ? Quoique empâté, pâle et rongé par un mal de plus en plus sévère, il s'efforçait d'apparaître presque aussi épanoui qu'au temps de la luxure, et se montrait mieux disposé vis-à-vis de la chaise roulante, qu'il manœuvrait sans gémir à l'intérieur et à l'extérieur de la maison. Avant la venue des beaux jours, il avait eu l'idée de faire construire, en pierres plates et solidement cimentées, une descente à droite du perron. Elle lui permettait d'atteindre la cour sans aucune aide. Il s'était également rapproché de ses employés, s'intéressait au travail et à la gestion du domaine, se concertait souvent avec Gerfaut pour de futurs projets. Et comme je recommençais moi aussi à m'impliquer dans la vie de La Tranchère, il me parlait de ses plans. Il voulait entre autres investir dans du matériel, notamment un tracteur qu'il se promettait d'aller voir avec Gerfaut et Christian à la prochaine foire agricole de Mauron, en juillet.

13

Ce matin-là, le soleil tapait par à-coups et une brise frisquette soufflait par intermittence. Dans le ciel flottaient des nuages et sur la terre de petites nuées. Entre les deux, les couleurs de mai offraient un feu d'artifice porteur de mille parfums. Spectatrice ravie, je descendis vers le moulin abandonné, par un sentier raviné par les pluies. Les pierres roulaient sous mes pieds. Je tirais Princesse par sa longe. Elle paraissait bouder depuis que nous avions quitté le pré d'en haut où, entre genêts et serpolets, poussait une herbe fine et sucrée. Je ralentissais le pas pour écouter le chant de la Saline. À travers les arbres, je voyais la rivière bondir de rocher en rocher puis, tout en bas, disparaître dans les sous-bois de Bergonne. Ses eaux miroitaient dans les trouées du soleil. Les éclaboussures fendaient les faisceaux de lumière avant de retomber dans les aulnes et les fougères en bordure de forêt. Sans que j'en eusse véritablement conscience, la nature réveillait tous mes sens. J'en contemplais les beautés, humais les odeurs, tendais l'oreille et savourais les caresses du soleil et de la brise.

En contrebas du chemin, je repérai le toit du moulin grâce à quelques tuiles encore rouges. Les autres étaient recouvertes d'une mousse verdâtre qui se fondait dans les frondaisons. J'arrivai enfin au petit pont qui enjambait la rivière. Je le franchis et me retrouvai sur un vaste terrain plat où les graminées croissaient à tout-va. Aussitôt, ma jument y plongea le nez et je la laissai brouter en toute liberté. Je m'approchai du moulin, le contournai. Au début de mon mariage, il fonctionnait encore. Nous avions notre meunier, le père Ranchard, qui avait bien de l'amour pour son métier. Il mourut hélas en 1940 et aucun confrère ne reprit le moulin, qu'on trouvait trop éloigné des villages et dont l'accès était malaisé pour les charrettes. Nous portions donc désormais notre blé au moulin de La Renaudie. Celui du père Ranchard dormait ; mais certains, passant par là, disaient que le fantôme du meunier revenait parfois faire tourner ses meules.

Rien n'avait changé, sauf que la végétation avait crû autour du canal qui faisait courir l'eau de la Saline jusqu'au bassin réservoir situé devant l'édifice. Là, le flot débordait de chaque côté (la vannelle avait été fermée) et suivait le lit qu'il avait creusé dans la terre au fil du temps, pour filer tout droit rejoindre sa mère rivière au pied du pont. Je me penchai sur la turbine et me souvins de la cascade qui faisait se mouvoir les godets. Ce déferlement liquide entraînait les axes, les poulies, les meules. J'avais souvent vu le père Ranchard à l'œuvre, quand il chargeait ou déchargeait les sacs de grain et de farine, quand il vidait la bluterie à grands coups de pelle. Je me sentis soudain triste, nostalgique de cette époque encore si proche. Ces retours vers mon passé n'avaient rien de bon !

Comme les jours précédents, j'eus le sentiment d'avoir connu deux vies. J'avais l'impression d'avoir personnellement sombré durant la première période et j'éprouvais le regret fou de n'être plus dans la seconde, celle d'avec Thomas. De nouveau, je me sentais presque morte. Je songeai alors à notre rencontre. Dès que j'avais vu cet homme, dès que nos regards s'étaient croisés, j'avais eu le coup de foudre, cette décharge électrique qui nous rend si intensément vivants. La vie est merveilleuse, le monde, le temps sont merveilleux ! Et c'est fabuleux de penser que l'autre ressent la même chose. Je relevai la tête et respirai longuement. La brise avait lavé le ciel et le soleil brillait de mille feux. Je plissai les yeux pour me gorger de sa lumière, effacer les ombres et me rappeler que l'existence, même si elle n'était qu'un rêve, avait aussi ses imprévus, qui me rendraient l'envie de mordre la vie à pleines dents. Je frottai mes yeux brûlants et, lorsque ma vue se fut éclaircie, je retournai vers l'avant du moulin. Ah, que d'étranges affinités se créent entre nous et les choses ! Des lilas que le temps avait étoffés masquaient la porte, et dans les ronces se glissaient des vipères.

Je saisis un bâton que la providence avait posé contre le mur et m'apprêtais à écraser les buissons quand j'eus soudain l'intuition d'une présence ; un bruit à peine perceptible… Je fis demi-tour et sursautai. Il se tenait à une dizaine de mètres, debout mais légèrement penché, les mains sur les cuisses, comme sur le point de prendre la poudre d'escampette. Ses yeux noirs étaient fixés sur moi, pleins d'inquiétude. Sous le franc soleil, je distinguais bien sa silhouette rectangulaire, comme un moellon, aussi large à la taille qu'aux épaules. Je voyais sa tête plantée dessus, écrasée par la masse des cheveux noirs et plats. Le visage était taillé à coups de burin. D'habitude artiste, la nature s'était ici contentée d'un gros et long nez, d'une fente pour la bouche, plus étirée d'un côté que de l'autre, et d'yeux à fleur d'orbite qui me transperçaient par leur noirceur. Je me tins sur mes gardes. Pourquoi donc Régis Martin adoptait-il cette attitude avec moi ? M'avait-il aperçue et suivie ? Bien qu'effrayée, je m'écriai d'une voix forte :

— Que voulez-vous, Régis ?

Il eut un léger mouvement et ouvrit la bouche. Je crus qu'il allait parler mais aucun mot ne fut prononcé. Sans changer de posture ni me lâcher du regard, le paysan fouilla dans l'une de ses poches et en sortit une feuille de papier pliée en quatre. L'idée qu'il me voulait du mal me quitta et je m'avançai doucement vers lui. Dans son regard, je décelais à présent de la gêne et une tristesse infinie.

— Voyons, parlez, lançai-je.

Enfin, il bafouilla d'une voix grêle :

— C'est trop dur, madame Emma… Trop…

Il n'en dit pas plus, mais leva la main qui tenait le papier.

— C'est pour moi ? questionnai-je. Et qu'est-ce qui est trop dur ?

Régis Martin recula d'un pas ; je me figeai. Comme il ne répondait toujours pas, je le priai de me donner son papier – en vain. Je fis mine de m'approcher ; il jeta alors la feuille devant mes pieds, puis détala en direction du bois. Je voulais le rappeler mais, devinant qu'il ne ferait pas demi-tour, je le regardai, ébahie, jusqu'à ce qu'il fût happé par les arbres. Pendant quelques secondes, je me demandai si je n'avais pas rêvé. Je secouai la tête pour reprendre mes esprits : le papier était bien là, sur l'herbe verte du pré. Je le ramassai et le considérai, hésitant à le déplier. Finalement, après avoir lancé un dernier coup d'œil vers le bois, je m'exécutai et voici ce que je lus :

Le Rouquin est innocent. C'est moi, Régis Martin, qui ai tiré sur Thomas Bertin le jour de la chasse, c'est moi qui l'ai tué, car Adrien Fournel m'a poussé à le faire. Il m'a promis une auto en échange et tout ce que je voulais, et aussi à mes parents. Sinon, il nous mettrait, eux et moi, à la porte de la ferme. Je jure devant Dieu mon acte et j'ajoute que je regrette de l'avoir commis, car c'est un meurtre. Je vous demande pardon, Madame Emma, car je sais que vous aimiez Bertin. Je ne veux plus vivre avec ce meurtre sur ma conscience.

Régis Martin

Je gardais les yeux fixés sur la lettre, comme si ces mots pouvaient avoir un autre sens. Ils m'avaient porté un coup terrible et j'en demeurai tétanisée. C'était écrit, noir sur blanc : Thomas n'était pas mort par accident. Il s'agissait d'un crime, commis par Régis Martin. Accusé à tort, le pauvre Rouquin était brisé. Ah, les mots ! Ceux qui vous livrent la réalité avec un grand coup ! On en saisit plus le sens que ceux qui nous caressent ! Le choc était si rude que je ne pus sur-le-champ comprendre la raison pour laquelle Adrien avait fait tuer Thomas. Mais soudain me revint en mémoire son aveu d'un soir. Il éprouvait, disait-il, de la jalousie vis-à-vis de Thomas, dont il enviait la force, la santé, le savoir-faire. Mais la vérité se faisait jour : il savait que Thomas était mon amant. Le misérable ! Tout au long de son existence, il aurait donc été odieux. Régis Martin ne valait pas mieux. Quand bien même il aurait craint les menaces d'Adrien, comment avait-il pu braquer son fusil sur Thomas, et tirer ? Mon malheur, je le devais à ces deux hommes. Au fond de moi, je sentis d'abord couler l'impuissance de ne pouvoir changer le cours des événements, puis une haine immense, et enfin un terrible désir de vengeance. Je serrai les poings et inspirai un grand coup afin de juguler mes tremblements. Mais ils ne s'apaisèrent point et, dès cet instant, j'agis sous l'emprise de l'émotion. Je glissai la lettre dans mon corsage et courus enfourcher ma jument. Tout le long du trajet, je ne lui permis pas de ralentir une minute, pas même dans le sentier où les cailloux roulaient méchamment sous ses sabots. Je l'abandonnai dans la cour du domaine et entrai dans la demeure comme une furie. Je ne croisai aucun domestique, car c'était jour de congé. Adrien était seul dans la salle à manger, avachi dans le fauteuil, un journal ouvert sur les genoux. Surpris par le fracas de la porte d'entrée et le bruit de ma course, il avait levé les yeux. Ce que je vis en premier fut son regard, ce regard de démon.

— Espèce de crapule ! m'écriai-je.

Mon époux eut naturellement l'air étonné, mais je devinai qu'il avait compris le sens de mes paroles. Sans se décontenancer, il joua pourtant l'ignorant.

— Que t'arrive-t-il donc, Emma ?

— Je sais tout !

Adrien cala ses bras sur les accoudoirs, me regarda avec une mine de défi et attendit. Je poursuivis :

— Je sais que c'est Régis Martin qui a tiré sur Thomas Bertin, et ce, sur votre ordre !

Je me souviens encore de son impassibilité. Un court silence se fit avant qu'il ne lâche d'une voix placide :

— Allons, Emma, tout le monde sait bien que c'est le Rouquin qui a...

Ah ! Il avait encore ce toupet !

— Je vous dis que je sais tout ! Pauvre Rouquin, en effet... Quel mauvais coup du sort d'avoir levé son arme en même temps que le vrai coupable !

— Le vrai coupable ? osa encore demander l'hypocrite.

— Régis Martin ! Ne faites pas l'innocent : il vient de tout m'avouer. Par un odieux chantage, vous avez contraint ce pauvre fou à tuer un homme. Vous êtes aussi criminel que lui !

La contraction des mâchoires d'Adrien ne m'échappa pas, ni l'expression de son regard acier. Le mensonge ne lui était plus d'aucun secours. C'est donc d'une voix presque paisible qu'il lâcha :

— Tu retrouvais souvent Bertin dans la grange, hein, Emma ? Je le savais, pour t'avoir suivie lorsque j'étais encore valide. Je le savais depuis le début ! Bien entendu, vous vous rencontriez aussi ailleurs. Tes dernières échappées le dimanche... elles duraient longtemps. Il venait même dans ta chambre ! Comment ne me serais-je pas douté que toi et lui... Tu avais l'intention de me quitter, je l'ai compris quand je t'ai vue plusieurs fois décidée à me parler. Mais je ne pouvais pas te laisser faire ! Tu vois, Emma, je me fichais que toi et Bertin vous envoyiez en l'air dans le foin ; en revanche, je ne supportais pas l'idée que tu quittes le domaine, et que tu me ridiculises auprès de mes gens et de mes paysans. Nous avions conclu un pacte, Emma. J'aurais certes pu mettre Bertin dehors, mais tu l'aurais rejoint. Alors...

Il se tut mais on devinait bien la suite. J'avais peine à croire qu'Adrien eût pu préméditer un crime pour les raisons qu'il avait énoncées. Mais c'était l'entière vérité, et ces motifs avaient fait de lui un monstre. Sans plus me contenir, je jetai :

— Je vais vous dénoncer aux gendarmes ! Vous allez payer votre crime, espèce de salaud !

Mon mari eut un regard de dédain et se mit à rire.

— Qui te croira, Emma ? Le Régis t'a dit tout ça, mais il n'est pas allé se dénoncer aux gendarmes ! Si tu vas le leur raconter, ils croiront à une simple intrigue de ménage. Ta relation avec Bertin était bien connue... De mon côté, je pourrais leur dire que je te répudie parce que tu me trompais, et que pour te venger tu uses de tous les artifices, comme le fait de transformer cet accident de chasse en un crime. Voyons, Emma, je te conseille d'oublier tout cela, et je passerai l'éponge.

Je n'en pouvais plus de son audace, de ses convictions, et j'avais en main de quoi le désarmer. Je sortis la lettre de mon corsage et la brandis sous son nez.

— Que dites-vous, pauvre fou ? J'ai là la preuve ! Non, Martin n'est pas allé chez les gendarmes, il n'y a même pas songé. Mais il a écrit cette lettre, une confession dans laquelle il jure devant Dieu ! Il y raconte comment vous l'avez poussé au meurtre, avec vos menaces de les mettre, lui et ses parents, à la porte de la ferme des Aulnes. Eh bien, je vais remettre cette lettre aux gendarmes et ils iront interroger Martin.

— Fais-moi voir ça, s'écria Adrien, et il lança le bras en avant pour s'emparer de la lettre.

— Pas besoin, j'y vais de ce pas ! Vous êtes perdu !

Je n'avais pas compté sur ses réflexes encore vifs, et j'avais surestimé la distance entre nous. Adrien saisit un pan de ma jupe et tira si fort que je basculai sur ses genoux. Avant que je puisse me redresser, il passa le bras autour de ma taille et me plaqua contre lui, tentant avec sa main libre de m'arracher la lettre. J'éloignai le papier le plus possible en tendant le bras en avant. Mais comme il ne lâchait pas prise, je craignis qu'il ne parvînt à ses fins et lançai la lettre sur le sol. Il ne s'en aperçut sans doute pas et persévéra. Sa voix sifflait contre mon oreille.

— Tu vas me donner ça !

Je me mis à gesticuler dans tous les sens, mais sa résistance était telle que je me demandais comment sortir de cet étau. Je puisai alors dans mes dernières forces. Il m'imita mais brusquement son étreinte se desserra. Je sentis son bras glisser sur mon ventre. Je ne compris pas immédiatement ce qui se passait. Adrien eut un soubresaut et un râle. Ma conscience me soufflait que j'étais libérée, mais plusieurs secondes passèrent avant que je me relève d'un bond et tourne le regard vers lui. Je retins un cri : Adrien aussi me fixait, mais d'un regard que je ne lui avais jamais vu, figé et vide, qui reflétait pourtant quelque chose de terrible. Alors seulement, je compris qu'il était mort.

Je restai un instant hypnotisée, incapable de réfléchir, la respiration coupée et le cœur battant à tout rompre. Peu à peu, je recouvrai cependant mes esprits : je ramassai la lettre et, en un clin d'œil, lui trouvai une cachette dans le vaisselier, puis m'élançai dans le vestibule en criant : « Y'a quelqu'un ? » Me rappelant que c'était le jour de congé des domestiques, je me ruai vers la porte. Au moment même où je la franchissais, douze coups sonnèrent à l'horloge. Je courus jusqu'au local des ouvriers et me retrouvai, haletante, face aux hommes attablés. Ils étaient sur le point d'entamer le repas froid préparé la veille par Marie. Dès mon irruption, tous les regards s'étaient braqués sur moi.

— Vite, vite ! Gerfaut, Christian, venez vite !

La plupart des ouvriers repoussèrent leurs chaises ; Gerfaut et Christian se hâtèrent vers moi, le regard interrogateur.

— C'est monsieur, lançai-je. Il a fait une attaque !

Je me précipitai vers la sortie. Les deux hommes me suivirent au pas de course.

14

Le même jour, en fin d'après-midi, Étienne Mallet, paysan de La Renaudie, rentrait chez lui par le chemin des Aulnes. La suite, il la raconta peu après. Il s'attarda, expliqua-t-il, devant le pacage où il prévoyait de faire paître son troupeau le lendemain. Il entendit alors des plaintes s'élever depuis les hautes herbes. Intrigué, il entra dans le pré. Après avoir fait quelques pas, il s'arrêta pour écouter, car les plaintes s'étaient tues. Le crépuscule noircissait toute la pente. Il n'était pas très rassuré, l'Étienne, et son imagination se débridait : et si ces plaintes étaient celles d'un revenant ? Il tendit l'oreille une nouvelle fois : rien. Son regard qui rasait le pré se fixa à un endroit où les hautes graminées venaient de remuer. Il n'y avait pourtant pas un brin de vent ! Il hésita : aller voir ou décamper ? Il s'apprêtait à demander qui était là quand un cri rauque sortit des herbes, suivi de plaintes semblables à celles qu'il avait entendues un peu plus tôt. Cette fois, elles ressemblaient à celles d'un humain. Étienne s'approcha prudemment. Le spectacle qu'il aperçut, il n'était pas près de l'oublier : Régis Martin était allongé à plat ventre dans un carré d'herbe. La végétation était écrasée sur une surface d'environ trente mètres carrés. L'homme avait le corps plié en deux, il bavait et geignait. Étienne se jeta auprès de lui.

— Eh, que fais-tu là, le Régis ? Qu'as-tu ?

Le garçon leva sur lui des pupilles dilatées et ravagées par la souffrance. Il eut un râle et émit quelques syllabes que le paysan ne put interpréter.

— Que veux-tu dire, mon gars ? le supplia Étienne, comprenant que Régis agonisait.

Il s'approcha encore et ne perçut que des borborygmes. Régis murmura enfin :

— Le Rouquin…

Étienne plaqua son oreille contre la bouche du mourant.

— C'est pas le Rouquin qui a tué Bertin, c'est moi.

Dans la seconde qui suivit, le fils Martin rendit l'âme. Étienne se redressa et le regarda d'un air stupide, ému par sa mort, ébahi par son aveu. Il avait cependant parfaitement entendu ! Le remords qui avait présidé à cette confession avait donc conduit Régis au suicide. Le paysan détacha son regard de la dépouille pour examiner l'aspect de l'herbe. Elle était couchée, voire totalement fauchée à certains endroits. Même la terre était labourée. Fallait-il que Régis ait subi d'affreuses douleurs ! Étienne devinait que le garçon s'était empoisonné et qu'il ne fallait pas rester dans les parages. Il détala et courut sur le chemin pour prévenir les gendarmes.

La nouvelle ne tarda pas à se répandre, car Étienne Mallet parla beaucoup après avoir effectué son devoir. Ses présomptions avaient été avérées : le médecin constata un empoisonnement à la taupicine, plus précisément à la strychnine, alors commercialisée à l'état de sulfate et que les paysans utilisaient sans retenue pour tuer les taupes. Les Martin en possédaient en quantité et l'on supposa que Régis avait avalé le poison une demiheure avant de gagner le pré, afin d'avoir le temps de l'atteindre avant de ressentir les premiers effets de la strychnine. Il était mort d'un arrêt respiratoire dû à un spasme du diaphragme. Personne n'était cependant sûr de rien, surtout pas de la durée de ses souffrances. Mais, à en juger par l'état du carré d'herbe, cela avait certainement été long… Pour ma part, j'étais convaincue que Régis avait ingurgité le poison juste après m'avoir remis sa lettre. Son supplice se serait, dans ce cas, prolongé de midi à plus de 19 heures. En choisissant la strychnine, avait-il voulu payer son crime au prix fort ?

Ce que personne ne savait non plus, c'était pourquoi Régis Martin avait tué Thomas. Tout le monde s'interrogeait, en vain, car on ne connaissait aucun conflit aux deux hommes. J'étais la seule à savoir – avec, peut-être, les parents du défunt. J'appris le décès de Régis par la bouche de Renée, le lendemain du drame, alors que je venais, conformément aux usages, de veiller Adrien. Je m'étais beaucoup inquiétée durant la nuit écoulée : je souhaitais disculper le Rouquin, mais je ne savais comment m'y prendre. Aller confier aux gendarmes tout ce que Régis m'avait avoué ? Leur montrer la lettre ? Je craignais trop qu'ils fassent le rapprochement avec la mort d'Adrien. Mais je n'avais désormais plus à me tracasser : par son suicide, Régis Martin avait confirmé la véracité de sa confession. Adrien disparu, le Rouquin réhabilité, il ne servait maintenant plus à rien que je parle ! La lettre fatidique, grâce à laquelle Régis Martin avait sans doute espéré obtenir une forme de pardon, je la détruisis. Personne ainsi ne saurait jamais qu'Adrien était à l'origine des drames survenus ces derniers mois.

Le fils Martin fut enterré le premier, dans la promptitude et le silence, au cimetière de La Renaudie, à l'écart des autres sépultures. Il paraît que quelques âmes pieuses et miséricordieuses allèrent se recueillir sur sa tombe, eu égard à ses parents, « les Noirs », qu'on plaignait tout de même d'avoir perdu leur fils unique. La mort d'Adrien fut quant à elle jugée naturelle par le médecin : crise cardiaque. J'avais raconté au docteur qu'à mon arrivée, j'avais trouvé mon mari affalé dans son fauteuil. Le médecin supposait qu'Adrien avait dû fournir un effort excessif, mais, disait-il, l'arrêt du cœur avait tout aussi bien pu survenir au repos.

Les obsèques de mon époux furent célébrées le surlendemain de celles de Régis Martin, également à La Renaudie. Cette fois, l'église débordait de monde. Et les oraisons furent bien sûr plus nombreuses pour le maître de La Tranchère que pour le meurtrier des Aulnes. Le cousin Firmin ne fut pas avare d'éloges. Et moi, durant son prêche, je songeais : « S'ils savaient… »

Assise sur le premier banc, entre Renée et Marie, face au magnifique cercueil en chêne, je repensais à l'aveu d'Adrien : il m'avait donc suivie quand il était valide, et il savait. Je me souvins du soir de la réunion des chasseurs, du départ tardif de Régis Martin. J'avais vu son air grave, sa tête enfoncée dans les épaules. Cependant, l'idée avait sans doute germé dans l'esprit de mon mari bien avant qu'il ne m'avoue sa jalousie vis-à-vis de Thomas. Quand sa santé le lui permettait, il se rendait chez les Martin ; le soir de la réunion, ils avaient probablement achevé d'ourdir le crime. Le père Martin, quant à lui, n'avait apparemment pas été mis dans la confidence, car il était parti de la réunion en même temps que les autres chasseurs.

Durant cette cérémonie à l'église, je revins aussi en pensée au tout début de mon mariage. Alors que je me trouvais dans ce lieu saint, me revint très précisément en mémoire l'événement initial qui avait tué mon désir : la scène à laquelle j'avais assisté dans les bois, lorsque j'avais surpris Adrien avec Francine. Ce jour-là, j'avais aperçu la charrette au loin, alors que je rentrais d'une chevauchée. Intriguée, j'étais descendue de ma selle et j'avais noué la bride de Princesse autour d'un tronc. Puis je m'étais avancée à pas de loup et m'étais accroupie dans un fourré proche. La fille était debout contre la carriole, toute troussée. Elle roucoulait sous les caresses d'Adrien. Il lui palpait les cuisses et les seins avec une frénésie plus grande encore que celle qu'il manifestait avec moi.

Tout d'abord, je ne démêlai pas la nature de mon émotion, mais après avoir bien observé, je compris qu'elle découlait du transport amoureux de Francine. Elle se donnait à Adrien avec une exaltation que je n'avais jamais connue, poussait des cris, tendait son corps vers son corps, lui caressait le cou d'une main et le sexe de l'autre. Quand il la coucha sur la mousse et que ses soupirs montèrent dans les feuillages, je m'enfuis, bouleversée, me demandant pourquoi je n'avais pas ressenti moi aussi un tel plaisir. Plus tard, je m'interrogeai sur mon avenir et pris la décision de fermer les yeux. J'avais compris que l'amour n'avait point existé entre Adrien et moi.

Durant la suite de la messe, je n'eus plus de pensées que pour Thomas. J'étais convaincue d'avoir, avec lui, connu un immense et véritable bonheur, si bref eût-il été. Je ne versai donc pas une larme en mémoire de mon cher mari. Mon regard errait à travers l'église, s'arrêtant sur les objets cultuels et les nombreuses fleurs autour du cercueil. Couronnes, corbeilles, gerbes, bouquets : leur parfum se concentrait comme dans une cave. C'était un enterrement tout en faste, avec la belle bière, les beaux mots du curé, les fleurs innombrables, les préludes et musiques d'orgue inspirés, qui, à chacun de leurs soupirs, laissaient entendre ceux de l'assistance qui reniflait.

Au cimetière, je répondis aux condoléances les yeux secs, avec la hâte secrète que tout fût bientôt fini. Heureusement, il faisait très chaud et la foule s'empressa de quitter cette dernière demeure située en plein soleil. Lorsque les fossoyeurs refermèrent enfin le tombeau, je dis au revoir à mes parents et à quelques proches avec une rapidité qu'on comprit aisément. Alors que je franchissais à mon tour le grand portail, toujours au bras de Renée, je fus médusée par la vue : les toits du village rouge vermillon luisant par-dessus les pans de murs tranchés par le soleil et des trous d'ombre presque bleus ; le dédale des rues où s'aventurait un rai de lumière éclairant une portion de pavés ocre, une fenêtre ornée de fleurs, la croix en fer forgé de la grande fontaine qui avait l'éclat de l'argent. Plus bas, la pente filait vers un paysage qui vous plongeait dans la contemplation, par le contraste entre la rondeur des gardes et les têtes échevelées des sucs, entre les bois de sapins et de feuillus, mais aussi le cortège des prairies où la rivière Saline se frayait un chemin tortueux. Au centre de cette cuvette verte, l'enceinte du domaine traçait un rectangle couleur terre de Sienne. Les toits, rouges eux aussi, dessinaient un coquelicot. Dans un écho, me revinrent les paroles du médecin à propos de la faiblesse cardiaque d'Adrien. Je le reconnais, j'avais plusieurs fois pensé à sa mort et... je l'avais souhaitée. Car elle ferait de moi l'unique propriétaire de La Tranchère !

15

Cette année-là, juin fut chaud mais humide. Chaque jour, en fin d'après-midi, une nuée se profilait qui portait l'orage. La chaleur se concentrait, l'air devenait irrespirable, puis, brusquement, le vent se levait et fouettait les cimes. Quelques éclairs zébraient le ciel et le tonnerre retentissait. On aurait juré une vraie tempête mais, après une belle ondée, la nuée se dissipait et, sur le grand lac moiré de la terre, le soleil jetait son sourire du soir. Je prêtais l'oreille à une musique magique : celle de la nature qui s'ébrouait doucement.

Vers la fin juin, il y eut un orage plus terrible que les précédents, comme un bouquet final offert par Jupiter. J'essuyai ce coup de tabac alors que j'errais une fois de plus au fond du parc. Je m'attendais au même scénario que les jours précédents et ne me pressais donc point quand la nuée arriva. Le ciel devint pourtant d'un noir de ténèbres, le vent enfla, les éclairs fulminèrent et une canonnade assourdissante éclata. De grosses gouttes se mirent à tomber, bientôt suivies d'une pluie aussi crépitante que la grêle. Des trombes d'eau s'abattaient sur la propriété. Je m'étais réfugiée dans l'une de mes alcôves préférées, espérant que son épais feuillage me protégerait de l'averse. Las, je crus bien que cet abri serait mon tombeau ! L'alcôve pliait sous le déluge et semblait attirer chaque éclair. Je m'enfuis et courus en direction de la grande allée, comme pourchassée par les décharges électriques. J'étais moins trempée par la pluie que par la sueur froide qu'exsudait chaque pore de ma peau. J'allais à coup sûr mourir dans ce parc que j'aimais tant !

Je vis alors l'existence sous un jour nouveau, et le désir fou de vivre encore s'empara de tout mon être. Je voulais vivre pour continuer à contempler les beautés de ce monde, pour respirer son air. Gléba pouvait attendre ! Cette planète n'avait existé que dans l'imagination des amoureux fous que nous étions, Thomas et moi. Je voulais vivre, vivre, dans ce si beau domaine. Je ne sais lequel des dieux m'entendit, mais Jupiter m'épargna.

Après ce terrible orage, les ouvriers terminèrent le fauchage et tournèrent les andains. Le foin sécha et put être engrangé. Quelle belle chose que la fenaison ! Comme un grand espoir... Sous le soleil de juillet, les blés qui s'étaient gorgés d'eau dorèrent très vite et appelèrent ensuite la moisson. Le battage s'effectua sur le terre-plein devant la grange et la table fut une nouvelle fois dressée dans la cour. L'assistance observa une forme de réserve durant le repas. Chacun paraissait confus, l'air apitoyé, le regard fuyant, la parole discrète. Les regards, souvent tournés vers les deux places vides d'Adrien et Thomas, trahissaient les pensées des convives au sujet des drames survenus depuis février. Peu à peu, pourtant, la gêne se dissipa. Le vin avait coulé et les voix s'étaient ranimées. La batteuse lança de nouveau le cri de sa sirène et le grand nuage de poussière s'éleva devant la grange. Avec le travail, la vie reprenait, et la mort d'Adrien et de Thomas ne semblait plus déjà qu'un entracte dans son infini parcours.

Ce jour-là, je m'étais aussi entretenue avec Gerfaut des acquisitions envisagées par Adrien en mai dernier – en particulier le tracteur. La grande foire de Mauron étant passée, nous avions décidé d'attendre la prochaine édition. À la fin du repas, Christian m'avait, de son côté, adressé une requête.

— Seriez-vous d'accord pour louer la ferme de Valz à un membre de ma famille ?

Évidemment, les souvenirs resurgirent, et c'est d'une voix émue que je lui répondis :

— Cette demeure ? Mais elle n'a pas été habitée depuis de longues années, et les terres sont petites et morcelées !

— Les terres importent peu, madame Emma, car ce parent n'est pas fermier : il travaillait à la scierie Grangeon qui a fermé le mois dernier, et il vient d'être embauché à celle de Nollieux. Il cherche avant tout un toit et l'emplacement lui conviendrait.

— Eh bien, je ne vois aucun inconvénient à la lui louer.

Mais je m'inquiétais de savoir si ce parent connaissait la demeure, de même que son épouse. Christian m'éclaira.

— Yves Macerf est veuf depuis trois ans et père d'un garçon de neuf ans ; c'est le beau-frère de ma sœur. Il a repéré la maison depuis longtemps et elle lui plaît.

Ces informations confortèrent ma décision de louer la maison de Valz à ce Macerf, à un prix modéré compte tenu de l'état d'abandon dans lequel elle se trouvait. Je songeais aussi à l'enfant, qui pourrait aller à l'école primaire de Nollieux, située non loin de Valz.

— Effectivement, me répondit Christian, c'est l'une des raisons pour lesquelles la maison convient à Yves. Cela dit, dans deux ans, l'enfant ira au collège de Mauron, car il est doué pour les études. Son père songe à lui faire passer son certificat.

J'approuvai ce projet avec un sourire et lançai :

— Eh bien, dites à M. Macerf qu'il vienne me voir.

— C'est entendu, madame Emma, je le lui dirai au plus tôt !

L'air content, il partit rejoindre les autres hommes. Pendant un moment, je les regardai tous s'activer autour de la batteuse. Leur ardeur au travail me mit de la joie au cœur et un sourire aux lèvres. Je desservis la table avec Renée, qui se réjouissait de me voir cet air lumineux. Je l'aidai à conduire le chariot à vaisselle jusqu'à la cuisine, où Marie récurait ses fourneaux. La pauvre femme était en nage. L'âge lui pesait, et les rhumatismes lui courbaient le dos. La disparition d'Adrien lui avait en outre porté un coup, bien qu'elle cachât sa peine. Elle avait néanmoins l'esprit toujours aussi vif et le prouverait quelques secondes plus tard.

— Je ne suis pas dans mon assiette, s'exclama-t-elle.

Renée et moi nous inquiétâmes et je répondis que sa fatigue était compréhensible après la préparation d'un si copieux repas.

— Mais ce n'est pas pour ça ! rétorqua-t-elle vivement.

J'étais impatiente de connaître la cause de son état.

— Je suis dans les vignes, ma petite !

Cette nouvelle locution nous arracha un éclat de rire : nous aurions dû nous y attendre ! Il est vrai qu'au cours du repas la cuisinière avait souvent vidé son verre, ce bon vin de Loire qu'on avait déniché dans la cave et que le temps avait bonifié. Elle n'avait pas résisté non plus au vin mousseux acheté aux moines de l'abbaye de Malauzat. Je recommandai donc à la vieille femme d'aller se reposer. Elle ne se le fit pas dire deux fois et s'en alla en titubant. Appuyée contre le manteau de la cheminée, Renée gloussait encore, mais elle cessa net lorsque la vieille femme cria du fond du couloir :

— Ma pauvre Renée, tu es la poêle qui se moque du chaudron ! Regarde donc ta robe de plus près…

Inquiète, sa collègue examina la belle robe qu'elle avait revêtue en l'honneur de son amoureux, présent au battage. Rien sur le devant. Elle lorgna l'arrière, tendant le tissu. En même temps qu'elle, j'aperçus une grosse tache de graisse juste sur ses fesses.

— La poule au pot ! s'écria-t-elle. Pouah, on croirait un pet foireux !

Bien que j'eusse l'habitude des expressions rudimentaires de ma servante, je jetai une exclamation de surprise avant d'exploser de rire.

— Mon Dieu, continuait Renée, tout le monde l'aura cru !

Je me calmai et la rassurai, lui proposant de prendre l'une de mes robes et de laver celle-ci. Cinq minutes plus tard, le vêtement pendait au fil, à côté du linge étendu la veille. Nous portâmes ensuite la boisson aux ouvriers qui œuvraient dans la chaleur et la poussière. Étienne Boudoule, l'amoureux de Renée, chargé de l'ensachage du grain, se redressa et siffla d'admiration en voyant sa dulcinée dans sa nouvelle robe. C'était celle que je portais l'année précédente et que Thomas trouvait si jolie. Renée se dandinait devant Étienne, oublieuse de l'incident.

Un souvenir me reste particulièrement de ce jour-là : dans un sac grand ouvert, j'avais saisi une poignée du beau blé doré, je l'avais humé et en avais croqué quelques grains. Je ressentis alors une étrange émotion qui me rendit sourde et aveugle à tout ce qui se passait autour de moi. Je levai les yeux au ciel, tout bleu. Avec ces grains de blé dans la bouche, je voulais croire à ma renaissance, semblable au renouvellement de la nature ; je voulais croire que la vie conduisait peut-être à une autre vie, croire que là-haut, dans cet infini bleu, la planète Gléba existait peut-être.

Lorsque je perçus de nouveau le ronflement de la machine et les voix des hommes, cette émotion inexplicable se vida de sa tristesse pour n'en retenir que la volupté. J'adressai un grand sourire à Renée qui me regardait d'un air perplexe. Je parai à toute question en lui faisant remarquer qu'elle ne m'avait pas confié ses impressions depuis qu'elle était allée, en juillet dernier, vivre avec Étienne dans la ferme de Malauzat. Hormis le dimanche et le jeudi – jour de congé –, elle parcourait désormais quatre kilomètres pour venir à La Tranchère, en solex quand le temps était beau et en auto avec son amoureux quand il était mauvais. Bien qu'il eût repris la ferme parentale, Étienne avait en effet continué son activité, faisant la collecte de beurre, de fromages et d'œufs chez certains paysans des villages alentour. Le ramassage le plus important se faisait à La Tranchère, où la quantité de beurre dépassait les cent kilos à la semaine. Étienne livrait ensuite les produits à un négociant de Nollieux, qui trouvait preneurs. Bien souvent, les denrées étaient expédiées à Mauron, mais aussi à Saint-Étienne, Lyon et Clermont. Le cheptel d'Étienne n'était pas grand, mais son profit ajouté à celui de la collecte leur permettait de vivre confortablement, Renée et lui. Et il y avait en outre la paie généreuse que je remettais chaque mois à ma servante. La demeure de Malauzat avait donc bénéficié d'un beau rafraîchissement. Je savais que Renée soignait le décor et qu'elle m'inviterait à leur rendre visite. Je lui demandai dans quelles dispositions elle se trouvait.

— Je me sens tout à fait bien, madame Emma, me répondit-elle. Étienne est si gentil… et la maison est désormais coquette, je m'y plais beaucoup !

Elle coula un regard amoureux vers son homme qui s'était penché près de la goulotte où glissait le grain. Il frisait la cinquantaine. De belle corpulence, il avait en permanence le sourire aux lèvres et ses grands yeux bleus brillaient. Dire que Renée jurait autrefois de ne plus se laisser prendre aux pièges de l'amour ! Ces deux-là faisaient penser à des tourtereaux. Elle m'affirmait qu'une autre passion me viendrait bientôt à moi aussi. Je ne pouvais y croire, car bien que Thomas et moi fussions séparés par la mort, notre amour vivait encore : il flottait quelque part dans l'espace infini. Je croyais que rien ne me consolerait et que je serais à jamais privée de bonheur.

Mais c'était compter sans le domaine : ne vouais-je pas à ce lieu une forme d'amour qui me permettrait d'avancer vers ma destinée ? N'avais-je pas trouvé ici ma raison de vivre ? Dans les premiers temps de mon veuvage, j'y demeurai d'ailleurs cloîtrée. Je flânais longuement dans le parc. Son murmure chassait toutes les agitations et captivait mes sens. Tout ici suffisait à me faire prendre conscience de mon existence et m'aidait à méditer. Souvent passait l'image de Thomas et une main me serrait le cœur, mais bientôt je sombrais dans de doux songes au milieu desquels la nuit me surprenait. Au fil des jours, je me rendis compte que je pouvais plonger dans mes souvenirs sans souffrir. Je repensais aux moments passés avec Thomas – et pas à l'existence avec Adrien, avec qui j'avais pourtant vécu douze ans. Ces moments dans le parc n'avaient rien d'aussi vif ni d'aussi délirant que ceux que j'avais connus avec mon amant, mais j'y trouvais pourtant une grande félicité. Il y avait eu cet orage démentiel pendant lequel j'avais cru mourir, il y avait eu la fenaison qui ressemble à une promesse, et puis la moisson… Il y avait eu ces grains de blé que j'avais portés à ma bouche et que j'avais croqués. Ce beau blé qui germe, qui pousse et nous donne le pain de la vie !

Ce fut là le recommencement de mon existence. Je me consacrai dès lors entièrement au domaine. J'ai toujours eu un penchant pour tous ces travaux qui découlent de notre terre nourricière. J'ai aimé celle-ci d'une tendresse presque sensorielle, palpable, salvatrice. On recommença donc à me voir partout : dans les champs et les bois, à la basse-cour, à l'écurie et à l'étable. Contrairement à la grange qui murmure encore mes amours, je crois d'ailleurs n'avoir jamais décrit précisément l'étable. C'est un grand bâtiment construit en basalte, sans fioritures aux angles et aux fenêtres. Seul se distingue le linteau de la grande porte : trois pilons de trachyte ont été placés de manière à lui donner une forme ogivale. Le linteau de la porte de la grange, quant à lui, est un énorme tronc d'arbre. Les portes sont à deux vantaux d'une largeur à peu près égale, mais la porte de la grange est plus haute que celle de l'étable.

Chez nous, les relents de fumier étaient moindres et l'atmosphère pas aussi moite que dans les autres étables, où fermentent les excréments et la paille. La fosse était régulièrement nettoyée et les litières renouvelées ; de fait, on sentait seulement l'odeur du cuir des bêtes. Nous avions toujours eu des Salers, des montagnardes robustes à belle robe acajou et longues cornes en forme de lyre. Antoine Fournel les avait choisies pour leurs qualités de laitières et leur longévité. Adrien avait continué à exploiter la race en système allaitant, pour assurer la croissance des veaux destinés à la production de viande. Il m'arrivait d'accompagner le vacher qui conduisait les bêtes vers la pâture. Je garde une image magique du troupeau martelant le sentier dans un immense nuage de poussière et j'entends encore le jappement des chiens qui remettaient de l'ordre quand le besoin s'en faisait sentir.

Ordinairement, je me rendais à l'étable à l'heure de la traite, pour le plaisir de voir le vacher presser le pis, le front appuyé sur le flanc de la bête. J'adorais donner le biberon aux veaux qui n'allaient pas sous la mère, porter les bidons de lait dans l'abreuvoir, étaler la paille parfumée sur les litières. Avec un bonheur semblable, j'accomplissais bien d'autres menues tâches : lever la crème du lait et la mettre dans les grandes jarres, la baratter le matin où passait le leveur, modeler ensuite les mottes de beurre et y faire des dessins avec une fourchette. La veille, je remplissais les caissettes d'œufs et de fromages, et les remisais dans la souillarde. C'était là qu'étaient aussi la maie et la biche dans laquelle Marie conservait encore le levain. Je cuisais le pain avec zèle, dans notre four, et remplissais allègrement les paillats avec la belle pâte blanche.

J'exécutais désormais tant de petites besognes, aussi bien à l'intérieur qu'à l'extérieur, que je pourrais les énumérer dans l'ordre des saisons. L'automne et l'hiver évoquent ainsi le bois, ce matériau noble, né pour faire vivre les êtres et les choses après avoir été coupé, scié, fendu, brûlé... Je me souviens du feu endormi sous la cendre ; il suffisait d'un souffle, d'une brindille, et soudain la flamme renaissait ! Je la regardais danser et quelque chose en moi voulait aussi recommencer à se mouvoir.

Parmi les gros travaux extérieurs, ma préférence est toujours allée, je ne sais pourquoi, à ceux de la forêt – peut-être parce que je trouvais une protection à l'abri des arbres, et parce que je puisais en eux la force dont j'avais besoin. En outre, j'aimais les bruits environnants : les craquements des feuilles ou des branches mortes sous mes pieds, le souffle du vent dans les houppiers, les pas ou le cri d'une bête sauvage. Et les odeurs si particulières, comme celle de la mousse et des champignons, en particulier ceux qui se décomposent à même les vieilles souches. Et ces hêtres solennels, souvent dressés en lisière tels les gardiens de ce monde sylvestre, beaux et impressionnants par l'ampleur de leur houppier et leur écorce lisse. Cette année-là, avec Gerfaut, je choisis les coupes dans mes futaies et allai souvent admirer les bûcherons à l'œuvre ; je fis moi-même des fagots. J'aimais manipuler le bois et le respirer, j'avais le désir d'apprendre tous ses secrets de la bouche des bûcherons – par exemple le fait que les résineux devaient être coupés à la nouvelle lune et les feuillus en lune décroissante et en période de sève morte. L'abattage s'étendait d'octobre à février, mais il fallait éviter les avents de décembre, qui auraient empêché que les fûts perdent leur poids.

Chaque essence était destinée à un emploi déterminé : le hêtre pour le chauffage ; l'orme, le merisier et le noyer pour le mobilier ; le frêne pour les manches de faux ; le bouleau pour les dents des râteaux, les sabots et bien d'autres choses encore. Les résineux, quant à eux, se prêtaient aux grandes œuvres, telles les charpentes (généralement faites de sapin) et les parquets, les portes et fenêtres en pin. Au moment de l'abattage des arbres, j'aurais pu éprouver un pincement au cœur, mais nous choisissions les coupes de façon à ce qu'elles ne soient pas nuisibles à la forêt. J'entends encore le sifflement des scies et les coups de hache, le froissement des feuillages et le craquement des branches quand les arbres s'abattaient, aussitôt suivis par un silence dans lequel les voix des bûcherons résonnaient étrangement.

Tout comme ma participation aux travaux de la ferme, mon désir de gérer au mieux le domaine se renforçait de jour en jour. Je consultais désormais les comptes détaillés de mon intendant, mesurant le rendement des cultures, les dépenses et les bénéfices tirés de la vente de nos bêtes et de nos produits. Même avec l'arrivée de la collecte de lait, nous fabriquions encore le beurre et les fromages que nous vendions au leveur, tandis que nous destinions les volailles, les œufs et les cultures potagères aux marchés.

Au domaine, le jardin était en effet conséquent, et le jardinier hors pair ! Marcel avait la main verte, disait-on, mais il était surtout travailleur et amoureux de son métier. Le verger, quant à lui, était continuellement renouvelé grâce au greffage que Marcel effectuait progressivement. Combien de paysans venaient prendre conseil auprès de lui ! Car réussir une greffe n'était pas donné à tout le monde. Il fallait avoir découvert tout ce qui la rendrait parfaite : la bonne méthode, le temps idéal – et peut-être une sorte de communion avec la nature. Le verger de La Tranchère était sans doute le plus beau qu'on eût pu voir à des dizaines de kilomètres à la ronde. Il produisait en pommes, en poires, cerises et prunes. Bref, que ce soit au verger, au parc, dans les champs, les bois ou près des bêtes, j'étais toujours en rapport très étroit avec la terre de mon domaine. Il était mon univers.

Accaparée par tout ce qui s'y déroulait au fil des saisons, je parvins à m'arracher au passé, et j'en vins à me dire que ne plus rien désirer d'impossible et accepter son sort était peut-être ce qui rendait heureux. Je me trouvais alors dans un état presque satisfaisant. Une sorte d'alchimie avait opéré. Le cours du temps avait certes joué son rôle… Le temps ! Il poursuit sa route sans fin, vers de nouveaux jours, de nouvelles saisons, vers nos destinées, notre mort et notre renaissance. Mais j'agissais aussi pour m'en sortir, prenant peu à peu conscience que je pouvais vivre avec la douleur d'avoir perdu Thomas. De fait, elle semblait s'en aller… « Par l'opération du Saint-Esprit », aurait sûrement dit Marie !

16

Fin août 1950

La veille de la grande foire de Mauron, Gerfaut et Christian préparèrent deux de nos Salers et leurs jeunes veaux non castrés, superbes, presque prêts à la vente pour l'automne. Les bêtes furent conduites à l'aube sur la grand-place de la ville, dont une moitié était réservée à l'exposition des animaux et l'autre au matériel agricole. Je me rendis à la foire tôt dans la matinée en compagnie des deux hommes, et nous commençâmes par déambuler entre les bovins, les comparant à nos propres broutards. Nous nous dirigeâmes cependant rapidement vers l'objet de notre convoitise : les tracteurs, qui commençaient à se généraliser dans le cadre du plan Marshall. À cette époque, l'agriculture faisait en effet un grand bond.

Les deux hommes s'arrêtèrent près d'un Deutz 514 vert pomme qu'ils étudièrent sur toutes les coutures. Je les imitai. Je ne possédais pas de grandes connaissances en mécanique, mais je savais que ces engins étaient le gage d'une meilleure productivité. D'autres machines encore allaient offrir une amélioration des conditions de travail et un gain de temps qui permettrait aux ouvriers de se consacrer davantage à la production animale. Tout cela me poussait à faire des projets, notamment agrandir notre troupeau sans avoir besoin d'embaucher un autre homme à l'année. Je prévoyais déjà de gros bénéfices sur la vente des broutards lourds, en race pure ou en croisement, vendus maigres pour les ateliers d'engraissement à l'export ou en France. La précocité de ces animaux, la couleur, le grain et le persillé de leur viande étaient unanimement reconnus.

Plongée dans ces pensées, j'abandonnai mes deux compagnons, qui attendaient un vendeur tout en parlant mécanique. Je marchai vers l'immense fontaine en suivant l'alignement des tracteurs exposés. À cette heure, la chaleur tombait sur la ville comme un voile de douceur. Le soleil gravitait dans une atmosphère plus limpide que le cristal, où ne traînait nulle nuée. En ce mois d'août, le jour s'éveillait sans rosée et mourait sans nuage, dans un souffle régulier et tempéré. Ce temps ni trop chaud la journée ni trop frais durant la nuit mettait les gens dans de bonnes dispositions. Peut-être fut-ce d'ailleurs la météo qui me fit me sentir mieux que jamais depuis un an. Ce bien-être nouveau se reflétait sur ma physionomie. Certes, je portais toujours la couleur du deuil, qui, selon les usages, devait durer encore un an. Mais le noir mettait en valeur ma peau dorée, mes yeux vert et ambre, les reflets cuivrés de mes cheveux. Évasée à partir du haut des cuisses, ma robe soulignait ma gorge pleine, ma taille fine et ma chute de reins joliment cambrée. Parce qu'elle était sans manches et longue jusqu'aux genoux, elle laissait voir mes bras et mes mollets, potelés mais fuselés. J'attirais probablement le regard des hommes mais, pour l'heure, je marchais vers la fontaine, perdue dans mes songes.

La collision me fit perdre l'équilibre. Après avoir tournoyé sur moi-même, je sentis une main se resserrer sur mon bras. Ayant sans doute cru que j'allais me cogner à l'un des tracteurs, mon vis-à-vis m'avait retenue. Je levai les yeux sur lui et lui fis part de mes excuses, avouant que je ne l'avais pas vu.

— C'est moi, charmante dame, qui vous demande pardon, répliqua-t-il, car moi je vous avais vue, et j'aurais pu éviter ce tamponnage !

Il avait une belle voix grave et le visage rieur. Il me lâcha et je le considérai plus attentivement. Je ne tardai pas à comprendre que ce qui me frappait était sa ressemblance avec Thomas. Elle était même flagrante – surtout au niveau des yeux, de la même couleur que ceux de mon amant, avec des paillettes dorées et enfoncés sous des sourcils broussailleux. Le visage était plutôt long, le front étroit, le menton carré. Dans un premier temps, cette ressemblance avait été un peu éclipsée par la calvitie de l'inconnu, déjà bien prononcée : son crâne était en effet nu et lisse, avec une couronne de cheveux noirs qui commençaient à blanchir sur les tempes. À vue d'œil, sa stature était presque identique à celle de Thomas – grande, mince et musclée. À dire vrai, le physique de cet inconnu était assez ordinaire, mais les similitudes avec l'homme que j'avais aimé le rehaussaient dans mon esprit. Il me considérait avec curiosité, se demandant sans doute pourquoi je le scrutais ainsi.

— Ce n'est rien, monsieur, dis-je enfin. Nous ressortons sans mal de ce… tamponnage.

Le mot le fit sourire. Au même moment, Gerfaut s'approcha de nous. Mon interlocuteur se figea, se contentant de rendre son bonjour à l'intendant. Mais quand celui-ci m'annonça que le tracteur Massey Harris exposé juste derrière lui paraissait faire l'affaire, l'inconnu se manifesta.

— Excusez-moi de m'immiscer, mais je crois comprendre que vous vous intéressez à ce bel outil. Je suis justement le négociant : puis-je vous renseigner ?

Christian s'avança à son tour et la conversation s'engagea. Rodé, le vendeur inventoria les qualités du tracteur, puis nous entraîna vers la machine. Je restai un peu en arrière tandis qu'il montrait aux deux ouvriers les quatre cylindres, le relevage hydraulique... Lorsqu'il se tut, Gerfaut et Christian semblaient conquis. L'intendant se tourna alors vers moi.

— C'est Mme Fournel qui doit donner le feu vert.

Le négociant eut l'air confondu.

— Ainsi donc, vous êtes madame Fournel, s'exclama-t-il.

— Ma foi oui ! admis-je, prise d'une envie de rire face à son expression consternée.

Il fronça les sourcils et se mordit le coin de la lèvre inférieure.

— Et c'est vous qui achetez, madame ?

J'adressai un coup d'œil à Gerfaut, car je préférais que ce soit lui qui me présente plus avant.

— Comme vous le savez manifestement, Mme Fournel est propriétaire du domaine de La Tranchère, expliqua l'intendant. C'est elle qui achète, oui, et qui décide. Avec Christian, nous sommes ses employés et nous sommes ici pour la conseiller.

Sans cesser de me regarder, l'homme demanda d'un air un peu ébaubi :

— Bien ! Alors, que lui direz-vous ?

— Que ce tracteur ferait bien l'affaire, répliqua aimablement Gerfaut.

— Et vous plaît-il à vous ? s'empressa de me demander le vendeur.

Les deux ouvriers me regardaient avec la même intensité ; j'éprouvai une sorte de jubilation devant le pouvoir que je détenais, et j'avais presque envie de faire durer l'attente des trois hommes.

— Je ne connais pas grand-chose à ces engins, répondis-je néanmoins au vendeur, mais vous avez si bien fait l'éloge de celui-là, et Gerfaut et Christian ont l'air si convaincus, que oui, je l'achète, monsieur ! Monsieur... ?

— Dercou, Paul Dercou. Je travaille pour les établissements Grousset. Nous sommes installés à Mauron depuis un an.

Il poursuivit, son regard passant cette fois de moi aux deux hommes.

— À l'heure actuelle, les tracteurs se distinguent sur le matériel agricole, mais d'autres innovations révolutionnent déjà le marché.

Il cita quelques-unes des machines en question. Tout en l'écoutant, je l'examinai de la tête aux pieds. Il portait un pantalon gris perle bien taillé et une chemise blanche à l'encolure ouverte. On apercevait son cou, large et court, où naviguait une pomme d'Adam assez proéminente. Ses épaules étaient généreuses, et ses mains de vrais battoirs. Lorsqu'il me regarda, je détournai vivement les yeux.

— Eh bien, déclarai-je, nous pouvons donc conclure notre affaire, monsieur Dercou.

Le vendeur montra du doigt une petite baraque en bois dressée derrière la rangée de tracteurs et nous invita à le suivre. Deux chaises nous attendaient, ainsi qu'une table couverte de prospectus. Dercou fouilla dans la pile de publicités et saisit un formulaire ; il me proposa l'une des chaises et prit place sur l'autre. Mes deux ouvriers prirent congé et retournèrent admirer l'engin en attendant la fin de la transaction. Je me concentrai sur les papiers. Dercou me guidait. À deux ou trois reprises, sa main effleura la mienne. Je devinai son regard posé sur mon profil. Je m'empressai de remplir le formulaire, comme si je craignais le trouble que je sentais naître en moi. Au bout de cinq minutes, je le signai et déclarai :

— Affaire conclue, monsieur Dercou !

Je me levai de ma chaise et il fit de même. Nous nous serrâmes la main.

— Le tracteur vous sera livré dans quelques jours, madame Fournel, se réjouit-il. J'espère que vous en serez contente, et vos employés aussi.

J'acquiesçai et m'apprêtais à sortir mais Dercou me retint, ajoutant :

— Vous savez, je serais heureux de visiter votre domaine… et de vous revoir. Serait-ce possible ?

J'acceptai. L'expression de son regard en disait long, ainsi que sa voix, qui s'était faite plus appuyée, et ce court silence avant qu'il ne se lance ! Je n'étais pas dupe. Je le quittai, amusée par ce désir à moitié caché sous celui de visiter le domaine, et troublée par sa ressemblance avec Thomas.

Durant la journée, je songeai plus souvent à Dercou qu'à mon acquisition, bien que je fusse la première propriétaire de la contrée à posséder un tel outil. Le tracteur monopolisa en revanche la conversation du personnel. Le soir, à table, Marie n'eut de cesse que de m'en parler, mais ma pensée était entièrement tournée vers Dercou et je me pris à espérer qu'il vînt bientôt visiter le domaine. Un peu plus tard, dans ma chambre, je me rendis compte que c'était en fait sa ressemblance avec Thomas qui dirigeait ma pensée. Je m'efforçai alors d'oublier le vendeur de tracteurs, me confortant par ailleurs dans l'idée que je ne le croiserais peut-être plus jamais, son désir ayant pu d'ores et déjà s'évaporer.

J'étais en outre satisfaite de l'état dans lequel je me trouvais ces derniers temps, n'attendant et ne désirant rien d'exceptionnel : pas de changement, pas de nouveauté, pas d'imprévus ! Je craignais en effet que les émotions n'engendrent plus de douleur que de joie. Je préférais me contenter de vivre ma vie, si plate fût-elle, mais avec la certitude de ne plus recevoir de coup trop rude. Le malheur qui pouvait encore me tomber dessus était la mort de mes parents, mais celle-ci s'inscrivait dans l'ordre des choses et ma conscience s'était préparée à un tel événement. Marie et Renée pouvaient elles aussi mourir, il est vrai, mais là encore, ma peine ne serait pas aussi grande qu'au décès de Thomas. Je ne voulais plus aimer un homme et risquer de le perdre. Je ne voulais plus souffrir de l'amour et j'en oubliais peu à peu les délices, me contentant de leur souvenir. Je ne voulais pas admettre que ces imprévus sont ce qui fertilise nos vies, et ne voulais pas voir que je ne vivais qu'à moitié, en supportant certes dignement ma peine mais en refusant aussi ce qui serait peut-être porteur de joie. Ce soir-là, en tout cas, je rejetai Paul Dercou au fond de ma mémoire.

Durant la nuit, je fis un horrible cauchemar, hanté par une entité terrorisante. Au réveil, je ne pus donner à cette chose un visage ni même un aspect, mais j'étais certaine que la peur éprouvée pendant mon sommeil allait me poursuivre toute la journée. Pour tenter de la semer, j'aidai Renée à la lessive et Marie pour la préparation du repas. Puis, en début d'après-midi, j'allai errer dans le parc, dans un coin que j'aimais particulièrement et où j'avais goûté une paix singulière ces derniers mois. De là, j'entendis une voix s'élever dans la grande allée. Je reconnus les appels de Christian : « M'dame Emma, M'dame Emma… » Je me signalai et me hâtai dans sa direction.

Au sortir des entrelacs du parc, je me retrouvai nez à nez avec un homme et un enfant qui escortaient Christian. Je fus surprise, mais je me souvins bientôt que M. Macerf comptait venir pour me redemander de lui louer la maison de Valz. L'an passé, en effet, il n'avait finalement pas obtenu la place qu'il briguait à la scierie de Nollieux – mais elle allait lui être donnée bientôt. Il réitérait donc sa demande pour la location.

Christian me présenta Yves Macerf, auquel j'accordai à peine un regard car mon attention était accaparée par le garçonnet. Nous n'avions pas la chance d'avoir d'enfants au domaine, et celui-ci semblait personnifier l'harmonie. Je lui demandai comment il se nommait. Il releva la tête et me dit s'appeler Julien. Je fus attendrie par sa voix timide, ses traits encore poupins, ses grands yeux de cette couleur châtaigne qui fait les regards de velours, son petit nez criblé de taches de rousseur, sa large bouche dessinée pour sourire, sa fossette au menton et ses cheveux blond foncé qui nimbaient un visage d'ange. À mon tour, j'indiquai mon prénom, qu'il avait déjà entendu dans la bouche de Christian. Je ne pus m'empêcher de caresser ses cheveux ; il tourna la tête vers son père. Je confiai à ce dernier combien je trouvais son enfant adorable. Il me regarda au fond des yeux tout en me remerciant.

Son regard retint mon attention : il était d'un bleu aussi pur que celui d'un ciel d'hiver très froid, étrange et sans fond. J'eus d'ailleurs un peu de mal à le soutenir. La chevelure de Macerf sortait elle aussi de l'ordinaire par son abondance, ses ondulations et sa couleur blond vénitien. Sa figure, quant à elle, n'avait rien de particulier : le nez piquait vers des lèvres minces et un menton effacé. Sa peau était claire, criblée de taches comme celle d'un roux, et considérablement ridée. Le contour de son visage était cependant encore ferme, si bien que je n'aurais su deviner son âge, qui oscillait probablement entre quarante et cinquante ans.

— Ainsi, vous désirez toujours louer la maison de Valz, repris-je.

— Oui madame, si vous acceptez, me répondit-il d'une voix pleine.

J'étais évidemment d'accord, mais je conseillai tout de même à Macerf d'aller visiter la demeure avant de se décider. Il me prit un peu au dépourvu en demandant quand je serais disponible pour l'escorter, et s'excusa de ne pas avoir prévenu de sa visite. Je devinai alors qu'il avait sans doute espéré voir la demeure aujourd'hui même. De mon côté, je songeai que cette visite serait un excellent dérivatif à mon horrible cauchemar de la nuit. J'annonçai donc que nous pouvions nous rendre à Valz sur-le-champ. Macerf manifesta son approbation, tout comme Christian et l'enfant. Je demandai au père comment lui et son fils étaient venus. Il répondit qu'ils avaient pris l'autobus et que Christian les ramènerait dans son auto.

— Eh bien, déclarai-je, je crois que nous pouvons entamer notre petite promenade jusqu'à Valz.

Je ne doutais pas que l'enfant pût parcourir les cinq kilomètres du trajet, car ses petites jambes étaient musclées. Effectivement, il trépigna de joie. Avant le départ, je les invitais tout de même à se désaltérer, ce qui permit à Julien de faire la conquête de Renée et de Marie. Sur le chemin, il montra toute sa vitalité, nous devançant dans la grande allée, disparaissant là et réapparaissant ici.

Nous avions contourné la propriété en longeant le mur d'enceinte construit avec les pierres tirées des carrières qui avaient appartenu à Antoine Fournel. Elles avaient fourni plusieurs mois de travail aux carriers de la contrée, et même à certains fermiers. Nous prîmes un chemin pentu, raviné par la pluie et jonché de nids-de-poule. À cette époque, les communes n'avaient en effet entrepris de terrasser que les chemins où le trafic des autos, camions et engins agricoles était le plus important. Je marchais entre Macerf et Christian tandis que le gamin sautait comme un cabri sur les accotements envahis par la végétation. Il restait parfois en arrière, attiré par tout ce que la sente offrait de pittoresque : un arbre ou un rocher ayant la forme d'un monstre, ou tout simplement un éblouissant camaïeu de fleurs et son nuage d'abeilles.

Je m'arrêtais près du garçonnet, lui montrais les lieux que j'avais arpentés durant mon enfance, lui désignais du doigt les montagnes dont je citais les noms. Je lui parlai des orgues volcaniques qui vibrent par grand vent et il exprima le souhait d'aller les écouter avec moi. J'acquiesçai. Déjà, il s'élançait de nouveau dans le sentier, trottait vers les deux hommes, se retournait, riant quand je lui criais de m'attendre. Il freinait ensuite ses jeunes jambes et regardait droit devant lui, faisant celui qui m'ignorait. Il m'attendait pourtant. J'étais émue mais refrénais mon envie de lui saisir la main, de peur de l'intimider. Je songeai que j'aurais pu avoir un enfant de cet âge. Je regrettai alors de ne pas avoir connu le bonheur d'être mère : ma vie aurait eu un autre sens. J'eus le sentiment profond de ce qu'était cette heureuse tâche de guider un enfant vers son avenir.

Je jetai un regard à Macerf, qui marchait devant moi en discutant avec Christian. Je contemplai ses cheveux à la couleur indéfinissable, ses larges épaules, son dos puissant et ses jambes légèrement arquées sous le pantalon de toile noire. Lorsqu'il se retourna et que ses yeux bleus m'enveloppèrent, j'éprouvai de nouveau une gêne et il me fut difficile de soutenir, même un instant, ce regard trop intense, trop bleu, trop profond. Je fus soulagée lorsque Julien partit en flèche en direction de son père. Celui-ci lui ébouriffa les cheveux et je remarquai son bras musclé, sa main très large – « une vraie pelle à tarte », aurait dit Marie. Je rejoignis le petit groupe. Des nuages s'étaient amassés au-dessus de La Renaudie et masquaient le soleil. L'ombre fut la bienvenue, notamment pour Macerf, au front duquel perlaient des gouttes de sueur et dont le visage s'était échauffé.

— J'ai eu le temps d'admirer votre parc, me lança-t-il. Vous habitez un paradis !

Je lui confiai mon attachement pour le domaine. Il m'apprit qu'il était allé visiter les bâtiments avec

Christian avant de me rejoindre dans le parc, et qu'il avait admiré la fontaine et les alentours.

— Vous aimez la nature, monsieur Macerf ? lui demandai-je.

— Oui ; c'est pourquoi j'ai été séduit par votre ferme, qui est un peu à l'écart du village. En outre, elle est proche de Nollieux où j'ai enfin pris mon nouveau poste.

Je lui demandai en quoi consistait son travail.

— Je suis scieur, et également affûteur.

Le gamin intervint.

— Papa sait aussi tailler des sifflets dans des branches de vergne ! Il m'a promis de m'en faire plein quand on habitera la jolie maison !

Je fus contente d'apprendre à Julien que les aulnes poussaient en grand nombre au bord de la rivière, et qu'il aurait ainsi plein de sifflets. Comme nous atteignions la forêt, l'enfant me demanda quelles espèces d'arbres y étaient plantées.

— Il y a des fayards, des bouleaux, des pins, quelques châtaigniers... Toutes les espèces sont présentes, mais le chêne prime, c'est pourquoi la scierie de Nollieux marche bien : la matière ne manque pas, même si ce sont pour beaucoup des chênes-lièges, répondis-je à l'intention de Julien et de son père, qui nous écoutait bavarder d'une oreille attentive.

Quelques mètres plus loin, le chemin se divisait en deux branches : l'une allait en direction de Valz, tandis que celle de droite continuait vers la Combelle, où Thomas avait été tué.

— Ces forêts de chênes sont pleines de sangliers, expliquai-je à Julien.

— Alors, papa sera content ! répliqua-t-il.

Macerf ébouriffa une nouvelle fois les cheveux de son fils. Christian, qui était resté silencieux jusque-là, poussa une exclamation pour attester que son parent était chasseur.

— Effectivement, confirma Macerf, mais je chasse seul, je ne participe pas aux battues. Je connais ces chênaies et ces maquis très touffus où le sanglier se trouve chez lui. Seuls les chiens savent l'y débusquer, ou bien le braconnier.

À haute voix, je supposai qu'il s'adonnait donc au piégeage. L'homme me décocha un regard un peu pantois.

— Qu'est-ce qui peut bien vous faire penser ça ? lança-t-il.

Décontenancée, je ne trouvai rien à répondre et haussai les épaules tandis que Christian gloussait.

— Yves est un solitaire, madame Emma : les bois et l'isolement de votre maison ne peuvent que lui convenir.

— Mais papa sait parler aux animaux ! s'écria le petit.

— Ah oui ? m'étonnai-je.

— Oui, il parle aux chiens, aux oiseaux, aux chevaux et… aux sangliers, aux cerfs, aux chevreuils !

Je revins à l'idée que Macerf braconnait, mais préférai relever l'allusion aux chevaux.

— J'ai une jument nommée Princesse, et elle aime bien qu'on lui parle, repris-je.

— Je pourrai venir la voir ? demanda l'enfant.

— Mais oui, tu pourras !

Il jeta un hourra qui me fit sursauter, puis s'échappa de nouveau dans la pente. La discussion entre les deux hommes et moi s'anima. Antoine et Adrien Fournel furent cités à plusieurs reprises. Yves Macerf savait visiblement que mon veuvage datait de quatre mois seulement. De mon côté, je n'osais pas évoquer son deuil et me demandais si Christian lui avait appris mes amours avec Thomas.

La conversation fut souvent interrompue par des silences durant lesquels nous regardions le gamin aller et venir. Mais bientôt, les toits de Valz se dessinèrent à travers les feuillages, sur la droite en contrebas de la sente. Le petit hameau se situait dans un repli de terrain ; il était composé de quatre maisons qui tournaient leur nez vers le soleil levant. Sur la gauche, où nous nous dirigions, se cachait la maison que guignait Macerf. Elle nous apparut soudain, petite mais solide, et toute rieuse avec ses couleurs vermeilles.

Quand nous atteignîmes la cour, j'allai prendre la clé sous la pierre où je l'avais glissée à mon dernier passage. Avant que je ne l'insère dans la serrure, la voix de Thomas résonna dans ma mémoire. Lorsque je lui avais bêtement demandé pourquoi il m'aimait, il m'avait répondu : « Il n'y a pas de réponse à ton pourquoi. On ne peut qu'accepter l'amour, le vivre comme il est possible, tant qu'il est possible, dans le souci de l'être aimé et de son bien-être. Et tant que l'Instance Supérieure me le permettra, par-delà le temps et la vie, j'essaierai de conjuguer pour toi le verbe aimer. » En entendant ces mots, j'avais définitivement su que mon plus cher désir était de lier ma vie à celle de Thomas.

Le même jour, dans cette demeure, je lui avais demandé de se raconter, avec ce besoin de savoir qui il était vraiment, et d'avoir la certitude de ne pas m'être trompée sur son compte : « Dis-moi ce que tu veux, lui avais-je demandé, ce que tu aimes, ce que tu fais quand je ne te vois pas, ce que tu as fait avant moi, tout ce que tu as fait... » Son récit m'avait découvert l'homme que je souhaitais aimer, et ma décision de parler à Adrien devint irrévocable. La maison semblait habitée par ces mots chuchotés, mais ceux-ci se dissipèrent quand le jeune Julien me frôla en venant se placer à mes côtés. Je m'empressai de pousser la porte et l'invitai à entrer dans la maison :

— Viens donc voir où tu dormiras, lançai-je.

Il fila à l'intérieur et je sentis la présence de son père dans mon dos. Je me retournai et nos regards se croisèrent. Sur le seuil de la demeure plongée dans la pénombre, le bleu de ce regard semblait plus intense encore. Nous entrâmes pour faire le tour de la maison. Ainsi que je m'y attendais, Yves Macerf maintint son souhait de la louer dès le mois suivant. Comme il énumérait toutes les réfections qu'il envisageait d'y effectuer, je lui annonçai que j'établirais officiellement le bail dans un an et qu'il ne me réglerait le loyer qu'à compter de cette date. Il s'y opposa mais je le conviai alors à encourager son fils à venir me voir de temps en temps : ce serait là une façon de me remercier.

Notre retour au domaine fut meublé par les discours de Julien, chez qui la joie avait remplacé la timidité par une plaisante effronterie. J'en profitai pour l'inviter à venir me voir souvent au domaine et il acquiesça. Yves Macerf demeurait quant à lui taciturne, mais à la façon dont il me serra la main au moment du départ, je compris qu'il était lui aussi heureux. Je pus enfin soutenir son regard. Ce soir-là, je m'endormis en songeant au petit Julien et à sa prochaine visite. J'avais oublié mon horrible cauchemar.

17

En septembre, j'appris par Christian qu'Yves Macerf avait emménagé et que son fils avait fait sa rentrée scolaire à Nollieux. Je pensais toujours avec attendrissement au garçonnet et j'espérais qu'il viendrait bientôt me rendre visite. Ne le voyant toujours pas le mois suivant, je commençai à désespérer et projetai de descendre à la maison de Valz un samedi après-midi. Mais des circonstances extérieures contrarièrent mon projet. Et puis, même si j'avais parlé de ma jument à Julien afin de l'amadouer, quel plaisir aurait-il pu tirer de moments passés avec une veuve comme moi ? Durant ses jours de congés, il préférait sans doute jouer avec des garçons de son âge. Son père, lui aussi, avait probablement oublié sa promesse. Cependant, un samedi de novembre, en début d'après-midi, alors que je conversais avec les domestiques dans la cuisine, la cloche tinta. Renée alla ouvrir et revint quelques secondes plus tard, accompagnée du garçon. Quelles ne furent pas ma surprise et ma joie ! Je me précipitai vers Julien tout en l'admirant, si mignon dans sa redingote noire, avec son pantalon court en épais tissu noir. De sous son béret, noir lui aussi, s'échappaient ses boucles dorées. Il souriait.

— Julien ! Enfin tu viens me voir !

Il hocha la tête tandis que Renée m'expliquait que son père l'avait conduit ici. D'un geste, elle me signifia qu'il attendait sur le seuil. Je demandai à la servante de s'occuper de l'enfant et allai au-devant de l'étrange M. Macerf, resté dans l'encadrement de la porte. Il était appuyé au chambranle et se redressa lorsqu'il m'aperçut. Après une poignée de main, je lui exprimai mon étonnement. Il me déclara qu'il avait prévu une randonnée en forêt et qu'il comptait s'attarder davantage lorsqu'il reviendrait chercher son fils. Il ajouta en souriant qu'il avait promis à Julien de le laisser seul avec moi, comme celui-ci le lui avait demandé.

— Mais ne lui dites pas que je vous ai mise dans le secret ! glissa-t-il d'un ton complice.

Ravie de cet aveu, je confiai à Macerf avoir cru que Julien m'avait oubliée.

— Quelle drôle d'idée ! répliqua-t-il. C'est bien impossible ! Mais voyez-vous, nous avons été bien occupés depuis l'emménagement.

J'aurais aimé que Macerf m'éclaire sur ses premières paroles, mais je n'insistai pas et tins seulement à savoir, avant de le laisser partir, s'il se plaisait dans la maison de Valz. Sa réponse affirmative ne me surprit pas. Tandis qu'il parlait, je prêtai attention à sa voix grave et lorsqu'il s'éloigna, je le suivis des yeux, jaugeant sa carrure que je jugeai bien proportionnée sous la longue canadienne beige. Je remarquai une fois encore, très vite, l'arc de ses jambes, qui ne l'empêchait pas de marcher rapidement. Il disparut au tournant de l'allée. Je retournai à l'intérieur et retrouvai l'enfant dans la grande salle, assis entre les deux femmes. Elles lui avaient fait ôter son manteau et lui avaient offert des gâteaux secs et un verre de sirop, qu'il tenait tant bien que mal dans ses mains potelées. Il leva sa figure vers moi et je fondis devant sa joliesse et son air content.

— Eh ben dis donc, tu es le seigneur de ces dames ! m'écriai-je. Comment trouves-tu ces douceurs préparées par Marie ?

N'ayant point encore goûté aux gâteaux, il s'empressa d'en enfourner dans sa bouche, puis avala une bonne rasade de sirop. Tandis qu'il déglutissait, nous le regardions toutes trois, l'œil attendri. Quand il eut presque fini, il lança un « Ch'est bon » qui nous fit nous esclaffer. Marie lui ébouriffa les cheveux comme le faisait son père, Renée lui caressa la joue et moi je continuai à le fixer avec béatitude. Julien adopta dès lors une attitude plus libérée. Je lui proposai d'aller voir ma jument et de la seller s'il désirait la monter. Il acquiesça aussitôt, se leva de la chaise et posa son verre sur la table. Tandis que Renée lui tendait sa redingote, je dis à l'enfant de me rejoindre dans le hall, où j'allai enfiler ma cape et mes bottines.

Deux minutes après, nous sortîmes de la demeure, laissant les deux domestiques à leurs occupations. Le vent nous souffla au visage. Venu du nord-est, levé la veille, il piquait un peu et obligeait au port de vêtements chauds. Une semaine de petite pluie et de brouillard avait par ailleurs rendu l'air plus frisquet que de saison. Le temps s'était cependant remis au beau et un grand ciel bleu inondé de soleil surplombait le paysage. Hormis la fraîcheur de l'air, on aurait presque pu se croire en été. Les feuillages étaient en effet encore majoritairement verts, et il fallait un œil attentif pour voir qu'ils adoptaient tout doucement les couleurs de l'automne. Tout le monde s'accordait en tout cas pour dire que ce dernier passerait inaperçu avant l'arrivée de l'hiver.

J'aimais ce temps… le paysage à peine chamarré, le bleu uni du ciel et le soleil éclatant qui, coulant ses rayons dans l'air frais, apportait ses bienfaits et non de l'accablement, comme au temps des canicules. Le petit

Julien paraissait l'apprécier aussi : il levait les yeux sur le paysage et le nez dans le vent, marchant hardiment, sans doute réjoui à l'idée de monter Princesse. Je l'observais à son insu, le trouvais beau et songeais de nouveau que j'aurais pu avoir un enfant de cet âge.

Mais il me tira de mes pensées, me questionnant sur l'art de monter à cheval. Je lui communiquai mon savoir tandis que nous approchions de l'écurie. Il fit connaissance avec Princesse et je fus médusée de ne pas avoir à lui enseigner les rudiments de l'approche. Du haut de sa petite taille, il commença par parler à la jument comme il se doit et à la gratifier de compliments. Il ne cessa pas tandis que Christian sellait l'animal et fixait les sangles. L'ouvrier semblait moins ébahi que moi par le comportement de l'enfant. J'indiquai bien sûr à Julien la façon de grimper sur sa monture, par la gauche, mais ce fut l'homme qui le hissa et l'assit sur la selle. Nous lui montrâmes comment saisir les rênes après avoir réglé les étriers à sa taille. Il donna de son propre chef de petits coups dans les flancs de la jument. Elle était toute docile, sans doute charmée elle aussi par ce cavalier en herbe si agréable et si compétent. Julien se montrait confiant – un atout essentiel chez un débutant.

La promenade se fit dans l'aire située entre les bâtiments et les grandes terres de Cougny. Comme le garçonnet était fier ! Tout en marchant au côté de la jument, je lui expliquai comment garder l'animal au pas et comment l'arrêter, lui promettant de l'initier une prochaine fois au trot. Au bout d'une heure, je lui proposai de mettre fin à cette première leçon. Je ne voulais pas qu'il se lasse, comme cela peut arriver chez les néophytes. Il obtempéra et nous retournâmes vers l'écurie où Christian nous attendait. Il échangea quelques paroles et gestes de familiarité avec l'enfant : ils se connaissaient bien, l'employé étant descendu plusieurs fois à la maison de Valz.

J'entraînai ensuite Julien dans le parc. Lors de notre première rencontre, j'avais deviné que c'était l'un de ses souhaits, comme d'aller aux orgues de Chaptore. Mais l'heure était trop avancée pour ce projet-là et je promis que nous irions écouter le vent une autre fois. Posément, le garçonnet découvrit les coins secrets de mon refuge vert, attentif à tout ce qu'il était permis de voir et d'entendre. Dans l'alcôve où l'orage m'avait surprise en juin de l'année précédente, je lui confiai comme à un adulte la frayeur que j'avais éprouvée. Ce fut là qu'il me tutoya et m'appela plusieurs fois par mon prénom. Il demanda à rester ici un moment et nous nous assîmes sur la mousse, côte à côte. Sans doute inspirés par l'environnement, nous nous mîmes à parler de la nature, du vent, des étoiles, du ciel et de sa grandeur infinie. À plusieurs reprises, le petit garçon appuya sa tête sur mon épaule et je ressentis quelque chose de très fort. Durant ces instants de doux contact, je m'imaginai que Julien était mon enfant. Lorsqu'il s'écartait et que je revenais à la réalité, une tristesse me submergeait. Je mis donc fin à ce contact pourtant pur et innocent, et pressai le garçonnet pour partir arpenter d'autres recoins du parc.

Afin de ne pas paraître distante, je l'interrogeai sur ses préférences à l'école, sur ses petits camarades, sur la maison de Valz... J'avais envie de le questionner sur sa maman mais je n'osais pas, de crainte de lui causer du chagrin. Sans doute avait-il encore de doux souvenirs d'elle. Julien évoqua en revanche souvent son père, me confiant qu'il avait refait les peintures et les tapisseries, consolidé les placards en bois et les lits de coin déjà en place. J'appris bien d'autres choses encore : qu'ils partaient ensemble à Nollieux le matin et rentraient ensemble le soir ; qu'Yves Macerf prenait un soin particulier à lui faire apprendre ses leçons avant le coucher, et qu'il savait cuisiner – en particulier le gibier attrapé dans les bois, même pendant la fermeture de la chasse. J'en conclus qu'Yves Macerf était bel et bien le braconnier que j'avais soupçonné. J'en souris toutefois : il n'était pas le seul, et je ne voyais pas grand mal à ce que ces Raboliot rendent service aux paysans dans une contrée où les lapins foisonnaient autant que les sangliers ! Certes, il ne fallait pas se faire prendre la main dans le sac par les gardes. Julien se montra prudent dans ses confidences, mais je devais apprendre plus tard qu'il accompagnait parfois son père lors de ces chasses clandestines. Cet après-midi-là, durant notre échappée dans le parc, le petit garçon manifesta un goût prononcé pour la nature et une curiosité surprenante chez un enfant de cet âge : il voulait notamment savoir le nom des arbres ou des plantes qu'il ne connaissait pas, sur lesquels je pus le renseigner grâce aux connaissances que j'avais reçues de Marcel.

L'heure passa très vite et la lumière changeante m'avertit de l'arrivée imminente de son père. J'entraînai donc Julien vers la fontaine et le laissai jeter des cailloux dans l'eau, comme on jette des pièces dans les fontaines de certains villages. Quand Yves Macerf déboucha de l'allée, il portait deux gibecières qui paraissaient pleines à craquer. Je me demandai tout d'abord s'il s'agissait de gibier mais je penchai très vite pour une belle cueillette de champignons, qui abondaient depuis que la pluie était tombée quelques jours plus tôt. J'avais reconnu l'odeur qui s'échappait des sacs avant que l'homme ne les ouvrît pour montrer fièrement sa récolte. Il s'agissait de cèpes et de girolles des bois. Macerf déclara qu'il voulait m'en donner et je l'invitai donc à entrer dans la demeure.

Pendant la traversée de la cour, Julien raconta sa première leçon d'équitation et ses découvertes dans le parc. Macerf et moi n'eûmes pas l'occasion d'échanger un seul mot, mais c'était plaisir d'entendre l'enfant s'exprimer avec une telle rapidité et une telle gaîté. Quand nous fûmes dans la maison, les deux servantes accaparèrent de nouveau le garçonnet et j'en profitai pour converser avec son père. Nos propos concernèrent essentiellement Julien. Je révélai à Macerf combien son fils m'avait divertie et ravie, et combien j'espérais d'autres visites, ce à quoi il répliqua :

— Je ne doute pas un instant qu'il veuille vous revoir, m'dame Emma ! Et Princesse aussi !

Vu mon ton pressant, Yves Macerf croyait sans doute que je regrettais de ne pas avoir d'enfant. Stupidement gênée, je changeai de sujet en demandant, bien que Julien m'en eût informée, où en étaient les travaux dans la maison de Valz. L'homme m'invita à venir m'en rendre personnellement compte quand il me plairait. J'acceptai, mais nous ne convînmes d'aucune date. L'instant d'après, Macerf déballa sur la table de la cuisine le contenu de l'une des gibecières. Marie s'extasia et promit de préparer les champignons à sa manière. Macerf exprima le désir de découvrir ses recettes, mais la cuisinière lui répondit en riant qu'il devait lui aussi en connaître. L'entendant maugréer, elle lui servit un verre de vin qu'il n'osa pas refuser. Pendant une demi-heure, elle attira l'attention générale avec son humour débonnaire et ses locutions qui nous firent éclater de rire. L'atmosphère était si différente des autres jours que j'avais l'impression de vivre un rêve.

Par moments, je considérais Yves Macerf. Je me rendis compte que la couleur de ses cheveux venait en réalité d'un début de blanchissement. Les rides amassées autour de ses yeux et sur le haut des joues accusaient elles aussi un âge plus avancé que je ne l'avais cru. J'estimai que l'homme avait en fait dépassé la cinquantaine. Il aurait donc eu son fils sur le tard ? Je fus tirée de mes réflexions par son regard qui croisa le mien, comme si ce grand bleu avait été illuminé par le soleil.

J'en ressentis un trouble que je pris pour de l'étonnement, car des yeux de ce bleu-là, je n'en avais jamais vu : ceux d'Adrien avaient l'éclat du froid et non celui de l'or comme ceux de Macerf !

J'aurais aimé qu'ils s'attardent encore, lui et son fils, mais le crépuscule hâtait leur départ. Les deux femmes et moi-même fîmes des bécots à Julien qui nous les rendit sans retenue. Il se jeta toutefois contre ma poitrine avec un élan particulier. J'en fus bouleversée. Je l'étreignis, mais, voyant que son père attendait pour dire au revoir, je repoussai doucement le garçonnet. Je tendis la main à Macerf. Il la serra longuement.

Je voulais croire que son intérêt pour moi n'était que de l'estime. Je n'éprouvais par ailleurs pas d'attirance pour Yves Macerf ; le petit trouble que j'avais ressenti ne découlait que de la sympathie qu'il inspirait – et plus encore de l'existence du petit Julien ! Je les raccompagnai à la porte avec l'idée de descendre à la maison de Valz le samedi suivant. Je n'avais en effet qu'un désir : revoir le gamin !

18

Le destin allait-il s'accorder à mes souhaits ? Il est si curieux, le destin, il peut changer nos projets en si peu de temps ! J'étais ainsi loin de penser que j'aurais une autre visite le samedi suivant – qui plus est, celle d'un personnage auquel je ne songeais plus du tout : Paul Dercou.

Ce matin-là, j'étais au salon, occupée à ma paperasse. Depuis la mort d'Adrien, je tenais rigoureusement la comptabilité, mettant ensuite Gerfaut au courant de nos possibilités en matière de négoce. Je lui laissais toute liberté pour trancher, me libérant d'une tâche qui me tenait moins à cœur que celles directement liées à la terre. La rentabilité du domaine était aussi importante que par le passé, malgré les changements qui s'opéraient doucement sur le marché agricole.

Gerfaut venait tout juste de me quitter quand la cloche tinta. Qui diable cela pouvait-il être ? Renée avait pris un jour de congé et seule Marie officiait, mais ce n'était pas son rôle d'ouvrir la porte. Je quittai donc ma chaise. Quelle ne fut pas ma surprise de me trouver nez à nez avec Paul Dercou ! Sa ressemblance avec Thomas me frappa encore plus qu'en août. Même son écharpe et son bonnet de laine noire étaient presque identiques à ceux de mon amant. Sans doute avais-je l'air éberlué car il s'exclama :

— Je ne croyais pas vous surprendre à ce point...

Je lui répondis qu'en effet je ne l'attendais plus, mais je lui cachai qu'il était sorti de ma mémoire et lui tus évidemment ma stupeur face à sa ressemblance avec Thomas.

Je le priai d'entrer. D'une voix navrée, il déclara qu'il aurait dû me prévenir de sa venue. Je lui répondis que je ne jugeais nullement sa visite inopportune, puisqu'il m'en avait parlé lors de notre transaction à Mauron. Je le précédai donc dans le salon et l'invitai à s'asseoir dans la bergère qu'Adrien avait si souvent occupée. Celle dans laquelle il avait expiré, je l'avais en revanche fait remiser dans le grenier par Christian. Dercou déboutonna son blouson et ôta son bonnet, mettant ainsi en évidence sa calvitie, dont je ne me souvenais pas. La ressemblance avec Thomas me parut alors moins grande ; mais, au bout d'un moment, tandis que nous discutions, je la retrouvai : non seulement dans les yeux, mais dans son menton carré, la forme de son visage, parfois dans son sourire. Elle agit aussitôt sur moi, et sur la relation que j'avais avec lui.

Le personnage lui-même exerçait, il est vrai, une influence certaine par sa manière d'être. Il paraissait emprunté bien qu'il parlât avec aisance et gardât un sourire permanent. Cette attitude baroque faisait tout son charme. Je l'écoutais, l'oreille attentive, sans presque prononcer de paroles. Il me rappela notre collision d'août en répétant le terme « tamponnage » qu'il avait employé ce jour-là, et je vis que c'était exprès pour me tirer des rires. À mon égard, il usa très vite d'éloges, directs ou indirects, qui eurent un effet majeur. J'y étais sensible parce que je n'en avais pas reçu souvent et parce que j'étais de nature à m'enorgueillir facilement, sans chercher à savoir si les compliments reçus étaient sincères ou affectés. Dercou me complimenta d'abord à propos de mon intérieur et du salon où nous nous trouvions.

— C'est du meilleur goût, jugea-t-il quand je lui appris que j'avais réagencé et redécoré la pièce après le décès de mon mari.

Au cours de la conversation, il avait habilement évoqué mon veuvage, comme s'il était tout naturel qu'il en fût informé. Il en vint ensuite à me féliciter pour mes aptitudes à gérer seule le domaine, et marqua ainsi un point. Étant donné l'amour que j'éprouvais pour La Tranchère, ma fierté s'exalta quand il en évoqua les beautés. Néanmoins, je ne manquai pas de mettre en valeur mes employés.

— Toute seule, précisai-je, je ne pourrais m'occuper d'une telle propriété.

— Oui, mais vous en avez la gestion : je vous ai vue à l'œuvre lors de l'achat du tracteur et je sais que vos ouvriers ne font rien sans vous !

L'arrivée de Marie nous interrompit et m'empêcha de le détromper. Après les avoir présentés l'un à l'autre, je demandai à la cuisinière de nous apporter du café et des gâteaux secs de sa confection. Quand elle s'en alla, je m'aperçus que j'avais laissé toute ma paperasse en désordre sur la table et allai rapidement la regrouper dans une chemise en carton. À mon retour, je passai près de Dercou et lorsque je fus de nouveau assise face à lui, il s'exclama :

— Vous m'avez frôlé, et ce frôlement agit plus encore que notre tamponnage ! Vous ne devriez pas, Emma…

Ces paroles me stupéfièrent. Je dus rougir jusqu'à la racine des cheveux, et bafouillai :

— Co… comment ? Que dites-vous ?

L'homme se recroquevilla et croisa les bras dans un geste timide pour se protéger. Même son teint avait rosi. Il eut cependant la hardiesse de reprendre.

— Vous m'avez effleuré et ça m'a fait un effet terrible !

— Terrible ? demandai-je, de plus en plus suffoquée.

— Oui, terrible !

Je craignais d'être encore plus gênée que lui s'il venait à m'expliquer le sens de ses propos. Comme je demeurais muette, il ajouta :

— Et vous... vous êtes à l'image de ce que j'ai ressenti : terrible !

Alors là ! Ce compliment-ci fut l'apothéose. J'étais surprise et troublée que Dercou eût choisi ce terme ambigu, susceptible de désigner une chose aussi bien effroyable que formidable. J'aurais pu baisser les yeux, battre des cils, détourner le regard, mais je levai les prunelles et les plongeai au fond des siennes, comme pour répondre à son audace, avant de m'enquérir d'un air faussement innocent :

— Qu'entendez-vous par là ?

— Que vous êtes la femme la plus attirante que j'aie jamais rencontrée !

J'éclatai de rire, sans doute pour me donner une contenance. La conversation se serait peut-être poursuivie sur le même ton si Marie n'était revenue avec un plateau chargé de tasses de café et de petits gâteaux. Dercou était de nouveau engoncé dans une attitude gauche qui détonnait avec ses lestes propos. Il sourit cependant à Marie alors qu'elle lui accordait un regard, après avoir déposé le plateau sur la petite table placée entre les fauteuils. Peut-être le trouvait-elle fort sympathique et séduisant ? Je fis signe à Dercou de se servir et l'observai à son insu. Il était vêtu d'un veston noir, d'un pull-over marron sur une chemise beige et d'un pantalon noir. Ainsi assis sur l'avant du siège, penché en avant, il montrait des cuisses pleines, des épaules larges, une poitrine puissante et couverte de poils noirs qui s'échappaient par l'encolure en V du pull-over. Cette pilosité contrastait avec la nudité de son crâne, qu'on aurait cru lustré à la cire. La couronne de cheveux était cependant encore épaisse, les sourcils broussailleux, et une ombre noire, qui s'étendait sur le haut des joues et tout le pourtour de la bouche jusqu'au menton carré, trahissait une barbe vigoureuse qu'il devait sans doute raser chaque jour. Bref, il était chauve mais poilu, une physionomie aussi contrastée que l'étaient son langage et le reste de son attitude. Cela ne laissait pas indifférente l'étrange femme que j'étais alors, elle aussi tellement ambivalente.

En buvant le café, nous reprîmes la conversation, que j'orientai délibérément sur son activité. Mon invité me vanta certaines machines comme s'il avait eu affaire à un acheteur potentiel, puis énuméra les compétences que devait posséder un vendeur, montrant sans fausse modestie qu'il était doué des qualités *ad hoc*. Il se mit alors à rire de s'être ainsi vanté, et ce qui aurait pu passer pour de la fatuité sembla tout bonnement être de la simplicité. Je souriais et l'écoutais, amusée. Mais il s'accusa alors de trop bavarder et me questionna sur mon existence, actuelle et passée. Je me laissai aller aux confidences, sans défiance, restant toutefois discrète sur mon mariage. Dercou posa des questions si habiles et je donnai des réponses si maladroites qu'il devina cependant que l'union avec Adrien n'avait pas été des plus heureuses.

— La vie vous sourira, Emma, affirma-t-il finalement.

— Vous croyez ? demandai-je bêtement.

— Mais oui ! Vous le méritez ! Vous méritez d'être heureuse – enfin !

J'éprouvai soudain de la gratitude vis-à-vis de Dercou. J'avais l'impression de tenir une revanche sur mes malheurs tant ses mots sonnaient comme un présage. Je lui souris et soutins un instant son regard rieur.

Puis je tournai les yeux vers la fenêtre. De ma place, je ne pouvais apercevoir que les cimes des arbres et une grande portion de ciel, pleine de bleu et de soleil. Cette image représenta soudain pour moi l'image même du bonheur, sa quintessence, et je m'écriai à l'intention de Dercou :

— Ainsi, vous me souhaitez un grand ciel bleu comme celui-ci !

Il me regarda étrangement avant de répondre :

— Oui, et vous l'aurez bientôt !

Je songeai alors à l'abnégation à laquelle je m'astreignais depuis un an – un état d'esprit que j'avais jugé salutaire pour être heureux. Je questionnai mon vis-à-vis.

— Et c'est quoi pour vous, un ciel bleu ?

Il rétorqua du tac au tac :

— Je pense que c'est le bonheur qui vient de l'amour !

— On peut pourtant être heureux sans amour ! répliquai-je, avouant que je ne vivais plus dans l'attente d'une telle félicité.

Dercou me fixa avec perplexité, mais répondit avec un aplomb surprenant.

— Je comprends qu'après ce deuil vous n'ayez pas songé à tout cela, mais vous êtes encore jeune et trop belle pour ne pas espérer voir ce ciel bleu. Il est peut-être même tout près de vous envelopper !

Je compris alors qu'il avait judicieusement guidé ma réponse, et qu'il l'attendait. Ce M. Dercou paraissait fort intelligent. J'étais confuse d'avoir été si bien attrapée et tellement troublée par ses dernières paroles.

— Cessez donc vos compliments, monsieur Dercou, m'exclamai-je, et venez voir à quoi, depuis bien longtemps, je voue de l'amour.

Je me levai du fauteuil et attendis qu'il fît de même. J'avais trouvé un moyen de ne pas m'aventurer sur une pente qui m'apparaissait risquée. Mais quel était le danger ? Celui de sortir de mon état, que je croyais être du bien-être. Ah ! Je sentais bien que j'étais toute prête... toute faible, toute disposée à écouter Dercou encore et encore, et à croire qu'il pouvait apporter du ciel bleu au-dessus de ma tête ! Je sentais bien l'emprise qu'il avait sur moi. Il me suivit sans mot dire jusque dans le hall où j'endossai ma cape et chaussai mes bottes. Je posai aussi sur mes cheveux défaits un chapeau noir que j'avais acheté lors de ma dernière sortie à Mauron.

— Superbe ! lança Dercou derrière moi.

C'en était trop de ses compliments ! Je me retournai brusquement, résolue à lui ordonner de cesser ses flatteries, mais il exécuta aussitôt une pantomime qui me fit éclater de rire. Il avait posé les mains sur sa bouche et écarquillait les yeux comme pour exprimer le regret et l'effroi face à mon éventuel courroux. Tout en gloussant, j'ouvris la porte. Sur le seuil, le vent froid me souffla au visage et souleva mon chapeau. Je le retins à temps tandis que Dercou arrivait à mon côté.

— Un peu plus, il vous l'emportait là-haut !

Il désignait le ciel, si éclatant que le regard ne pouvait le fixer sans être ébloui.

— Voilà un grand ciel bleu à vous donner le vertige, comme l'amour, professa-t-il.

Comme je ne relevais pas, il reprit :

— Excusez-moi, c'était juste pour vous voir rire : cela vous va si bien... Mais montrez-moi donc votre éden.

Nous nous arrêtâmes évidemment à la fontaine. Comme tout le monde, mon invité s'extasia et mit la main sous le jet d'eau. L'endroit était particulièrement joli dans son écrin végétal doucement changeant sous l'emprise de l'automne. Bien que la verdure résistât, de nombreuses feuilles s'étaient racornies avant même de virer à l'or ou au rouge et, fragiles, elles se détachaient maintenant sous le souffle du vent. Le sol en était tapissé bien plus que la veille. Quand Dercou s'éloigna de l'édifice, je lui demandai s'il désirait commencer la visite par les bâtiments ou par le parc. Il opta pour les annexes et glissa :

— Une promenade avec une fleur parmi les fleurs sera le point d'orgue de la visite.

Voilà qu'il recommençait ! Je répliquai :

— Les plantes sont presque toutes fanées, à présent !

— Vous serez donc la seule fleur à admirer !

Je m'attendais à une telle repartie. Quant à ma phrase, je l'avais prononcée à dessein, afin qu'elle nous amène à parler de nos âges. Je me demandais en effet quel pouvait être celui de Dercou.

— Vous voulez dire que je ne suis pas fanée ? enchaînai-je.

— Quelle question, Emma ! Vous trouvez-vous si vieille ?

— J'ai déjà trente-cinq ans.

— Vous êtes encore jeune, et d'ailleurs vous en faites dix de moins !

Même si cette affirmation s'apparentait à un compliment, je ne lui fis cette fois aucun reproche et voulus simplement connaître son âge. Il m'annonça qu'il avait trente-cinq ans lui aussi. Du fait de sa calvitie, je l'avais cru plus âgé.

— C'est vrai, monsieur Dercou, nous pouvons prétendre avoir encore de longues années devant nous, dis-je en tournant en direction des annexes.

— ... et un grand ciel bleu ! ajouta-t-il.

— Et peut-être des orages ! renchéris-je aussi vite.

Ma curiosité s'était éveillée : j'avais envie de savoir si Dercou était célibataire, car il parlait tant de ciel bleu et d'amour qu'il semblait en espérer autant pour lui que pour moi. J'allais pour l'interroger quand il lança :

— Ne soyez pas si pessimiste, Emma : on ne souffre pas toujours dans la vie.

Ma pensée alla un instant à Thomas, dont Dercou ignorait tout. Sans doute croyait-il que j'avais nourri un grand amour pour mon mari. Puis je pensai aux résolutions prises les mois précédents et à ce que tant de fois je m'étais répété : je ne voulais plus souffrir. Dercou me courtisait ouvertement, certes de manière puérile, mais j'allais lui faire comprendre le plus rapidement possible qu'il ne fallait pas espérer d'idylle entre nous !

Nous arrivâmes aux annexes où nous rencontrâmes Gerfaut. Christian et les deux autres ouvriers étaient dans les bois pour le débardage, avec le tracteur. L'intendant confia à Dercou combien l'engin était devenu indispensable au domaine. Il nous accompagna dans l'étable, où les bêtes étaient parquées en attendant le printemps. Mon soupirant s'extasia et inspecta le bâtiment de long en large, énumérant toutes les machines qui y trouveraient bientôt leur place. Je lui répondis que nous y songerions, Gerfaut et moi, puis l'entraînai vers la grange où le foin débordait, et ensuite à l'écurie pour y voir Princesse et les deux autres juments. Nous n'avions pas remplacé l'étalon car les juments étaient trop âgées et le nouvel outillage nous dispensait de l'usage des chevaux. J'envisageais de garder uniquement Princesse et de la remplacer quand elle ne pourrait plus courir. Dercou lui prodigua des caresses et, tout en me jetant des œillades, la flatta d'une voix charmeuse, composée pour me plaire autant qu'à elle. Ce faisant, il me demanda si je la montais. Bien que j'eusse pu l'épater avec mes connaissances en matière d'équitation, je me contentai d'opiner.

— Je vous imagine à cheval, en amazone, cheveux au vent, murmura-t-il.

Je demeurai silencieuse. Le vent du nord apporta jusqu'à nous les douze coups de midi sonnés par les cloches de La Renaudie. Les heures avaient filé ! Nous n'avions plus le temps de visiter le parc et je ne vis pas d'autre solution que d'offrir à Dercou de partager mon déjeuner. J'eus aussi une pensée pour le jeune Julien et son père. Durant toute la semaine, j'avais songé à descendre à la maison de Valz ce samedi-là, mais je n'avais pu prendre de résolution, reportant sans cesse la décision au lendemain, me disant qu'elle se dégagerait au moment voulu. Et voilà que le destin venait de l'écarter !

Dercou accepta mon invite. Nous entrâmes et j'allai prévenir Marie, même si je savais que ses plats, toujours copieux, suffiraient largement pour deux. Nous prîmes un quinquina en attendant. Mon invité m'avoua le plaisir qu'il avait eu à visiter les bâtiments. Sa compagnie me fut agréable tout au long du déjeuner. Il avait des prévenances, comme le fait de me servir en premier. Nous dégustâmes l'omelette préparée par Marie et le gigot accompagné des cèpes offerts par Yves Macerf. À cette occasion, je parlai à mon invité du nouveau locataire et de son petit Julien.

— Vous semblez éprouver de l'attachement pour ce gosse, et peut-être en avez-vous aussi pour le père ! observa finalement Dercou.

Je fus fort surprise par ses paroles et par le ton de sa voix, teinté d'âcreté. Je le considérai plus attentivement et son air bourru me fit m'esclaffer.

— Cela vous ennuierait-il, monsieur Dercou ? demandai-je.

— Oui !

Je cessai de rire. Nous nous connaissions à peine et déjà cet homme se comportait comme un mari jaloux ! J'étais époustouflée. Je me gardai bien de l'interroger sur son acrimonie, car, malgré ses airs timides, il m'avait déjà donné un aperçu de son audace, et mon intuition me soufflait de ne pas l'aiguillonner. Le silence s'installa. De temps à autre, je levais discrètement un œil sur mon hôte. Il mangeait rapidement, les yeux au fond de son assiette, les traits tendus. Je n'osais rompre le silence. Tandis que je ruminais pour trouver un sujet de conversation, il releva soudainement la tête, m'adressa ses compliments sur le plat et me décocha un large sourire. Il retrouvait sa jovialité aussi vite qu'il l'avait perdue, au point que je me demandai si je n'avais pas rêvé ! Son comportement resta par la suite normal, si bien qu'à la fin du repas, je ne songeais presque plus à cette saute d'humeur.

Nous allâmes dans le parc, comme prévu. Dans la grande allée, j'énumérai les essences qu'Antoine Fournel avait en son temps fait venir de chez un botaniste lyonnais. Dercou fit montre d'un grand intérêt et de son goût pour la nature. Tandis que nous nous enfoncions dans le parc, il me confia son regret de ne pas vivre à la campagne. Il louait en effet une maison sans cour ni jardin dans le vieux bourg de Mauron.

— Pourquoi n'en cherchez-vous pas une en dehors de la ville ? m'enquis-je. Les locations ne manquent pas !

Il hésita quelques secondes avant de répondre.

— J'attendais d'avoir une place sûre chez Grousset. Et puis, ce n'est pas toujours si facile qu'on croit ! Nous venons de Clermont, nous avons toujours habité en ville !

Ce « nous » surgissait pour la première fois dans la conversation. Le ton de sa voix avait changé, lui aussi. Ma curiosité éveillée, je l'interrogeai.

— Nous ?

— Oui, ma femme, mon fils et moi !

Cette révélation eut sur moi l'effet d'une douche froide. Ses frivolités à mon égard m'avaient laissé supposer qu'il était célibataire. Et tous ces éloges !... Cela me semblait si ébahissant que je me demandai si je n'avais pas mal interprété ses paroles et ne m'étais pas exagéré son intérêt à mon égard. Voyant sans doute mon air ahuri, il ajouta :

— Oui, Emma... mais cela ne veut pas dire que j'ai un ciel bleu au-dessus de la tête. Et je crois avoir saisi que le vôtre n'était pas non plus limpide, du temps où vous aviez un mari !

Dercou me fixait si intensément que je ne pouvais détacher mon regard du sien. Je parvins toutefois à cogiter et, bien que ses toutes dernières paroles m'eussent plongée dans une stupéfaction plus grande encore, elles m'avaient confirmé que je ne m'étais pas trompée sur ses sentiments.

— Pourquoi ces confidences, monsieur Dercou ? demandai-je.

Il eut un mouvement d'hésitation.

— Je ne sais trop, Emma ; peut-être parce que je sens que je peux vous les faire ! Parce que nous sommes tous les deux à la recherche de ce ciel bleu.

Devant mes yeux défilèrent des images de l'époque où je m'enfuyais la nuit pour rejoindre Thomas. Je me sentis tout affaiblie par les impressions délicieuses qui me revenaient. Elles m'infusaient le désir de revivre ces moments merveilleux, et voilà que la possibilité se présentait, là, avec Paul Dercou ! Las, je songeais aussi à la promesse que je m'étais faite ces derniers mois d'éviter tout ce qui aurait pu me déstabiliser. J'aurais aimé fuir Dercou, qui me scrutait de ses prunelles de braise, mais je demeurai interdite. Un charme inconnu m'arrêtait et je ne pouvais plus démêler mes désirs de mes craintes. Je n'étais cependant pas au bout de mes surprises ! Alors que cet homme était allé assez loin pour faire naître en moi ces envies contradictoires, il déclara en effet subitement :

— Ne vous martyrisez pas, Emma. Je ne suis pas venu ici chercher un ciel bleu, mais visiter votre beau domaine !

Déroutée et même agacée par ce revirement, je ne cherchai même pas à en comprendre les causes. Je m'avançai sous les feuillages et Dercou me suivit en silence. Quelques minutes plus tard, nous regagnâmes la grande allée et il déclara qu'il devait songer au retour. Je l'accompagnai jusqu'à sa voiture. Pour chasser la gêne que je sentais planer, je le complimentai sur sa Peugeot 402 rouge. Tout en se dépêchant de grimper à bord, il expliqua qu'il l'avait achetée à un oncle de Clermont. Il mit le moteur en marche et je crus qu'il s'en irait sans un au revoir. Mais il ouvrit la vitre de sa portière et, me regardant au fond des yeux, déclara :

— Je vous remercie pour cette agréable visite et ces bons moments.

— De rien, monsieur Dercou, ce fut un plaisir, répondis-je avec un sourire.

— Dommage que vous ne m'ayez pas appelé une seule fois par mon prénom, Emma.

Il rentra la tête dans l'auto et l'engagea dans l'allée. Je demeurai là, à le regarder s'éloigner doucement, toute penaude. Je m'étais attendue à ce que Dercou annonçât une nouvelle visite ! Quand la voiture eut disparu, je restai encore un moment immobile, les yeux rivés sur la trouée de l'allée. Je me remémorais ce face-à-face, agréable certes mais étrange, avec l'impression qu'on éprouve au sortir d'un rêve, quand l'esprit commence à faire la part entre le songe et la réalité. Un souffle de vent me rendit mes esprits et je marchai vers la demeure en pensant que cet homme, déçu par mon manque de réceptivité, avait apparemment jugé bon de ne pas me revoir. Je haussai les épaules et m'en réjouis, car je n'avais rien à attendre de lui, un époux, un père de famille !

Cependant, durant la soirée, je songeai quelquefois à lui et ressentis un trouble dû aux souvenirs qu'il avait réveillés et à leurs douces impressions. Ces images me hantèrent jusqu'à ce que le sommeil m'emporte, très tard dans la nuit.

19

Cette année-là, nous avions commencé les coupes de bois plus tôt que d'ordinaire car la scierie de La Renaudie nous demandait des fûts. Grâce au tracteur, nous n'étions en outre plus tenus d'attendre le gel pour notre propre débardage. Les employés se réjouissaient de n'avoir plus à atteler les troncs au timon des vaches ou au bâdarel, cette traverse de bois que l'on plaçait autrefois derrière les chevaux. Je me rendis souvent en forêt pour découvrir cette nouvelle méthode de travail et choisir les fûts avec Gerfaut. Deux ou trois fermiers m'avaient également sollicitée pour de beaux résineux, pins et sapins situés dans une forêt de Bergonne plantée au temps d'Antoine Fournel et qui s'était joliment étoffée. En manque de bois cette année-là, ils souhaitaient récupérer les souches – un travail pénible. Je demandai à mes employés de sortir le tracteur, ce qui éviterait aux fermiers bien des efforts ainsi que la conduite des bêtes pour effectuer l'arrachage. J'allai aussi participer à la confection des fagots, comme de coutume après l'ébranchage et l'écorçage. J'œuvrais pour mon compte mais aussi pour les épouses des fermiers, qui vendaient la moitié des fagots aux boulangers des villages. Cette contribution m'attira leur estime. Je savais que ma popularité avait grimpé ces derniers mois. Je jouissais d'une meilleure réputation que par le passé, quand on m'appelait l'Amazone de La Tranchère. Désormais, c'était Mme Emma.

Au cours de ces travaux, le samedi suivant celui de la visite de Dercou, je me fis une sérieuse entorse à la cheville. Elle enfla si vite et la douleur fut si forte qu'on me conseilla de recourir à Noémie Challier, la rebouteuse, qui habitait entre Valz et Nollieux, non loin des bois où nous effectuions nos coupes. Sa petite bicoque lui avait été cédée par Georges Bartier, le propriétaire terrien qui avait employé Thomas. À cette époque, pour de telles blessures, on allait effectivement plus volontiers consulter le rebouteux que le médecin. Noémie avait acquis une grande renommée dans sa spécialité, ainsi que comme guérisseuse. Depuis son veuvage, elle vivait de sa « médecine humaine », comme elle l'appelait. Les plus riches la payaient en argent tandis que les pauvres lui remettaient de la nourriture ou encore du bois de chauffage. Christian me conduisit chez elle en auto au début de l'après-midi. Sans doute avertie de notre visite par le ronflement du moteur, la rebouteuse ouvrit sa fenêtre. Me voyant clopiner, soutenue par Christian, elle s'écria :

— Emma Fournel ? Il faut donc que tu te fasses mal pour venir me voir !

Son reproche était fondé : je n'étais pas revenue chez elle depuis la fois où j'avais accompagné Adrien pour un poignet démis, dans la deuxième ou troisième année de notre mariage. Noémie me connaissait pourtant car lorsque j'étais petite fille, elle m'avait remis un doigt en place, et j'accompagnais souvent mon père qui la consultait pour des calculs rénaux. Nous causions parfois à la sortie de la messe de La Renaudie, à laquelle elle se rendait pour les grandes célébrations. Mais l'âge venant, on ne l'y avait plus revue : elle préférait se rendre aux messes de Nollieux, beaucoup plus proche.

Je sentis une pointe de remords et, tout en approchant de la porte, je répondis :

— Eh bien, voilà, le bon Dieu m'a punie, ma bonne Noémie !

Quelques secondes plus tard, la porte grinçait sur ses gonds et la vieille femme m'apparut tout entière. Je la trouvai amaigrie et un peu courbée.

— Tu me regardes comme si tu voyais un revenant ! observa-t-elle. Ce serait plutôt à moi de le croire : il y a si longtemps que tu n'es pas venue, Emma... Sauf que toi, tu n'as pas changé – tandis que moi, je me suis toute ratatinée !

— Vous êtes toujours pareille, assurai-je en lui tendant la main.

Elle la saisit et me tira doucement à l'intérieur de sa maison. Elle décocha aussi un coup d'œil à Christian et répondit à son bonjour par un sourire. Ils se connaissaient bien, cela se voyait. Qui diable dans la contrée n'était pas un jour allé se faire soigner chez elle ? Noémie demanda à Christian de s'éloigner. Je dus par conséquent m'appuyer sur ma cheville blessée, ce qui me fit grimacer de douleur. Je sautillai ensuite sur un pied jusqu'à une chaise de la cuisine où je m'assis. La rebouteuse se planta devant moi.

— La dernière fois, tu étais venue avec ton mari pour une luxation du poignet, cela doit faire au moins cinq ans ! Je ne t'ai revue qu'à ses obsèques.

— Je sais bien, répondis-je, confuse.

Noémie m'examina de ses grands yeux vert d'eau qui faisaient penser à ceux d'une vipère – sauf que les siens étaient emplis de bienveillance. Puis, elle ajouta :

— Je t'ai souvent vue passer à cheval quand je cueillais mes plantes ; tu aurais pu t'arrêter. J'ai également appris que tu avais loué ta ferme à M. Macerf, mais tu n'as pas pensé à venir dire bonjour à cette vieille bique de Noémie. Pour ça, il faut que tu te tordes la cheville !

— Vous connaissez M. Macerf ? lui demandai-je, autant pour couper court à ses remontrances que par curiosité.

— Son petiot s'est tordu le pied comme toi, la semaine dernière !

Je fus navrée par cette nouvelle, d'autant qu'à cause de Paul Dercou je n'étais pas allée voir Julien, contrairement à ce que je m'étais promis. Je me renseignai sur l'état de l'enfant, sachant toutefois que la rebouteuse remettait toujours en place les os démis. Mais elle n'y allait pas de main morte ! Je songeai alors à la douleur qu'avait dû ressentir le petit. Noémie me rassura en expliquant que sa luxation n'était pas grave, puis elle déclara avoir en la personne de son père le plus charmant des voisins : il lui rendait en effet de nombreux services – couper son bois, effectuer de menus travaux, lui rapporter les fruits de la nature... Je présumai qu'Yves Macerf la fournissait en gibier braconné. Je résolus en tout cas de me rendre à la maison de Valz dès que j'aurais quitté Noémie. Ce projet tombait à pic, s'exclama Christian, car il avait justement l'intention de demander un service à son locataire.

Pendant ce temps, Noémie examinait ma cheville. Elle me fit lever de ma chaise et m'allonger sur la table. Je me sentis un peu gênée lorsqu'elle releva ma jupe en présence de Christian. Embarrassé lui aussi, il tourna la tête vers la fenêtre, mais la rebouteuse lui commanda de m'immobiliser la jambe. Tandis qu'il s'exécutait, posant timidement les doigts sur mon mollet, elle lui cria de serrer plus fort. Voir ce pauvre Christian si emprunté me fit glousser. Noémie en profita pour tirer de toutes ses forces sur mon pied. La douleur bloqua aussitôt toute envie de rire et je poussai un cri. Je me redressai pour scruter ma tortionnaire, redoutant d'autres sévices, mais à sa mine réjouie, je compris que c'en était terminé et qu'elle avait remis ma cheville en place. Certes, je boitillais encore mais le mal s'était nettement apaisé. La guérisseuse me remit un onguent de sa composition, à base de plantes, que je devrais étaler sur la contusion pendant les huit prochains jours.

Nous bavardâmes encore un moment en savourant un délicieux sirop fait maison. Christian se montra fort curieux du don de Noémie. Il s'était transmis de génération en génération et elle l'avait reçu de sa mère. La vieille femme nous révéla qu'en plus de ce don, elle s'était formée par la pratique, notamment après s'être blessée alors qu'elle était jeune fille. Cette conversation ne me laissait pas indifférente mais la sonnerie du carillon me rappela notre visite aux Macerf. Il était 15 heures. Je m'engageai à aller voir Noémie plus souvent et posai sur la table un billet qui la récompensait largement de son intervention. Ma douleur était maintenant latente et l'enflure commençait à diminuer ; je ne boitais quasiment plus lorsque je montai dans l'auto à côté de Christian. Tout le long du trajet, l'employé ne cessa de jacasser à propos de la guérisseuse. Il me raconta comment elle avait débarrassé du ver solitaire l'un de ses parents qui, malgré les soins apportés par un médecin diplômé, souffrait de la présence de ce ténia depuis plus de deux ans.

Christian conduisait lentement afin d'éviter au mieux les nombreux nids-de-poule qui creusaient le chemin menant à la maison de Valz. J'avais hâte d'être arrivée et je redoutais la possible absence des Macerf. Heureusement, quand nous atteignîmes notre destination, j'aperçus l'enfant dans la cour. Il était en train d'empiler des bûches sous un abri en bois édifié entre la muraille et le jardin. À peine Christian avait-il garé l'auto en bordure de la cour que Macerf apparut sur le seuil. Julien courut vers moi dès que je sortis du véhicule et il me sauta dans les bras. Pour ne pas tomber à la renverse, je dus me tenir fermement sur mes deux pieds, ce qui réveilla la douleur et me fit boitiller de plus belle. J'appris alors à Julien que je m'étais, comme lui, blessée à la cheville et lui demandai comment se portait la sienne. Tandis qu'il me rassurait, Yves Macerf s'approcha et voulut connaître le déroulement de ma mésaventure. Quand j'eus expliqué que je m'étais fait cette entorse en sautant d'une souche, Julien nous raconta qu'il était pour sa part tombé d'un muret à l'école. Il était tout fier de nous montrer sa cheville encore bandée. Puis il clopina vers le tas de bûches.

Je m'apprêtais à le suivre quand Yves Macerf me proposa son bras comme béquille. Surprise, j'acceptai, et nous approchâmes ainsi de l'abri, Christian à nos côtés. Je contemplais le tas de bûches sur le sol lorsque le père de famille déclara :

— Je me suis permis de ramasser ces branches tombées dans votre chênaie et sur vos terres.

Comme il paraissait embêté, je cherchai à le rassurer.

— Vous faites bien, monsieur Macerf : cela désencombre la forêt du bois mort. Si vous n'en avez pas suffisamment, vous pouvez aussi vous servir dans les bois de Bergonne, et même à La Tranchère, car nous avons une grande coupe cette année, et encore des bûches en réserve.

L'homme assura qu'il avait largement de quoi se chauffer cet hiver, puis il m'invita à entrer afin que je voie les rénovations qu'il avait effectuées dans la maison. L'enfant s'écria qu'il voulait me montrer lui-même sa chambre et il s'engouffra le premier à l'intérieur. Yves Macerf s'écarta de moi car la largeur de la porte n'était pas suffisante pour que nous puissions entrer tous les deux de front. Je pénétrai dans la demeure avec la crainte d'être assaillie par les souvenirs, mais ma surprise devant le changement opéré l'emporta.

La pièce principale m'apparut plus spacieuse que jamais : cela venait de l'absence du lit mais aussi du nouvel agencement du mobilier. Yves Macerf avait ôté les placards qui formaient l'ancienne cloison centrale et les avait replacés à un endroit plus adapté, dans le fond de la pièce, côté cuisine. Ils étaient transfigurés : poncés et encaustiqués dans une belle teinte chêne, ils brillaient dans la lumière qui entrait par la fenêtre. À la place qu'occupaient autrefois les placards, Macerf avait édifié une cloison et l'avait enduite de chaux blanche, tout comme les murs. Des tableaux ou des reproductions étaient accrochés au-dessus d'un petit bahut qui avait remplacé le lit de coin où Thomas et moi nous étions tant aimés. Dans l'angle, la cheminée avait fière allure : la hotte reluisait et une nouvelle poutre avait été installée, lustrée elle aussi. Au centre de la pièce trônait une table ronde assortie ; deux fauteuils habillés de velours rouge occupaient les angles de gauche. Leur coloris s'alliait harmonieusement avec la blancheur des murs et le chêne clair du mobilier. Les poutres et planches au plafond avaient également été soumises à la main experte du rénovateur, que je ne pus que féliciter. Il reçut mes compliments avec un sourire modeste, puis me redonna le bras pour grimper à l'étage où le gamin nous avait précédés.

Je ne fus pas moins agréablement surprise par la réfection des trois pièces du haut. Deux d'entre elles avaient été aménagées en chambres et meublées très simplement d'une armoire à deux portes et d'un lit d'angle recouvert d'édredons enveloppés dans des housses d'un carmin très proche de celui des fauteuils. Dans la chambre d'enfant, je reconnus le lit qui avait gémi lors de mes ébats avec Thomas et admirai les jouets en bois que Julien fit se mouvoir sous mes yeux, notamment un char et ses bœufs. Tous avaient été confectionnés par son père.

La troisième pièce avait quant à elle l'aspect d'un séjour, avec, de part et d'autre de la fenêtre, un vaisselier et une horloge à poids. Deux vieilles bergères garnies de tissu à motifs floraux étaient adossées aux murs latéraux et une table ronde trônait au centre de la pièce. Elle était surmontée d'un poste de radio, d'un phonographe comme celui que je possédais autrefois, d'une pile de disques et d'un tas de livres aux reliures usées. Ici aussi flottait la bonne odeur de l'encaustique. La lumière diffuse qui provenait de la grande fenêtre, par laquelle on pouvait voir le soleil descendre derrière les collines, ajoutait à cette ambiance que j'aimais déjà.

Je me félicitai d'avoir loué la maison à Macerf : grâce à lui, elle revivait. L'intéressé me prêta une nouvelle fois son bras pour descendre l'escalier. Il nous fit asseoir à table et nous servit à boire. Accaparée par Julien, je ne pus échanger avec son père, mais par moments, je tournais les yeux pour le considérer tandis qu'il parlait avec Christian. Il avait l'air absorbé par la conversation. J'en percevais quelques bribes : je crus comprendre que le scieur avait repéré un cerf dans les bois environnants, puis que mon employé viendrait récupérer des produits le lendemain. Une fois encore, je repensai aux chasses clandestines de mon hôte, mais comme son regard bleu virait vers moi, je retournai à Julien.

Le temps fila à toute allure. Avant notre départ, l'enfant me rappela ma promesse d'une escapade aux orgues de Chaptore et j'assurai que je l'y conduirais bientôt. Le garçonnet et son père nous raccompagnèrent à la voiture. Quand celle-ci nous emporta, Christian et moi, j'étais dans un tout autre état que les jours précédents. J'avais peut-être l'air calme, mais je frétillais intérieurement ! Oubliant déjà mon entorse, je songeais à ces moments passés avec Julien et son père tandis que je contemplais le paysage tout d'or vêtu et le ciel dont l'immensité bleutée ajoutait à cette douce ivresse.

20

Toute la semaine, je m'exaltai à l'idée de ma future sortie avec Julien. Je mettais mon transport sur le compte de la relation qui s'établissait entre nous, de l'affection que le petit m'avait témoignée et de celle que je lui vouais. Je me plaisais parfois à penser qu'il voyait peut-être en moi la mère qu'il n'avait plus, comme je voyais en lui l'enfant que je n'avais pas eu. Dans mes moments de lucidité, je me rappelais pourtant la réalité des choses et constatais que notre relation actuelle suffisait à m'apporter la sérénité.

Du dimanche au vendredi, je ne me rendis pas aux coupes, préférant laisser reposer ma cheville car j'envisageais déjà de descendre à Valz le samedi et d'emmener Julien à Chaptore. Ce serait une belle surprise ! Je me remis donc à mes travaux de couture et passai de longues heures dans le salon à l'étage, où, tout en travaillant, j'écoutais de la grande musique. J'avais une prédilection pour les valses de Strauss, que je passais en boucle. Hormis ces moments de solitude, je tuais le temps avec Renée et Marie. En fin de matinée ou d'après-midi, j'aidais notamment la cuisinière à la préparation du repas. Depuis le décès de mon mari, je tenais en effet à ce que tout le monde mange la même chose, ce qui épargnait du travail à la vieille femme. Il m'était venu un goût pour la cuisine et je testais de nouvelles recettes tout en papotant avec Marie. Renée nous tenait compagnie avant de dresser la table et de remplir la cantine pour les employés.

Nous avions cependant toujours nos petits moments à nous, avec Renée. Cette même semaine, elle nous apprit d'ailleurs, à Marie et moi, qu'elle était enceinte. Cette nouvelle inattendue fut accueillie dans la joie, mais je me souviens avoir ressenti un choc que je tâchai de dissimuler sous mes éclats de rire. Renée avait un an de plus que moi et bien qu'elle fût désormais unie à Étienne Boudoule, je n'avais pas imaginé qu'elle connaîtrait une grossesse si tardive, à une époque où les femmes enfantaient très jeunes. La raison principale de mon amertume était cependant plus profonde : cette grossesse créait une différence entre elle et moi, et je ne pouvais me défendre d'un sentiment proche de la jalousie. Son bonheur avait fait naître en moi le regret d'être inféconde.

Je trouvai cependant des raisons de chasser mon dépit. La grossesse avait en effet plongé Renée dans les affres des nausées, et je me répétais que, si je ne connaissais pas les joies de la maternité, je n'en connaîtrais pas non plus les désagréments ni les contraintes. Eu égard au lien qui nous unissait, Renée et moi, je comptais en outre sur la présence de cet enfant au domaine. Il serait un peu le mien et je n'en éprouverais que les joies, tout en gardant ma belle indépendance. Ainsi, dans les jours qui suivirent, me fis-je une raison. Je m'imposai même comme future marraine du bébé. Et je projetai de le couvrir d'autant de cadeaux que le jeune Julien.

Samedi, au petit matin, je sautai du lit avec l'idée de descendre à Valz juste après le repas de midi. Cette perspective m'avait mise dans une humeur plus éblouissante que jamais depuis l'époque de mes rendez-vous amoureux avec Thomas. Je me sentais à la fois légère et pleine d'une force nouvelle. Ma cheville ne me faisait plus souffrir. Je m'apprêtais à quitter la salle à manger lorsque Renée arriva en compagnie de Christian. Je les invitai à boire le café avant qu'ils ne se consacrent à leur ouvrage. Insouciante, je ne m'étais même pas étonnée de la venue de Christian – qui, à cette heure, travaillait ordinairement à l'écurie ou dans les bois. C'est alors qu'il me demanda plusieurs jours de congé. Bien entendu, je les lui accordai. L'abattage touchait de toute manière à sa fin, les fûts coupés étaient en grande partie débardés et déjà mis en dépôt dans l'un des bâtiments. On prévoyait d'effectuer le ratissage avant le nouvel an. Je m'inquiétai toutefois de sa requête soudaine et lui demandai s'il avait des soucis.

— J'ai appris hier soir que le beau-frère de ma sœur Ginette, le frère de son défunt mari, était décédé. Cet homme avait une sœur, qui était la compagne d'Yves Macerf et la mère de Julien. C'est pourquoi nous nous rendons tous aux obsèques aujourd'hui.

Ces histoires de parenté étaient compliquées, mais je compris que mon projet du jour s'effondrait. Ma joie fit place à une grande déception. Je tâchai de la cacher et de faire bonne figure devant Christian, mais lorsqu'il partit, j'étais au bord des larmes. Renée s'en aperçut et s'inquiéta. Je la mis au courant des faits. Une fois de plus, elle me consola, et ses paroles me redonnèrent provisoirement le sourire. J'étais néanmoins sûre de traîner ma mélancolie durant toute la journée.

À cet instant, la sonnette retentit et ma bonne amie alla ouvrir. Je reconnus la voix de Paul Dercou, ce qui m'affola car j'avais pensé ne plus jamais le revoir. Pourquoi donc resurgissait-il ? J'eus d'abord envie de le renvoyer, mais lorsqu'il fut devant moi, sa ressemblance avec Thomas s'imposant jusqu'au fond de mon être, je m'écriai :

— Monsieur Dercou ? Vous ?

— En personne, Emma ! Une fois encore, je vous surprends – après avoir été moi-même étonné de me retrouver devant le porche de votre domaine !

— Que voulez-vous dire ?

— Ce matin encore, je ne savais pas que je viendrais vous voir. Quelque chose m'a conduit sur cette route, et quand je me suis trouvé devant votre propriété, j'ai su que je devais venir vers vous !

J'éclatai de rire. Cette explication était si saugrenue ! Mais il avait l'air sincère et si pathétique qu'elle semblait acceptable. Restée à nos côtés, Renée ne cachait pas son amusement. Nos yeux se croisèrent ; je compris qu'elle jugeait Paul Dercou fort charmant et qu'elle estimait sa visite bienvenue après le changement intervenu dans mes projets du jour. Elle nous laissa, non sans avoir adressé un large sourire au vendeur de tracteurs.

— Eh bien, commençai-je à l'intention de Dercou, puisque quelque chose vous a conduit ici, débarrassez-vous donc de votre manteau, et prenez un café !

— Je ne vous ennuie pas, au moins ?

Je m'aperçus que ma déconvenue s'estompait depuis son arrivée. Sans réfléchir, je révélai que j'étais libre de mon temps, mes projets venant d'être contrariés par un événement fortuit.

— C'est une journée qui commence donc avec des imprévus, pour vous comme pour moi ! rétorqua mon invité.

Je persistais à croire que Dercou me débitait des sornettes, mais cela me faisait sourire. Je remplis une tasse de café. L'homme ôta sa veste et son bonnet, et je jetai discrètement un regard sur son crâne nu et sa belle couronne de cheveux noirs. Je ressentis une émotion qui ne m'était pas inconnue. J'essayai de la refouler, mais après avoir avalé son café d'un trait, Dercou s'approcha de moi et me saisit la main. Puis, il me regarda bien au fond des yeux avant de déclarer :

— Hélas, je ne peux pas rester, mais sachez que je n'ai cessé de penser à vous.

Mon premier mouvement fut de retirer ma main, mais la surprise m'en empêchait. Je demeurai interdite et pus à peine bredouiller :

— Je ne comprends pas, monsieur Dercou…

— Au contraire, je crois que vous comprenez très bien, Emma !

Je parvins enfin à retirer ma main, mais son regard retenait toujours le mien. Je bafouillai :

— Vous ne devriez pas penser à moi. À quoi bon ?

Alors qu'elle m'avait à peine effleurée jusqu'ici, la pensée qu'il était marié et père de famille s'imposa. Je soupirai ; comme s'il avait deviné ce qui se jouait en moi, Dercou déclara :

— Ne pas penser à vous ? J'ai essayé, en vain. Quant à ma situation, elle ne peut pas me contraindre à vous oublier – d'autant qu'elle peut changer, car je me suis éloigné de mon épouse !

Je crus qu'il envisageait d'ores et déjà une séparation. J'étais aussi préoccupée par mes propres sentiments. Je me laissai choir sur la bergère, me rendant compte de ma faiblesse et du fait que j'étais prête à abandonner mes bonnes résolutions. Je m'en voulais, et en même temps, je regrettais que Dercou ne pût rester… Je cherchai à recouvrer mes esprits, mais cela me semblait impossible, comme il lui avait été impossible de ne pas penser à moi.

— Que pouvez-vous craindre de moi ? reprit Dercou. Avez-vous si peur de l'amour ?

— Oui, j'en ai peur, et je ne veux plus souffrir, m'écriai-je, surprise autant que lui par cet aveu spontané.

Le souvenir de la souffrance m'était revenu et je songeai que sa situation maritale pouvait engendrer des difficultés que j'avais bien connues. Mais je ne pouvais me tromper sur mes émotions, si semblables à celles que j'avais éprouvées lors de mes premières rencontres avec Thomas…

Dercou se mit à genoux et m'empoigna les épaules.

— Mais pourquoi souffririez-vous puisque je vous adore ?

Malgré la solennité de cet échange, je fus prise d'une envie de rire.

— Vous m'adorez ? Allons, monsieur Dercou, vous ne me connaissez même pas !

— Si, je vous connais, Emma : sous votre apparence de petit oiseau qui donne envie de vous protéger et de vous cajoler, vous êtes forte, volontaire. Je vous ai vue agir à la foire ; vous m'avez impressionné. Et puis vous êtes si belle… Depuis août, je n'ai cessé de penser à vous.

Ces compliments auraient charmé n'importe quelle femme, comme moi sensible et fragile. Je succombais doucement. Dercou saisit de nouveau ma main et la baisa avec ardeur. J'aurais trouvé une douceur inexprimable à m'égarer dans les méandres du plaisir s'il n'avait relevé la tête pour déclarer :

— Je ne peux pas rester, Emma, mais dites-moi que je pourrai revenir !

Comment refuser ? Sa situation, ma détermination à demeurer stoïque depuis un an, tout était oublié, et cette fadeur de ma vie… enterrée par ce trouble exquis qui peut conduire certains au seuil de l'enfer. Je ne voyais plus que les portes du paradis. Je répondis d'une voix fébrile :

— Oui, Paul, revenez !

— Quand ? Dites-moi quel jour !

— Jeudi, si vous le pouvez, je serai seule ici, répliquai-je précipitamment.

Dercou se redressa à ma hauteur et ses lèvres vinrent effleurer les miennes. J'aurais aimé qu'elles s'y attardent afin que je sombre dans le tourbillon dont j'avais gardé le doux souvenir. Las, mon soupirant se releva, attrapa son manteau et disparut. Il n'avait même pas attendu que je le raccompagne. Je demeurai sur ma chaise, figée, le temps de me convaincre que ce moment furtif n'avait pas été qu'un rêve. Puis, brusquement, je me précipitai dans le hall, enfilai mon manteau en vitesse et sortis. Point d'auto rouge devant le perron !

Mes pas me conduisirent à un endroit que j'aimais et où je m'étais souvent rendue quand j'avais l'âme tourmentée. Qu'on imagine un grand terrain plat d'une surface de deux mille mètres carrés environ, situé en bordure du parc. On y arrive par le potager, d'où démarre un chemin de trace qui s'en va sinuer à travers cet arpent de terre sauvage. Le sentier passe devant une ruine presque entièrement cachée sous les feuillages. Des frênes ont grandi tout autour, à la diable, mais aussi deux pêchers qui donnent des fruits tout rabougris et deux vignes qui produisent un raisin tout maigre. On peine même à croire que ce sont des vignes, car elles ont grimpé jusqu'aux cimes des frênes ! Leurs longues grappes maigriottes pendent comme des plumets de fleurs violettes. Quand on les regarde par en dessous, cela donne à rêver ou envie de peindre. C'est pourquoi je n'ai jamais voulu que Marcel change quoi que ce soit. Il arrachait les ronces, mais pour le reste, il laissait faire la nature.

L'endroit avait été aménagé par mon beau-père. Un sureau est ensuite venu pousser dans la ruine ; en juin, il la parfume et la coiffe d'une belle couronne blanche. Elle remplace le toit, qui a disparu. Le chemin court ensuite sous d'énormes noyers et sur une herbe rase, puis vient mourir devant un champ de pommes de terre sur la droite et une vigne sur la gauche. Cette vigne-là est entretenue par Marcel. Elle est petite, mais bien exposée au soleil et nourrie par une bonne terre. Elle produit un raisin noir à grains moyens, juteux et sucré, que nous récoltions pour notre consommation exclusive. Les grappes restent sur les branches de septembre jusqu'au premier gel. Et là, le raisin est encore meilleur !

On était alors dans la première semaine de décembre. Le beau temps persistait, mais la bise était venue. Elle emportait les feuilles des arbres, qui étaient passés du vert aux tons chauds de l'automne. Elles tournoyaient longtemps dans le terrain avant de courir sur les gros choux verts du potager, l'herbe jaunie du pré et la terre ocre du champ. J'aimais les couleurs de ce paysage, son atmosphère et ses bruissements auxquels mes réflexions s'accordaient. Ma pensée était calme mais active. Mes pas m'avaient tout d'abord conduite à la vigne, où je me délectai de ce succulent raisin, avide de la fraîcheur de son jus comme si j'avais eu soif et non faim.

Repue, mais avec des grappes en réserve dans les poches, je gagnai la ruine oubliée dans sa cape végétale. Je m'adossai à l'un des murs, près de l'ouverture où pendait une vieille porte gémissant au vent. Face à moi, je contemplai le potager, le pré, un bout de la vigne et un pan de muraille. En arrière-plan, le toit coquelicot de ma demeure ressortait au milieu des perruques chatoyantes des arbres. Plus loin encore, j'admirai le désordre captivant de cette contrée tout en bosses et en creux d'où jaillissaient des flèches d'or, de cuivre et de corail, jusqu'aux crêtes des collines qui traçaient sur le bleu du ciel la ligne ondulée d'un horizon à la couleur indéfinissable.

Les yeux perdus au sein de ce tableau, j'aurais pu passer des heures dans cet émerveillement intact qui avait nourri mon quotidien et m'avait tant aidée. Mais je songeais à Paul Dercou. Je tentais bien de le chasser de mon esprit, en vain ! La perspective de notre prochaine rencontre m'obnubilait. Je m'interrogeais sur sa conclusion, même si je la devinais – les préludes étaient assez éloquents ! J'étais entre deux eaux : j'avais hâte d'être à jeudi et, en même temps, je regrettais d'avoir accepté ce rendez-vous.

J'atermoyais. Je n'avais vécu que pour le domaine, et parce qu'il fallait bien vivre ! Mais je nageais à grand-peine à la surface de la vie ; j'étais de ces êtres engourdis et las qui n'attendent qu'une aubaine pour se réveiller. Où donc cela me mènerait-il ? Le visage de Dercou se dessinait sur le paysage, et ce que j'en voyais était tout ce qui rappelait sa ressemblance avec Thomas. Je songeai que la peau nue de son crâne devait être bien douce. Ses paroles résonnaient chaque fois que la bise se taisait, en particulier les phrases qui évoquaient le ciel bleu de l'amour. Je revoyais aussi son air pathétique qui m'avait attendrie. « Que pourriez-vous craindre de moi ? Je vous adore », avait-il dit. Peu à peu, d'autres images me venaient, et je me voyais voler dans la nuit, portée avec bonheur vers l'amour et ses rendez-vous secrets.

C'était si bon d'être aimée et d'aimer en retour ! L'amour n'était-il pas la plus belle chose au monde ? Thomas n'était plus, mais je ne regrettais pas ce que j'avais vécu avec lui : quelle chance j'avais eue ! Je m'étais souvent dit que je ne connaîtrais plus jamais de telles joies. Et maintenant… les mots de Dercou, son air pathétique, son regard de braise… et ce transport, cette moiteur dans les mains, ces battements accélérés de mon cœur… et cette faveur d'être convoitée, choisie, adulée… et ces pensées ! La vague de la vie m'offrait une chance de bonheur. Je me trouvais des raisons impérieuses de ne pas refuser, et de revoir Dercou. Je ne songeais plus à rien d'autre.

21

Et ce qui devait arriver arriva. Je n'avais pas oublié les transports que j'avais connus avec Thomas, mais j'étais loin d'imaginer tout ce dont j'étais capable. Dès notre rencontre programmée, nous fûmes, Paul Dercou et moi, la proie d'une attirance physique incontrôlable. Dans l'attente des prochains rendez-vous, nos pensées étaient entièrement tournées vers l'autre, et nous étions dévorés par le désir de savourer les délices de cette fusion insolite.

Paul déclara ressentir pour moi un fol amour. De mon côté, je restai plus réservée, car même si nous vivions l'une des formes les plus violentes de l'amour physique, je portais toujours Thomas dans mon cœur. Mais, très vite, je m'attachai à tout ce que Paul me donnait à voir : une timidité, un altruisme, une affabilité, une discrétion, une sensibilité, une serviabilité... hors pair ! Il semblait si fragile, vulnérable, inoffensif. Mon cœur ne pouvait pas ne pas être séduit ! Et bien que Thomas y demeurât toujours, Dercou y prenait doucement sa place.

Nous choisîmes pour nos rencontres les deux jours de la semaine où les domestiques avaient congé : le jeudi tout entier et le samedi après-midi. Paul arrivait dès le départ de Marie. Seuls dans la demeure, nous nous aimions en toute tranquillité. Durant les deux premiers mois, nous fûmes comme deux flammes brûlant en harmonie. Rien d'autre n'existait que nous.

La première anicroche survint en février – un jeudi, qui, comme un fait exprès, était le jour anniversaire de la mort de Thomas. Il me fut difficile de refouler mes souvenirs. Dans la chambre rose, avant nos ébats, mon partenaire me laissa entendre que j'étais plus distante que lui, plus froide, moins amoureuse. Devant son air boudeur, et parce que sa remarque était formulée d'une voix teintée de douce morosité, je retrouvai le sourire. Je l'embrassai pour chasser son amertume et il m'entraîna dans un corps-à-corps presque aussi endiablé que les précédents. Un peu plus tard, il se montra subitement curieux d'un sujet que nous n'avions guère abordé : mon passé. Je me laissai aller à quelques confidences ; mais il me pressa tant que j'en vins à lui confesser ma vie insipide avec Adrien et mon histoire d'amour avec Thomas, la seule de toute mon existence. Paul se montra très attentif, et bien qu'une ombre passât parfois sur son visage, il ne m'interrompit pas. Quand j'eus fini, il me demanda d'oublier mon passé et me témoigna si abondamment son amour que mon esprit se consacra effectivement tout entier au présent.

Vers la fin de l'après-midi, il revint néanmoins au sujet de Thomas et je lui confiai alors combien leur ressemblance m'impressionnait. Il fronça les sourcils.

— Mais alors, c'est peut-être pour ça que tu m'aimes !

Sa réflexion me laissa un instant perplexe. Voyant ça, il jeta :

— Tu t'interroges, Emma ! C'est donc ça : tu vois encore ce type à travers moi !

Ses mots m'auraient donné à réfléchir si je ne lui avais vu l'air si malheureux.

— Mais non, voyons ! répliquai-je. Où vas-tu donc chercher tout ça ? Tu lui ressembles, certes, mais c'est toi que je vois !

Paul bouda. Un long moment s'écoula sans que je parvinsse à le dérider. Je lui répétai tant et tant combien son idée était saugrenue qu'il retrouva enfin sa figure habituelle. Mais il ordonna :

— Emma, ne me parle plus de ce type !

Heurtée par son ton et ses paroles, je faillis riposter, mais, avertie de ses sautes d'humeur, je m'en gardai. Je préférais que nous nous séparassions sans chicane. Le soir, dans ma chambre, cette scène me revint cependant en mémoire et je réfléchis longuement à la question que Paul avait soulevée. J'en conclus que sa ressemblance avec Thomas était peut-être le facteur originel de son influence sur moi, mais que d'autres éléments s'étaient vite combinés pour faire naître la ferveur qui existait à ce jour. Je me promis de ne plus évoquer Thomas. Mais hélas, quelques jours plus tard, Paul remit le sujet à l'honneur. Il le fit avec une telle complaisance que j'en oubliai ma prudence. Il m'interrogea sur la personnalité de Thomas et j'énumérai certaines des vertus qui m'avaient séduite, en une sorte d'hommage à mon amant défunt. Je ne sais plus laquelle de mes paroles entraîna Dercou dans une fureur qui me laissa coite. Je découvrais dans sa voix une tonalité que je ne connaissais pas, et des rictus sur son visage qui effaçaient toute ressemblance avec Thomas. Révoltée, je m'écriai :

— Mais tu es complètement fou !

Paul me fustigeait du regard, et je crus qu'il allait en venir aux mains. Mais il se leva et se précipita vers la fenêtre. Je contemplais son dos nu, appréhendant la scène qui allait suivre. Après quelques minutes, mon amant revint pourtant s'asseoir au bord du lit et m'adressa un regard triste. Puis il murmura :

— Tu as raison, Emma, je suis fou.

C'était dit d'une voix si amère que je regrettai mes paroles. Je murmurai :

— Tu sais, il n'est plus de ce monde.

— Justement : c'est moi qui suis dans ta vie, maintenant ! Mais tu penses toujours à lui. Ah, je ne possède peut-être pas les qualités que tu as énumérées avec tant de chaleur ! En réalité, tu nous compares…

J'étais étonnée, mais également touchée par sa mine. Il ne devait effectivement pas être plaisant pour lui que Thomas s'interpose si souvent entre nous. Certes, c'était Paul qui avait voulu reparler de tout ça, mais je me sentais au moins aussi responsable, pour avoir recensé les vertus de Thomas d'une voix si ardente. Je déplorais vivement que Dercou pût croire que je cherchais à les comparer.

— Tais-toi, Paul, tout ça est tellement ridicule ! Thomas n'est plus de ce monde ; c'est toi que j'aime, aujourd'hui.

— Ce n'est pas de Bertin que je suis jaloux : c'est de voir que tu ne m'aimes pas autant que lui !

Je parvins à le détromper et à le calmer par des paroles, de celles qu'on dit aux enfants pour qu'ils comprennent les adultes – auxquelles j'ajoutai de fervents baisers qui lui redonnèrent ses ardeurs d'homme. Peu s'en fallut que la chambre rose ne nous vît réintégrer ses murs alors qu'allait sonner l'heure de nous séparer. Mais Marie allait rentrer, et bien qu'elle eût quelquefois croisé Dercou au domaine, je ne voulais pas qu'elle nous surprenne au sortir de la chambre.

J'attendais aussi de ne plus porter le deuil pour montrer enfin au grand jour mes amours avec cet homme. Une autre raison encore me poussait à les tenir secrètes : son épouse, que nous n'avions pas plus que Thomas évoquée dans ces premiers moments de notre histoire. J'étais allée vers Paul sans être freinée par l'existence de cette femme, dont il m'avait d'emblée dit qu'il s'éloignait. Il m'avait même laissé entendre qu'elle s'égarait de son côté dans de multiples aventures. Leur union était un échec. Il n'avait toutefois plus abordé le sujet d'une éventuelle séparation. Quant à son enfant, j'avais juste appris qu'il avait douze ans et se prénommait Bruno.

Lorsque je le questionnais, Paul ne répondait que succinctement… ou pas du tout. J'avais donc cessé de l'interroger et persévéré dans ces égarements, sans scrupules, me vouant entièrement à notre amour. Ces questions maritales commençaient néanmoins à me tourmenter de plus en plus – mais j'estimais qu'il était trop tôt pour parler à Paul d'une situation qui lui était manifestement pénible.

Nous oubliâmes ce fâcheux intermède (et le reste du monde) dans les vertigineux tourbillons de notre aventure. Du samedi soir au jeudi matin, le temps nous semblait trop long. C'était la saison creuse et je meublais les journées en parcourant les bois sur le dos de ma jument, comme aux premiers temps de mon mariage. Je pensais parfois au petit Julien et à la promesse que je lui avais faite, mais je ne pouvais renoncer à un seul rendez-vous avec Paul et reportais par conséquent toujours notre randonnée. Quand, un dimanche, je me décidai à descendre à Valz, je n'osai finalement m'y aventurer à cause du temps qui s'était écoulé depuis ma promesse. Trois mois passèrent ainsi sans que je revisse cet enfant auquel je vouais pourtant tellement d'affection. J'étais trop accaparée par mon histoire de cœur. Avant l'arrivée du printemps, bien des orages l'avaient traversée, sans pour autant éteindre notre flamme, comme si, sous la tempête, quelque chose d'invisible et d'invincible la ravivait sans cesse.

L'emprise de Paul était-elle donc si forte que je croyais voir du bleu dans tout ce gris ? Je venais de découvrir la jalousie de mon amant, qu'éveillaient des motifs insensés. Quand elle ne s'exerçait pas contre le défunt Thomas, elle prenait pour cible l'un de mes employés – en particulier Christian, que Paul connaissait – ou tout homme auquel j'avais affaire pour la gestion du domaine. Pis encore : cette jalousie pernicieuse amena mon amant à désirer que j'en connusse une semblable, aussi éprouvante que la sienne. Il se mit donc à évoquer les femmes qu'il croisait sur son chemin, épouses ou filles de paysans. L'une était jolie à coucher dans le foin, l'autre « terrible », l'adjectif dont il m'avait personnellement gratifiée à notre première rencontre, le préféré de son vocabulaire. Tant de fois il m'avait dit : « Tu es terrible, Emma ! »... Avec toutes ses allusions, il mit dans le mille et aiguisa chez moi un sentiment nouveau, de la jalousie sans doute, ou quelque chose d'indéfinissable qui faisait mal.

Pour mieux m'affliger, il choisit la personne à laquelle je m'attendais le moins : son épouse ! Pour atteindre pleinement son but, il dut cependant renoncer aux mensonges qu'il m'avait fait gober et me révéla qu'elle était une femme aimante et sage. Cet aveu me plongea dans une grande souffrance et je le menaçai de mettre fin à notre aventure. Mais il eut l'art de se faire pardonner par des justifications malignes. La principale était qu'il l'avait épousée parce qu'elle était enceinte : soit il l'abandonnait avec le bébé, soit il restait ! Il était resté. Mais il ne l'aimait pas. Il fut si persuasif... Je ne parvenais plus à lui en vouloir, d'autant qu'il déclara que j'étais le grand amour de sa vie, et même sa « moitié ». Je pouvais comprendre ces sentiments : j'avais moi-même voué un immense amour à Thomas alors que j'étais mariée. Et même si Adrien m'avait aimée, cela n'aurait changé ni ce que j'éprouvais pour Thomas, ni mon désir de vivre avec lui. L'être humain n'est pas responsable des élans de son cœur...

Après cet aveu, pendant un temps, Paul se montra charmant. Il arrivait toujours avec un cadeau : des gants en cuir, un sac, des eaux parfumées, des fleurs… Mais le moment vint où mon amant mit son plan à exécution. Après des détours choisis, il me confia que son épouse tentait par tous les moyens de retrouver son affection certains soirs, alors qu'ils étaient au lit.

— Et alors, que lui as-tu dit ? demandai-je fiévreusement.

— De me laisser tranquille ! Je n'ai envie que de serrer mon Emma dans mes bras, de ne faire l'amour qu'avec toi, mais…

— Mais quoi ? le coupai-je, piquée au vif.

— Mais elle insiste… et je crains de devoir calmer ses ardeurs.

Ces paroles calculées produisirent sur moi l'effet escompté, et un autre plus douloureux encore. Je m'écriai :

— Je croyais qu'il n'y avait plus rien entre vous, que tu ne ressentais rien pour elle, que tu envisageais même une séparation ! Alors, comment pourrais-tu… ?

— Simplement pour qu'elle me foute la paix ! On dirait que tu ne connais pas les hommes, ma pauvre petite Emma ! Il n'y a pas besoin d'amour pour ça…

Je demeurai plusieurs minutes sans pouvoir réagir, mais quelque chose me tordait le cœur et les entrailles. Un sentiment fait de jalousie, mais aussi de désenchantement et de dégoût.

— Tu es fou, fou à lier ! criai-je.

Nos regards se mesurèrent. Le sien avait changé. Il me semblait plus noir, vidé de ses paillettes dorées. C'était un regard de démon, plein de malveillance, qui vous faisait froid. J'aurais aimé détourner les yeux, mais il m'hypnotisait. Au bout d'un moment, ce regard redevint toutefois celui que Dercou montrait le plus souvent, plus chaud, plus rieur. J'étais toute retournée, croyant une fois encore avoir été le jouet d'une illusion.

— Oui, je suis fou, murmura mon amant, mais toi aussi, tu es folle, Emma, car tu es comme moi.

— Folle, moi ? lançai-je, estomaquée.

— Oui, nous sommes pareils, toi et moi !

Ses yeux souriaient, sa bouche souriait, son visage souriait. Mon esprit était sans doute trop perturbé pour faire la différence entre ma prétendue folie et la sienne, mais mon subconscient ne pouvait accepter ses affirmations.

— C'est toi qui es fou, fou ! répétai-je.

— Toi aussi, tu as perdu la tête : être jalouse d'*elle*...

— Mais tu me donnes toutes les raisons de l'être : tu me dis qu'elle n'a jamais compté, tu laisses entrevoir une séparation, et puis tu annonces que ça pourrait continuer ! Comment pourrais-je ne pas réagir ainsi ? Tandis que toi, ta jalousie éclate sans raison. Tu es jaloux d'un homme qui n'est plus là, et d'autres qui ne sont rien pour moi. Et en plus, ça te fait sourire de me torturer !

Nous étions dans le salon, au rez-de-chaussée. C'était un peu avant midi. Ma nervosité était telle que je me forçai à respirer à fond afin de recouvrer mon calme. Comme mes membres continuaient à trembler, je me précipitai vers la cuisine pour me servir un verre de quinquina. Paul était sur mes talons. Derrière moi, je l'entendis dire :

— Voyons, Emma, tu sais bien que je n'aime que toi, tu le sais ! Je t'aime comme un fou... Oui, je suis fou, mais fou de toi !

Guère rassérénée, je murmurai :

— Pourquoi me dis-tu des choses pareilles, alors ? Dans quel but ?

— Je ne sais pas. Ah ! ce n'est pas facile pour moi, et il y a mon gosse.

— Nous n'aurions pas dû entamer cette relation. Je t'ai cru et voilà où cela m'a conduite ! balbutiai-je dans un sanglot.

À cette minute même, mon instinct me soufflait de bannir Paul de mon existence. Mais une petite voix me chuchotait que cette résolution était dictée par ma rancœur et la peur de cette situation scabreuse que je ne maîtrisais plus. Et j'aimais tant cet homme ! Je sentis ses mains sur mes épaules, le poids de son torse dans mon dos.

— Je songe au divorce, Emma, annonça-t-il gravement tout près de mon oreille.

— Tu parles sérieusement ? demandai-je en faisant demi-tour.

Je plongeai mon regard au fond du sien.

— Oui, Emma, je voudrais être tout le temps avec toi : nous sommes si bien ensemble... Mais peut-être n'en as-tu pas envie ?

Cette annonce me laissa d'abord interdite. Je songeais, ébranlée, à la scène que nous venions de vivre. Paul m'avait menti et peut-être me mentait-il encore ! Pourtant, il n'aurait pas évoqué ce divorce... Et cette petite voix qui me soufflait encore que je l'aimais ! Oui, il me semblait que j'étais attachée à lui comme l'écorce à l'arbre. Acculée par mon amour, je poussai un gros soupir.

— Moi, je trouve que nous sommes bien ensemble ! reprit-il. Rien que toi et moi, rien que nous deux.

Je tentais toujours de démêler mes pensées et ne répondis pas.

— Je vois que tu préfères être seule, beugla-t-il alors, parce que tu aimes trop ta belle liberté !

Il me poussa et s'élança vers la sortie. J'eus à peine le temps de saisir le sens de ses mots qu'il avait claqué la porte. J'entendis le ronflement de la voiture et le crissement des pneus sur le gravier. Je fus tellement saisie par ce départ inattendu que je me mis à pleurer. Cet homme me disait qu'il voulait être avec moi tout le temps, et voilà qu'il écourtait notre journée – pour une raison qu'il s'était encore inventée ! Il me disait être fou d'amour et me faisait souffrir !

Je demeurai tout le reste de la journée dans une confusion totale. Après une courte nuit, je n'arrivais toujours pas à démêler cet embrouillamini. Je conclus toutefois que sa colère était née de mon silence. Pourquoi n'avais-je rien répondu ? La voix de mon instinct ? La peur de toutes ces tempêtes ? Ou celle de perdre cette liberté que Paul avait mise en évidence ? Las, à la pensée de ne plus le voir, je frissonnais et mon cœur s'arrêtait. Cette idée me ramenait au souvenir des souffrances qu'inflige l'absence de l'être aimé. J'aimais Paul ! Je décidai alors de lui confier mon désir d'être toujours avec lui. Et je n'eus plus qu'une hâte : le revoir. J'attendis notre prochain rendez-vous avec la crainte qu'il ne vienne pas. Il revint, cependant, et la journée s'écoula dans des effusions où se mêlaient regrets, pardon et réconciliation. Paul n'aborda pas le sujet de son divorce, et moi non plus – comme si l'un et l'autre nous eussions craint l'arrivée d'un nouvel orage et attendu un moment plus propice pour parler. Je voulais que la suite de notre histoire soit aussi paisible que ses préludes, aussi bleue que le ciel du printemps qui s'annonçait.

Je crus que Cupidon m'avait entendue, quand, vers la fin mars, un événement fortuit apporta de nouvelles perturbations.

C'était l'un de ces matins printaniers qui vous mettent le corps, le cœur et l'âme en joie. Il suffisait pour cela du sourire du ciel, de la douceur de l'air et de la beauté d'un paysage comme celui que j'eus le loisir de contempler depuis le perron lorsque se levèrent les brumes au-dessus du parc. Ce fut tout d'abord une grande nappe traversée de part en part par les rais obliques du soleil et ceux, verticaux, des grands sapins, un espace où les couleurs semblaient surnaturelles. Peu à peu, la nappe se déchira en écharpes qui paraissaient s'accrocher aux fûts et à leurs branches avant d'être aspirées par la brise. Les derniers lambeaux s'évaporèrent très vite et le parc sembla s'ébrouer dans un grand murmure. Ce n'était qu'une illusion, due au passage du vent léger dans les bourgeons et à l'éveil du chant des oiseaux. J'attendais Paul. L'horloge venait de sonner neuf coups, l'heure à laquelle il arrivait habituellement. J'étais encore plongée dans ma contemplation quand j'entendis des voix au bout de l'allée, et aussitôt un ronflement de moteur.

Au moment où l'auto rouge débouchait, j'aperçus Yves Macerf et le petit Julien qui s'en venaient à pied. Leur apparition inattendue, coïncidant avec l'arrivée de Paul, me mit mal à l'aise. Les battements de mon cœur s'accélérèrent. Mon amant gara l'auto et se dirigea vers moi. Au lieu de me jeter à son cou comme d'ordinaire, je lui tendis la main. Je n'avais pas envie que Macerf et son fils assistent à nos effusions. Paul sembla comprendre ma réaction et il m'adressa un sourire en me serrant la main. Nos regards se croisèrent, complices. Le tumulte de mon cœur s'apaisa et je jetai un œil en direction des Macerf. Ils marchaient vers nous. Avant que je ne porte mon attention sur Julien, je vis Yves Macerf regarder Paul. L'enfant m'adressa un immense sourire et courut pour s'affaler contre moi. Je me penchai et il me donna un baiser. Je lui en rendis deux, heureuse et soulagée. Ainsi, il ne me tenait pas rigueur de ma longue absence.

— Emma, pourquoi t'es pas venue me voir ? s'écria-t-il tout de même.

Ces mots qui auraient pu être chargés de reproches furent prononcés avec une candeur qui m'émut. Je m'accroupis devant Julien et le saisis par les épaules.

— Je ne méritais pas ton baiser, je le sais bien, décrétai-je.

— Dis, Emma, on ira les voir un jour, les orgues de Chaptore ?

— Oui, je te l'ai promis, déclarai-je en l'embrassant, repentante.

Je me relevais au moment où Yves Macerf échangeait une poignée de main avec Paul. Ce dernier murmura un bref bonjour et le visiteur se tourna vers moi. Son regard bleu plongea dans le mien tandis que ma main se levait doucement pour serrer la sienne. Mais il garda le bras le long du corps et je me mis à triturer les boutons de ma veste afin de retrouver une contenance.

— Bonjour madame, nous venons de bon matin vous déranger.

— Bonjour, monsieur Macerf, vous ne me dérangez pas. Que me vaut votre visite ? m'enquis-je d'une voix empruntée.

— C'est à propos de ma réserve de bûches. Je vous avais dit que je m'étais servi en bois mort dans votre chênaie. Vous m'y aviez gentiment autorisé, en ajoutant toutefois que ce ne serait guère suffisant. J'ai effectivement épuisé ma réserve cet hiver, et comme j'ai du temps devant moi, je voulais vous demander trois grands hêtres que j'ai vus en bordure de forêt et qui gênent la croissance de vos arbres. Je suis prêt à vous les acheter.

— Eh bien, c'est une chose entendue : si ces arbres gênent, il vaut mieux les couper, approuvai-je avec soulagement.

— Vous serait-il possible de venir les voir bientôt pour l'évaluation ?

— J'enverrai plutôt Christian ou Gerfaut ; mais je descendrai bientôt chez vous, car j'ai une promesse à tenir, répliquai-je en regardant vers Julien.

Le petit sourit. Je regardai à nouveau son père et remarquai son hésitation.

— Nous avons aussi un bail à établir, poursuivit-il.

Nous n'avions en effet toujours pas établi d'acte pour la maison de Valz.

— Un arrangement a été conclu entre nous, monsieur Macerf, et l'année n'est pas écoulée ! lui rappelai-je.

Il hocha la tête sans me lâcher du regard. Je m'aperçus qu'il portait désormais barbe et moustache. Elles étaient courtes, certes, mais presque blanches, ce qui contrastait avec ses cheveux poivre et sel. Alliées à ses yeux bleus, elles lui donnaient de la dignité. Quand Paul se racla la gorge à mes côtés, j'eus la fugitive intuition qu'il avait deviné mes pensées. Je tournai la tête et croisai brièvement son regard, dans lequel je perçus une lueur qui ne me disait rien qui vaille. Macerf donna à son fils le signal du départ. Cette fois, il me tendit la main et souffla :

— Je vous remercie. Nous serons heureux de votre venue tantôt : Julien me parle tant de cette escapade aux orgues !

Son ton affable réveilla mes regrets. Je répondis solennellement que je n'y manquerais pas. Le gamin poussa un petit cri joyeux et tendit vers moi son joli sourire et ses grands yeux noirs. Je lui ébouriffai les cheveux et déposai un tendre baiser sur sa joue. Il me le rendit, puis sautilla dans la cour en attendant son père. Celui-ci adressa un au revoir à Paul, me fit un dernier signe de la tête et rattrapa le garçon. Je les regardais s'éloigner, songeuse. Paul murmura alors près de moi :

— Eh ben dis donc, voilà un rendez-vous bien fixé !

Son ton grinçant m'alarma immédiatement et je tâchai de choisir les mots adéquats pour éviter la crise.

— Je m'en veux tellement de ne pas avoir tenu la promesse que j'ai faite à cet enfant…

— À lui ou à son père ? demanda mon amant en me fixant avec le regard noir des mauvais jours.

— Ne commence pas, Paul.

— Tu crois que je n'ai pas vu comment vous vous regardiez ?

— Mais enfin, c'est normal de regarder les gens auxquels on parle ! M. Macerf est l'un de mes locataires et rien d'autre, tu le sais très bien.

— Un locataire à qui tu fais cadeau du loyer !

— Ce n'est pas un cadeau : il a remis lui-même toute la maison en état, à ses frais !

— Et tu iras le voir quand ?

— J'irai voir le gamin un samedi après-midi ou un jeudi. Ce sont les jours où il ne va pas en classe : tu dois savoir ça puisque c'est pareil pour ton gosse.

— Mais ce sont nos jours !

— Oui, je sais bien, et ça ne m'enchante pas.

— Que crois-tu, Emma ? Je sacrifie la possibilité de voir mon gamin pour être avec toi, ces jours-là.

Je réfléchis à toute vitesse avant de répondre.

— Ce serait peut-être l'occasion de lui consacrer un jeudi, et nous remettrions notre rendez-vous à un mardi ou à un mercredi.

Je me plaquai contre Paul. Je sentais bien les tremblements de son corps, cette colère sourde qui montait et qu'il avait du mal à maîtriser. Je tentai de l'apaiser.

— Et pourquoi ne pas emmener toi aussi ton fils aux orgues de Chaptore ? Ainsi, nous nous verrions quand même, et les deux petits joueraient ensemble.

— Je n'ai pas envie que Bruno fréquente ce gamin !

Que répondre à cela – sinon des paroles qui auraient fait éclater la crise ? Je redoutais l'algarade mais j'étais si exaspérée par la conduite immature de Paul que je ne pus m'empêcher de lâcher :

— Tu parles comme un gamin capricieux, c'est désolant.

Mon amant recula et me foudroya du regard. Je m'attendais au pire. Un silence s'établit durant lequel il ne cessa de me regarder en se rongeant les ongles. Mais la menace que j'avais vue dans ses yeux céda soudain et fit place à une expression nouvelle. Il murmura :

— Dis-moi que tu n'aimes que moi, Emma, dis-moi que tu te fous de ce type !

Je fus tellement touchée par l'intensité de son regard et le ton implorant de sa voix que j'eus l'impression d'être moi aussi la proie de son tourment, et une sorte d'apitoiement me poussa à répliquer :

— Mais oui, Paul, je t'aime ! Toi seul comptes, et tu le sais, voyons !

— Jure-le, Emma, jure-le-moi !

Il fallut bien que je jurasse ! Dieu merci, Paul se calma et Macerf ne fut plus évoqué de la journée.

Je crus que cet incident ne prêterait pas à conséquence, mais c'était compter sans la riposte qui se produisit dès le rendez-vous suivant, quand Paul se remit à parler de sa femme afin d'aiguiser ma jalousie. Ses allusions étaient manigancées pour me laisser imaginer des scènes lubriques entre les deux époux. Quand ces paroles eurent fait leur petit effet, il démentit tout et me traita d'insensée. J'encaissai et n'allai pas jusqu'à lui demander de me jurer qu'il n'y avait plus rien entre eux. Car j'eus le sentiment d'avoir compris sa tactique : quand sa jalousie le tenaillait, mon amant me rendait la pareille, à la différence près qu'il avait pour ce faire une arme bien réelle.

Je n'ignorais pas, en effet, qu'il partageait encore son lit avec son épouse. Je ne cessais de me demander où était la vérité. Je souffrais de nos conflits fréquents auxquels de démoniaques réconciliations mettaient fin, dans la chambre rose ou quelque alcôve cachée du parc.

Sans doute Paul en souffrait-il aussi, mais nous étions l'un et l'autre sous l'emprise de ce curieux amour. Après deux premiers mois merveilleux, notre histoire était tissée de disputes, de réconciliations, d'attente, et de ce sortilège qui nous enchaînait si fortement l'un à l'autre. J'espérais que ces scènes cesseraient et que Cupidon, puisqu'il nous avait mis sur le même chemin, permettrait que nous le parcourions ensemble.

22

En juin 1952, Paul dut se rendre en Espagne au chevet de son père agonisant, ce qui suspendit les turbulences. Cette séparation, susceptible de durer une quinzaine de jours et peut-être davantage, nous plongea dans un grand désarroi. À la veille de son départ, nous fûmes de nouveau des amoureux transis, oublieux des tempêtes, la gorge serrée et les yeux embués au moment de nous quitter. Ces effusions raffermirent mon espoir de voir enfin s'installer un ciel au beau fixe. Je voulais même en avoir la certitude, et recevoir l'assurance que notre amour était celui dont rêvent tous les êtres humains.

Le soir même, j'établis un programme de travail dans le but de m'occuper le corps et l'esprit pendant l'absence de Paul. Mais, dès le lendemain, Gerfaut vint m'apprendre que les bêtes montraient des signes de fièvre aphteuse. La maladie s'était propagée dans le pays en quelques jours et elle avait atteint les limites de notre contrée. Elle sema l'inquiétude dans de nombreuses fermes mais aucun éleveur ne se résolut à l'abattage dans les jours qui suivirent.

Notre troupeau comptait alors cinquante têtes. Même si nos Salers survécurent à l'infection, leurs pieds furent atteints. La plupart des bêtes ne pouvaient rester debout et ne donnaient plus de lait. J'apportai donc ma contribution : je leur donnais à boire et nettoyais leurs pieds à l'eau javellisée. Je renouai ainsi avec une vocation que j'avais largement délaissée ces sept derniers mois, entièrement consacrés à mes amours.

En milieu de semaine, j'appris qu'à Malauzat, Pierre Brunel, l'oncle de Thomas, avait fait abattre tout son cheptel. Un foyer avait effectivement été détecté chez ses porcs, qu'il élevait en quantité. Les affections aphteuses n'avaient pas été repérées sur toutes les bêtes, mais parce que les quantités de virus excrétées par les porcs sont ahurissantes, il avait fallu les abattre tous, ainsi que ses bovins.

J'étais navrée pour les Brunel. Je me souvenais de la gentillesse de Roger et de sa discrétion le jour où il était venu me remettre la photo retrouvée dans les affaires de Thomas. Je m'empressai d'aller à Malauzat où je trouvai le père et le fils en plein désespoir. Je leur promis un nouveau cheptel, et parce que la fenaison approchait, leur proposai en premier lieu deux bœufs pour travailler. Le même jour, j'engageai Gerfaut et Christian à conduire les Brunel aux prochaines foires et à régler l'achat des bovins et des porcs. Les deux fermiers refusèrent mon aide : ils étaient de la trempe de ceux qui ne sollicitent pas l'aumône. J'insistai et ils acceptèrent, à condition de prendre cet argent comme un prêt. Je refusai, eux aussi ! Mais je fus si tenace que j'obtins gain de cause, ce qui, plus tard, devrait leur faire dire que j'étais plus têtue que les deux bœufs qu'ils avaient dû dresser au joug ! Cette affaire nous permit de nouer une relation solide et d'effectuer par la suite plusieurs transactions sur des parcelles que j'avais mises en vente.

L'épidémie fut enrayée et aucun agriculteur de la contrée ne connut l'infortune des Brunel. Après cette frayeur, la fenaison commença et donna du foin en quantité. Le temps avait été favorable et je retrouvai le plaisir d'aller aux champs. Je pris le râteau pour retourner les andains et enlever les derniers brins, comme j'avais vu autrefois mon père le faire avec un soin méticuleux. Adepte du travail bien fait, j'étais reconnaissante envers mes employés, qui partageaient cet état d'esprit. La nouvelle faucheuse ne rasant pas les bordures d'aussi près que la faux, il y en avait par exemple toujours un qui maniait l'outil – le plus souvent Abel, le deuxième vacher, qui avait gardé l'amour des outils à l'ancienne (la faux, l'araire, la faucille...) et celui des chevaux de trait, des bœufs et des taureaux qui peuplaient naguère le domaine.

Avec les moyens modernes, le travail avait cela dit été allégé, et si j'avais gardé mes ouvriers, je n'en avais pas recruté. À cette époque, il y avait donc toujours Gerfaut, mon intendant, Christian, le premier ouvrier, les vachers Abel et Benoît, et Marcel le jardinier. Les deux premiers restaient à demeure à La Tranchère ; les autres venaient accomplir leurs tâches, le temps nécessaire. Je payais chaque ouvrier au mois. Les deux qui logeaient sur place n'avaient pas à s'acquitter du toit, de la pitance, de l'eau ou de l'électricité. Les autres avaient l'autorisation de se servir dans le potager et le verger, et se ravitaillaient à prix coûtant pour les autres produits : une volaille de la basse-cour, des œufs, le beurre, le lait. Je savais que mes employés étaient heureux de travailler au domaine.

Je reçus le deuxième télégramme de Paul au bout d'une semaine. Je l'avais attendu avec une impatience telle que si la fièvre aphteuse ne m'avait pas accaparée, je me serais morfondue. Son message m'annonçait la mort prochaine de son père. Il y évoquait aussi son empressement à me revoir qui le rendait fou, et la probabilité de son retour la semaine suivante.

À ce moment-là, l'absence de Paul me pesait tellement que je relus ses mots à travers mes larmes. Je décidai alors de descendre à Valz le jeudi pour voir Julien : ce serait un moyen d'apaiser le manque, au moins pour une journée. J'avais finalement tenu ma promesse en avril mais n'avais pas revu l'enfant depuis. Je gardais un doux souvenir de notre escapade aux orgues de Chaptore. Paul avait de son côté emmené son fils au jardin public de Mauron, où, au début du printemps, avait été installée une ménagerie dont la plus grande attraction était un crocodile d'Afrique. Nous avions donc remis nos retrouvailles au mercredi après-midi et mon amant avait planifié ses rendez-vous d'affaires en matinée. À ma grande satisfaction, il n'avait fait aucune insinuation au sujet de ma sortie avec Julien le jeudi.

À mon arrivée, Yves Macerf était de toute manière déjà parti à son travail. L'enfant avait écrit un mot à son intention et nous l'avions laissé en évidence sur la table, au cas où nous rentrerions après lui. À notre retour de Chaptore, le père de Julien était au jardin en train de bêcher. En l'apercevant, je me souvins de la jalousie qu'il avait fait naître chez Paul, ce qui me poussa sans doute à lui accorder davantage d'attention. Je constatai que son visage était redevenu glabre. Il gardait néanmoins la même distinction. Elle tenait à ce visage qui paraissait taillé à coups de lame, à cette peau parcheminée, ces lèvres austères, ce menton un peu en galoche, ce nez long et fin… mais peut-être aussi à mon propre regard.

Après nous avoir servi à boire, Macerf avait proposé de me raccompagner avec Julien afin de me montrer les trois arbres choisis dans la chênaie, qu'il n'avait pas encore abattus. Gerfaut avait établi le prix, et le père de Julien me remit l'enveloppe contenant la somme en espèces. Sans faire de commentaires, je la glissai dans ma poche, prévoyant d'utiliser cet argent pour offrir un présent à son fils. Ce jour-là, je lui avais apporté des friandises achetées à l'épicier ambulant ; le petit m'avait quant à lui offert un sifflet taillé par son père dans du noisetier.

Nous nous mîmes donc en chemin. Pendant un long moment, Julien raconta à son père notre promenade aux orgues et le plaisir qu'elle lui avait procuré. Il s'éloigna ensuite de nous pour sauter à pieds joints par-dessus les nids-de-poule et je pus converser avec Macerf. Me rappelant le phonographe aperçu à l'étage, je l'interrogeai sur ses goûts musicaux. Il me cita plusieurs chanteurs en vogue et des compositeurs classiques. De mon côté, je nommai mes préférés, oubliant Johann Strauss dont j'avais pourtant écouté et réécouté les célèbres valses. L'homme proposa alors de me montrer sa collection de disques quand je reviendrais chez lui. J'acquiesçai.

Nous atteignîmes la chênaie, située à environ un kilomètre de la demeure, et examinâmes les trois arbres, placés en bordure du bois. Macerf m'annonça qu'il viendrait les abattre un soir de la semaine, avec Christian. Puis il m'offrit de parcourir encore un bout de chemin avec moi. Julien m'avait toutefois dit qu'il avait des devoirs pour le lendemain, et je refusai. Il était tard, mais le domaine n'était plus très loin et j'étais habituée à des marches en solitaire plus longues que celle-ci. Macerf eut un temps d'hésitation mais je montrai un air déterminé et il n'insista pas. Tout en me serrant la main, il me remercia d'avoir tenu la promesse faite à Julien. À cet instant, j'eus l'intuition qu'il songeait à Paul Dercou, et je ressentis un léger embarras. Avait-il deviné que Dercou et moi… ? De son côté, le petit me sauta au cou. Je lui rendis son baiser et m'engageai rapidement sur la pente, enivrée par ces moments.

Le jour où je reçus le deuxième télégramme et où l'absence de Paul se fit si vivement ressentir, le destin vola une nouvelle fois à mon secours. Avant midi, Étienne Boudoule vint en effet nous annoncer la naissance de son enfant, un fils bien formé et pesant plus de sept livres. Renée avait été conduite à la maternité la veille, après avoir perdu les eaux ; le petit ange était venu au monde aux premières lueurs de l'aube. On l'avait baptisé Yanis, un prénom que personne n'avait jamais entendu par ici, mais que je jugeai fort joli. La nouvelle éloigna un peu mon amant de mes pensées. N'ayant pas vu Renée prendre son service, j'avais simplement supposé qu'elle était trop fatiguée ; la naissance était en effet prévue deux semaines plus tard.

La veille, j'avais toutefois reproché à mon amie de trop se démener et l'avais priée de rester chez elle. J'envisageais de tenir ma maison pendant son absence – une tâche programmée afin de ne pas me ronger les sangs durant celle de Paul. Ce jour-là, je m'apprêtais à participer au chargement du foin, impatiente de monter dans le char attelé au tracteur, mais, une fois de plus, je changeai mes plans et décidai d'aller voir le nouveau-né et sa mère. Marie, quant à elle, décréta qu'elle irait le surlendemain, qui était à la fois son jour de congé et celui où je devais descendre à Valz. La cuisinière se remettait tout juste d'une sévère crise de goutte qui l'avait fait souffrir presque tout l'hiver. Étienne offrit de me véhiculer jusqu'à la maternité pour l'aller. Pour le retour, je prendrais le car de 17 heures. J'invitai l'heureux papa à partager mon repas et nous trinquâmes au quinquina pour fêter l'événement.

Je ne saurais exprimer l'émotion qui m'emplit devant le bébé. Je n'avais pas contemplé de nouveau-né depuis si longtemps que j'avais presque oublié la petitesse de l'être humain à sa naissance. Le nourrisson était déjà beau comme les anges des images pieuses, avec un teint rosé, une bouche en cœur et de longs yeux fermés qui lui mangeaient toute la figure. Renée semblait en pleine forme, même si son accouchement avait été long et douloureux. Le bonheur se lisait sur son visage. Je lui trouvai un regard changé. Sans doute reflétait-il l'amour d'une mère… Quant à Étienne, il ne savait où tourner la tête : tantôt vers elle, tantôt vers ce fils inespéré. À près de cinquante ans, il en rêvait ! Il prit le petit dans son berceau, le souleva tel un trophée, et le nouveau-né me parut plus délicat encore entre ces mains qui étaient de vrais battoirs. Renée riait. Je les regardais tour à tour, prenant conscience de leur bonheur tandis qu'une main m'étreignait le cœur. J'étais malgré tout ravie pour eux. Étienne déposa l'enfant à côté de sa mère, leur donna un bécot à chacun, s'approcha de moi et s'écria :

— Je vous les laisse, m'dame Emma, je les sais en bonne compagnie. Merci et au revoir !

L'homme n'avait pas fini de rentrer son foin et le travail l'appelait. Avant que j'eusse pu dire au revoir, il se précipita vers la porte. Au moment de la refermer, il jeta un dernier regard malicieux vers la mère et l'enfant. Je m'approchai d'eux et confiai à Renée combien leur bonheur me ravissait. De son côté, elle m'avoua avoir trouvé en Étienne « une perle d'homme ». Puis, comme je posais de nouveau les yeux sur l'enfant, elle m'invita à le porter. Je ne me fis pas prier, mais m'exécutai avec une grande gaucherie. Dès que le petit fut contre mon sein, je l'aimai. Sans doute attendrie, et parce que je lui avais avoué un jour ma certitude d'être stérile, l'heureuse mère glissa :

— Vous le verrez autant que vous le souhaiterez, Emma. Ce petit sera aussi un peu le vôtre !

Le ravissement me gagna et je la remerciai. Le chérubin nous accapara un long moment, puis nous le laissâmes dormir dans son berceau. Nous discutâmes alors des événements survenus ces derniers temps, et en vînmes à parler de mes amours, avec la confiance que nous avions l'une envers l'autre depuis que mon amie m'avait raconté son histoire avec Étienne. Renée n'avait pas été dupe et je l'avais très vite mise au courant de ma relation, avec Dercou comme avec Thomas. Ce jour-là, je lui avouai les tempêtes que nous traversions, leurs causes et l'éventualité d'un divorce. Mon amie ne cacha pas les craintes que lui inspirait la jalousie de Paul, ni sa certitude que ce malheureux trait de caractère faisait partie de sa nature et ne disparaîtrait jamais. Connaissant notre ardeur réciproque, elle m'encouragea néanmoins à vivre cet amour, tout en essayant d'établir avec Dercou un dialogue plus cohérent et une relation autant affective que charnelle.

— Vous avez besoin d'amour, Emma : vivez donc cette histoire – mais attention, l'amour est une chose et la vie en est une autre ! Attendez de découvrir la relation réelle qu'il entretient avec son épouse, et de le connaître mieux, avant de vous projeter dans l'avenir.

Ses paroles éveillèrent mes craintes.

— Crois-tu qu'il me mente ? demandai-je.

— Je ne sais pas… J'espère que non. Mais je vois que vous naviguez sans cesse entre l'angoisse et l'espoir. Vous êtes souvent plongée dans le doute. Êtes-vous bien certaine, avec Dercou, de trouver ce que vous recherchez ? Le connaissez-vous assez ? N'allez pas trop vite, Emma !

J'étais intriguée par les questions de Renée. Je sentais aussi que son conseil cachait le fond de sa pensée. J'aurais aimé qu'elle me le livre, mais mon amie se montrait très prudente dans ses propos. Elle ne pouvait s'immiscer dans mon histoire ni se mettre à ma place. D'ailleurs, elle ajouta :

— Il n'y a que vous, Emma, qui sachiez ce que vous vivez avec cet homme. Mais rappelez-vous que l'essentiel est que cette relation vous rende heureuse : vous avez assez souffert ! Si cet homme vous aime, ce que j'espère et ce que je crois – car le peu de fois où je l'ai vu, il vous mangeait des yeux –, il fera ce qu'il faut pour vous apporter le bonheur que vous attendez.

J'acquiesçai. Une aide-soignante fit alors irruption dans la chambre, mettant un terme à notre conversation. J'assistai au changement des couches du bébé. Les heures s'égrenaient très vite et je dus me hâter pour ne pas manquer le car. Je demeurai songeuse tout le long du trajet : les paroles de mon amie me taraudaient et les pensées se bousculaient dans ma tête. Je regardais défiler le paysage, et dans ce flou se dessinait l'image de Paul. Je fermai les yeux et le souvenir de notre intimité m'assaillit. Il disait toujours que cette alchimie ne disparaîtrait jamais, qu'il avait toujours envie de moi. Cette pensée m'avait donné un sentiment de toute-puissance. N'avais-je pas sur lui un pouvoir primitif et irrésistible qu'aucune autre femme ne possédait ? Mais je doutais aussi de ce pouvoir : suffirait-il à mettre cette liaison à la hauteur de mes attentes, et à créer une relation durable ? « Des choses peuvent changer, et d'autres pas ! », avait dit Paul la veille de son départ. Je n'avais pas répondu mais je m'étais imprégnée de ces mots doux. J'avais compris qu'il faisait d'abord allusion à son divorce, puis à son amour pour moi. Ce désir d'une union, et non d'une simple relation adultérine, me laissa espérer la fin des orages. Nous n'aurions sur nos têtes que cet immense ciel bleu que nous avions évoqué avant d'être emportés dans les remous vertigineux de notre passion. J'avais follement hâte de le revoir et de discuter avec lui de cette future union.

Je meublais les heures tant bien que mal, me consacrant à mes tâches. Le surlendemain, je descendis à Valz, comme je l'avais prévu. J'y allai à cheval, avec l'intention de donner à Julien sa deuxième leçon d'équitation. Le petit serait heureux de revoir Princesse. Lorsque je sautai de la selle, Yves Macerf était parti et je trouvai l'enfant devant la porte. Il avait entendu le bruit des sabots sur le chemin pierreux. Il manifesta sa joie, mais ne sembla pas surpris. Il avait, me dit-il, été averti de ma venue par une intuition secrète – puis il m'avoua qu'il m'attendait en réalité chaque jour de congé. La prémonition perdait un peu de sa valeur ! J'éclatai de rire et, durant presque deux heures, j'initiai le garçonnet à la pratique du trot, dans un chemin herbeux qui traversait d'immenses champs. Comme lors de sa première leçon, mon élève se montra discipliné et conciliant.

Au retour, nous croisâmes une famille de Nollieux ; tandis que je bavardais avec les parents, je surpris les regards pleins de fierté que Julien lançait aux trois enfants. Ses mimiques me firent sourire. Lorsque nous fûmes de retour à la maison, le petit sortit ses cahiers de son cartable et me les montra. Je m'arrêtai plus longuement sur celui des récitations : chaque poésie était illustrée. Je jugeai ses dessins très réussis et le félicitai. Julien m'avoua que la plupart étaient esquissés par son père et qu'il se contentait de les colorier. Je souriais devant la disproportion entre les sujets représentés : dans la fable de La Fontaine, le corbeau dépassait par exemple la taille du renard. Le fromage, quant à lui, était trop gros pour entrer dans la gueule ouverte du goupil. Ces dessins nous amenèrent à parler d'Yves Macerf. Poussée par je ne sais quelle curiosité, je demandai à l'enfant quel âge avait son père.

— Il a vingt ans, papa.

Je poussai une exclamation de surprise. Puis je dis en riant :

— Vingt ans ? Eh ben dis donc, il est bien jeune, ton papa.

— Papa dit toujours qu'il a vingt ans, alors il a vingt ans !

— Tu ne veux pas me dire son vrai âge ? demandai-je au petit.

Il mit la main devant sa bouche et fronça les sourcils. Puis il haussa les épaules et émit un petit rire.

— J'ai oublié : il dit tout le temps qu'il a vingt ans, alors j'ai oublié son âge.

Je demeurai perplexe quelques secondes, mais Julien paraissait si sincère que je n'insistai pas. Il était fort possible qu'il ne connût pas l'âge de son père. Le hasard de la conversation nous mena ensuite à sa tante Ginette, fraîchement veuve. Après bien des détours, je compris cette fois quel était le lien de parenté entre elle et Macerf. Le défunt époux de Ginette avait une sœur, épouse d'Yves Macerf, que je n'osai une nouvelle fois pas évoquer. Macerf était donc le beau-frère par alliance de Ginette. Christian, marié avec la sœur cadette de Ginette, était par conséquent aussi son beau-frère.

Après avoir démêlé cet embrouillamini familial, je proposai à Julien de l'emmener la prochaine fois au jardin public de Mauron voir les animaux et le fameux crocodile ramené d'Afrique. Il battit des mains. Je lui dis que ce jour-là, nous nous ferions conduire par Christian et que nous reviendrions par le car. Mon employé le préviendrait pour la date. Voyant l'après-midi tirer à sa fin, mes pensées se tournèrent de nouveau entièrement vers Paul et je décidai de laisser Julien à ses devoirs. Son père ne tarderait de toute façon pas à rentrer.

— Tu n'attends pas mon papa, Emma ? s'écria l'enfant.

— Non, mon petit, ce sera pour la prochaine fois. Je dois rentrer, mais donne-lui bien le bonsoir de ma part.

Julien fit une petite grimace, mais il n'insista pas. Nous nous embrassâmes et il m'accompagna au-dehors. Je libérai Princesse, sautai sur la selle et la guidai sur le chemin ; sentant le regard de l'enfant, je lui adressai un dernier sourire, qu'il me rendit. J'éprouvais un léger regret à l'idée de l'avoir déçu en n'attendant pas son père, mais j'avais envie de me retrouver seule, comme cela m'arrivait quand ma pensée était accaparée par Paul. Et parce que j'étais persuadée que mon amant de son côté pensait à moi, je fus habitée par un sentiment de communion tout le long du trajet. J'avais hâte qu'il revienne.

23

Le lendemain, je reçus un télégramme de Paul m'annonçant la mort de son père et son retour la semaine suivante. Le jour dit, je l'attendais sur le perron, pensant le trouver très affecté par ce décès et triste d'avoir dû quitter une mère dans le chagrin. Il m'avoua toutefois être à moitié consolé par la présence de son cadet, resté auprès d'elle. Ce frère habitait Alicante, non loin de la demeure familiale. Je savais que les parents de Paul avaient émigré dans les années 1910. Paul et son frère Juan étaient nés en France. À l'heure de la retraite, les parents étaient retournés en Espagne et Juan les avait suivis. Paul, qui se sentait l'âme française, était quant à lui resté.

Mon amant m'avoua être réconforté par nos retrouvailles et il m'entraîna très vite dans la chambre rose. Je ne me fis pas prier, désireuse moi aussi d'oublier dans ses bras cette douloureuse séparation. Après des étreintes enflammées, dans la pénombre de la chambre, mon amant soupira.

— Et dire que je vais laisser la femme que j'aime pour rentrer retrouver celle que je n'aime pas. Je vais divorcer, Emma, ça ne peut plus durer comme ça. Qu'en penses-tu ?

Prise de court, je me contentai de le regarder.

— N'est-ce pas ce que tu désires, toi aussi ? lança-t-il. Qu'il n'y ait plus Madame entre nous ?

Cette façon de parler de son épouse me ramena aux moments où Paul avait su provoquer ma jalousie. J'avais tant désiré évincer cette femme !

— Oui, c'est que je désire, répliquai-je. Une femme ne peut éternellement voir l'homme qu'elle aime, et qui dit l'aimer, retourner malgré tout vers une autre.

Cependant, j'ajoutai aussitôt :

— Mais comment feras-tu ? Il y a ton fils.

— Mon fils s'y fera ; de toute façon, il n'est jamais avec nous deux. Je suis sûr qu'il t'appréciera beaucoup, Emma.

— Mais il ne pourra pas m'aimer, croyant que je t'enlève à sa mère !

— Comment faire alors, Emma ?

Je ne réfléchis pas longtemps avant d'exposer mon idée.

— Il faudrait un temps de transition ; nous ne pouvons pas vivre ensemble tout de suite. Il faut d'abord que tu divorces, que ton fils s'habitue à votre nouvelle vie, et un peu plus tard, que tu me présentes à lui.

Mon amant médita un instant, les sourcils froncés, la main sur le menton.

— Tu as raison : je dois d'abord louer un appartement. Mais après, Emma... Quitteras-tu ton beau domaine pour vivre avec moi, ou est-ce moi qui viendrai ici ? Le voudrais-tu ? Ne réfléchis pas, réponds spontanément !

Je savais bien que je n'étais plus obligée de quitter le domaine pour vivre avec mon amant, comme cela aurait été le cas du vivant d'Adrien. Et Paul venait de laisser entendre qu'il accepterait de vivre sous mon toit.

— Pourquoi vivrions-nous ailleurs qu'ici ? répondis-je donc.

Mon amant demeura un instant silencieux, songeur, puis il expliqua enfin :

— Parce que ce ne sera pas chez moi, et je crains qu'un jour tu ne me le fasses remarquer. Tu vis ici comme une baronne !... Et accepteras-tu mon fils quand il viendra ?

— Si jamais ce projet devait se réaliser, je ne ferais rien de ce que tu imagines, et j'accepterais Bruno. Je ne suis pas un bourreau d'enfant ! Mais il faudra qu'il m'accepte aussi.

Une fois encore, Paul réfléchit longuement.

— Nous allons faire ce que tu dis, trancha-t-il. Je vais mettre Madame au courant de mon départ et chercher un logement à Mauron. Pendant la période de transition, nous pourrons nous voir souvent, Emma, et nous aurons des nuits à nous.

À mon tour, je demeurai coite, soudain préoccupée par ces perspectives. Même si nous avions déjà abordé le sujet du divorce, je n'avais pas sérieusement songé au fait qu'il impliquerait une vie commune. Cette éventualité me plongeait désormais dans l'inquiétude. Je prenais conscience que notre nouvelle existence serait bien différente de ces jeudis et samedis après-midi où nous ne vivions que d'amour. Je me souvins alors des paroles de Renée : « L'amour est une chose, mais la vie en est une autre. » Je me tournai vers Paul. Il était étendu à côté de moi, les yeux fixés sur les poutres du plafond. Je promenai mon regard sur son menton carré, sa bouche sensuelle, son nez un peu busqué, ses sourcils broussailleux, son front large et son crâne luisant que j'aimais caresser. Ses traits me rappelaient trop un autre temps. Le bonheur avait été si bref avec Thomas – et maintenant qu'un autre s'offrait à moi, je me trouvais emplie de craintes ! Combien de fois avais-je pourtant désiré que Paul reste avec moi, qu'il partage mon repas et ma nuit... Combien de fois avais-je rêvé le voir à mes côtés durant mes escapades dans les bois, aux champs, au jardin et même en ville ! Il désirait à présent vivre à mes côtés, partager ma vie, il souhaitait que nos existences ne fassent qu'une : n'était-ce pas le rêve de toute femme éprise ?

Je me plaquai contre son torse puissant et murmurai à son oreille :

— Oui, mon chéri : en attendant de vivre ensemble, nous pourrons nous voir souvent et ne pas nous quitter de la nuit. Nous irons ainsi vers une vie à nous. Ce sera merveilleux.

Paul se retourna brusquement, me serra à me faire mal et déclara d'une voix enflammée :

— Si tu savais comme je t'aime, Emma. Tu es ma moitié, tu seras ma femme et tu seras heureuse.

En cet instant, une grande confiance m'envahit. Notre amour vaincrait toutes les difficultés, il n'y aurait plus d'orages sur nos têtes, seulement ce grand ciel bleu que nous désirions tant l'un et l'autre.

Ensuite, tout alla très vite. Paul informa son épouse de son désir de divorcer. Elle refusa. Je vis dans ce refus la mise à mort de nos projets. Comment pourrais-je vivre avec un homme marié ?

Paul m'assura cependant que le consentement de son épouse viendrait quand il aurait quitté le domicile conjugal. Il se mit alors en quête d'un logement aux alentours de Mauron. J'oubliai cette première complication, satisfaite de l'imminence de leur séparation. Las, durant toute cette période, cette femme que Paul m'avait poussée à haïr trouva maints prétextes – son fils en particulier – pour amener son mari à changer d'avis. Il me confia ses problèmes, mais je préférais ne pas m'immiscer dans leurs affaires. Je jugeais néanmoins malsain que son épouse pût se servir de leur enfant pour atteindre son but.

Fin juin, Paul dénicha un appartement meublé en ville. Le 9 juillet, jour de mon anniversaire, fut celui qu'il choisit pour intégrer les lieux. Au petit matin, il arriva à La Tranchère avec un cadeau. Le cœur battant, je défis l'emballage et découvris une belle paire de boucles d'oreilles – deux cœurs en or sertis de pierres précieuses.

— C'est pour ton anniversaire, mais surtout pour fêter le début de notre vie ensemble : j'ai bien choisi le jour, Emma ?

Émue, j'opinai. Mon amant voulut accrocher les cœurs à mes oreilles. Je remarquai le tremblement de ses mains et la crispation de ses traits. Je mis cela sur le compte de l'étape difficile qu'il traversait, surtout du fait de la séparation d'avec son fils. Quand il eut accroché les boucles à mes oreilles, je le remerciai d'un doux baiser. Nous allâmes les admirer dans un miroir suspendu au mur du vestibule.

— Tu es si belle, Emma, murmura-t-il contre mon oreille. Ces bijoux sont le symbole de notre amour.

Un flot de bonheur déferla dans mon cœur. Je m'attendais à une journée superbe, et à ce que son angoisse se dissipât auprès de moi. De mon côté, je me préparais à dévoiler notre relation à la bonne Marie, qui avait d'ailleurs vu Paul arriver au domaine. D'un coup, je débordais de projets : aller visiter l'appartement de mon amant, l'embellir, y apporter ma note, ma présence ! Je fis un pas en direction de la cuisine pour dire à Marie de préparer le café et entraînai Paul par la main. Il m'arrêta et je fus alarmée par ses yeux bizarrement affolés.

— Non, Emma, je pars ! m'annonça-t-il.

Je fus surprise au plus haut point : ne m'avait-il pas dit que nous allions fêter l'événement ? Et mes trente-six ans ? Je lui demandai la raison de son départ.

— Il faut que j'aille à mon appartement mettre mes affaires en ordre. Je reviendrai jeudi.

— Pas avant ? Mais nous ne sommes que lundi… et nous pouvons nous voir plus souvent, maintenant ! Tu l'as dit toi-même !

— Oui, je l'ai peut-être dit, mais il faut bien que je m'habitue à mon nouveau logement.

— Mais voyons, Paul, c'est en ce moment que nous avons besoin d'être ensemble. Ne pourrais-tu pas franchir plus facilement cette épreuve en étant avec moi ? Que vas-tu faire là-bas le soir, et quand tu rentreras du travail ?

— J'irai voir mon fils !

Sa voix était si tranchante que je ne pus rien ajouter. Je demeurai là, comme transie, à le regarder. Il me saisit alors par les épaules et appliqua un baiser sur mon front, puis il courut vers la porte. Au moment où il l'ouvrait, Renée surgit, son bébé dans les bras. Il passa en trombe à côté d'eux, comme s'ils n'existaient pas, et bouscula même la jeune mère qui se retint au chambranle tout en soutenant le bébé. Effarée, je m'élançai pour rattraper Yanis.

— Mais que se passe-t-il, mon Dieu ? s'écria Renée. Que lui arrive-t-il ?

On entendit vrombir le moteur de la voiture et crisser les pneus. Je me dirigeai vers le salon où je m'assis, l'enfant sur les genoux. Que répondre, alors que je ne comprenais pas moi-même quelle mouche avait piqué Paul ?

Renée se planta devant moi :

— Emma, ça va ?

Parce qu'elle était ma confidente, je lui racontai les faits et lui montrai les boucles d'oreilles. Comme je restais interdite, mon amie s'exclama :

— Voilà une réaction bizarre, car près de vous, Dercou aurait pu trouver du courage et du soutien.

Mais attendez un peu, ça ira sans doute mieux jeudi. Il avait probablement besoin de rester seul pour ce premier jour. Il reviendra peut-être demain !

— Il est tellement imprévisible, murmurai-je avec tristesse.

— Allez, ça va s'arranger, Emma ! Il n'a pas pris cette décision pour rien ! Il faut lui laisser le temps…

Renée avait le don de me réconforter. Je souris. Mais si je pouvais comprendre l'envie de Paul d'être seul aujourd'hui, je ne m'expliquais pas son attitude. Il ne s'était même pas excusé quand il avait failli renverser Renée et le bébé ! Et il aurait pu simplement m'avertir de son besoin de solitude, sans partir sur les chapeaux de roue ! J'étais sûre que mon amie était de mon avis mais qu'elle minimisait le problème. Pour me distraire de ma déconvenue, elle attira mon attention sur Yanis, qui ouvrait sur moi ses grands yeux bleus.

Les paroles de Paul me revinrent : « Elles sont le symbole de notre amour », et je caressai doucement une boucle d'oreille du bout des doigts. Je poussai un gros soupir. Bah ! Renée avait sans doute raison, il fallait lui laisser du temps. Paul surmonterait les difficultés, reviendrait vers moi. Je le retiendrais et l'aiderais ! Et, dans quelques jours, un bleu semblable à celui des yeux de Yanis s'étendrait au-dessus de nos têtes…

24

Juin 2010

Aujourd'hui, le ciel est tout bleu. Pas un nuage, pas le moindre signe d'orage ! Le beau temps semble s'être installé. L'air entre par la fenêtre ouverte. Il est frais, doux, parfumé. Il faut dire que les fleurs sont maintenant presque toutes écloses... Les oiseaux piaillent à n'en plus finir, ils chantent l'arrivée de l'été. Dans ces sons et ces parfums, on perçoit toute l'exubérance de la nature, la montée de sa sève et sa force. C'est la saison de la plénitude. Pour ma part, en revanche, je sens venir le déclin ; je suis à mon hiver. Mon sang court plus lentement dans mes veines, ma force décroît. La voleuse de vie va venir. Qu'importe, je ne la crains pas. Mais qu'elle me laisse finir ce cahier ! C'est une si belle activité, d'écrire. Ah, comment dire... j'ai l'impression de me retrouver après m'être longtemps cherchée.

En décrivant ainsi mes bonheurs et mes maux, je me sens mieux ; car on se doit de laisser une trace de la douleur autant que du bonheur : l'un n'existe pas sans l'autre. Je sais maintenant qu'écrire sa vie, c'est la vivre deux fois. J'aurais dû commencer avant, bien avant ! Ah, si cette maudite arthrose ne me tordait pas autant les doigts... Ma mémoire, heureusement, ne me fait pas encore défaut. J'ai eu beau refouler par le passé mes souvenirs de cette époque, je les retrouve maintenant avec une netteté incroyable. Je n'ai qu'à lever les yeux sur ce grand bleu… ils affluent.

En ce mois de juillet 1952, le ciel était du même bleu et le soleil implacable. Les blés mûrissaient rapidement, promettant une belle moisson. De tout le mois, point d'orage, pas la plus petite pluie ! Ce n'était toutefois pas la canicule, juste un beau temps sec qui apportait un vent du nord frais comme une eau de source. Quand il passait à travers les rais du soleil et vous tombait dessus, cela vous donnait de l'ardeur, au corps comme au cœur. Mais pour en ressentir les effets, encore fallait-il n'avoir point de soucis, n'éprouver aucune peine ! Ce n'était pas mon cas. Car ma météo intérieure avait changé. Depuis le 9 juillet, jour de mon anniversaire, elle était devenue grise et impitoyable.

Durant trois jours, je restai dans l'attente de Paul. Aussi pénible fût-elle, je gardais l'espoir de voir mon amant revenir dans de meilleures dispositions. Bien sûr, tout au long de ces trois jours, l'inquiétude me donna souvent envie d'aller frapper chez lui : je désirais tant découvrir ce qu'il faisait, comment il allait, comment il franchissait cette étape malaisée, et savoir où nous en étions de notre propre histoire. Mais je ne connaissais pas son adresse ! Je savais juste qu'il logeait à Mauron.

Le jeudi matin, j'allai l'attendre sur le perron. Sur ma figure, je sentis la brise fraîche et j'aperçus le bleu du firmament – mais quelque chose me faisait trembler et rendait mon cœur tout bringuebalant. Était-ce la crainte que Paul ne vînt pas, ou quelque intuition secrète de ce qui allait se produire ? Enfin, j'entendis un ronflement de moteur. La voiture rouge déboucha de l'allée et stoppa comme d'habitude à l'angle de la cour, à deux mètres de moi. Mon amant en descendit. Il était vêtu d'une chemise marron à manches courtes et d'un pantalon beige. Il me sourit. Je dévalai les marches et me jetai contre lui.

— Paul ! Enfin !

— Oui, enfin, répondit-il en me serrant dans ses bras musclés et velus.

— Pourquoi m'as-tu laissée dans une telle impatience ? Pourquoi es-tu parti si vite l'autre jour ? Pourquoi ne pas venir plus souvent, alors que cela t'est désormais possible ?

Paul me repoussa doucement et plongea son regard dans le mien.

— Je ne pouvais pas, Emma ! Il faut que je m'habitue à être seul là-bas...

— Seul ? Quand tu t'apprêtes à recevoir ton fils, soit ! Mais pourquoi ne pas nous voir le reste du temps ? Nous avions décidé que nous nous retrouverions souvent !

Paul fronça les sourcils, puis détourna les yeux. Il paraissait si tourmenté que je lui demandai la raison de son anxiété.

— Mon fils ne viendra pas me voir, je crois : elle l'en empêche, elle dit que le logement ne convient pas pour l'accueillir. Pas assez confortable ! De toute manière, Bruno ne veut pas quitter la maison de Creusot.

— Mais elle n'a pas le droit ! Il faut que tu convainques ton fils de venir chez toi !

— Pas facile...

— Alors, parle-lui à elle, dis-lui qu'elle doit pousser le petit à venir te voir ! Après tout, c'est ton fils aussi !

— Bon, n'en parlons plus, ça s'arrangera avec le temps.

C'est alors que je remarquai ses yeux rougis. Je mis cela sur le compte du manque de sommeil. J'aurais aimé dire à Paul que je voulais l'aider, qu'il avait besoin de moi comme j'avais besoin de lui. Mais quelque chose me retenait. Je l'interrogeai encore :

— Que lui as-tu dit à elle, avant ton départ ? Lui as-tu parlé de moi ?

— Non, pas encore. Mais je compte le faire, car elle ne comprend pas ma décision. Elle se doute que j'ai une liaison, mais je ne tenais pas à le lui révéler à ce moment-là et je lui ai laissé entendre que ce n'était pas le cas. Je suis parti comme ça, sans rien expliquer à Bruno.

— Peut-être vaudrait-il mieux qu'elle sache, murmurai-je.

Tout devenait plus clair dans mon esprit. Cette séparation n'avait pas été préparée et Paul n'était pas armé pour surmonter les difficultés qu'engendrait son départ. Je souhaitais qu'il retrouve du courage et lui proposai mon appui. Mais il m'assura qu'il pourrait se débrouiller tout seul. Déçue, je n'ajoutai plus rien. Mon amant adopta une attitude plus placide et un air plus jovial, puis il m'entraîna dans la chambre rose. Un peu plus tard, nous décidâmes de passer ensemble la nuit à venir – notre première nuit.

À 22 heures, je me rendis sur le perron. La brise ne s'était pas couchée ; elle me soufflait son haleine fraîche au visage. Sur l'écran de la nuit, les hautes silhouettes des arbres remuaient doucement. Je voyais leur friselis et j'écoutais le doux froissement de leurs feuillages auquel se mêlaient les battements de mon cœur. Je frissonnais et tirai mon châle sur mes épaules. Je tendis alors mieux l'oreille et perçus le clapotis à peine perceptible de la fontaine, un pépiement d'oiseau et, plus près, le bruissement de la charmille. Ces sons rendaient le silence plus profond.

La lune s'arrondissait, les astres scintillaient. Je me trouvais sous une nuée d'étoiles dont le scintillement me subjuguait. Sur la gauche, il y avait l'astre polaire, que ma mère appelait Polaris. Je lui demandai d'être ma bonne étoile. Qui pouvait dire qu'elle ne m'entendait pas ?... À cet instant, je discernai le moteur de l'auto.

Marie allait le percevoir elle aussi, mais qu'importe ! La voiture dérapa sur le gravier et le klaxon retentit. Pourquoi Paul ne s'y prenait-il pas plus doucement ? Je descendis les marches du perron, il sortit de l'auto. Il titubait. Dès que je fus devant lui, dans la lumière lunaire, je remarquai sa mine étrange mais n'y prêtai toutefois pas une grande attention.

— Tu m'attendais, mon Emma ? demanda-t-il tout fort.

— Oui, je guettais ton arrivée, mais chut ! Parle plus bas !

Je l'entraînai par la main, vite, vite, pour notre première nuit ! J'étais si heureuse, malgré une pointe d'appréhension... Mais soudain, Paul me lâcha et me pria de l'attendre. Étonnée, je le vis rouvrir la portière de l'auto. Il en tira une bouteille. Je chuchotai :

— Qu'est-ce que c'est, chéri ?

— Un petit réconfortant.

Son haleine sucrée parvint à ce moment-là jusqu'à mes narines. Il sentait l'alcool.

— Tu as bu ?

— Mais non, mon amour !

Nous ne pouvions pas rester là. Je repris donc la main de Paul et l'entraînai vers le perron. Il trébucha sur la première marche de l'escalier. Je le tirai en avant. Je supposai qu'il avait commencé à boire seul, pour fêter notre première nuit. J'eus bien du mal à le guider dans la maison sans faire de bruit. Une fois dans la chambre, lorsqu'à la lumière de la lampe je vis ses yeux rougis, je n'eus plus aucun doute.

— Tu as bu pour fêter notre première nuit ensemble ?

Mon amant se laissa choir sur le lit et me fixa de ses yeux riboulants, un peu fous.

— Je bois pour oublier que je t'aime, Emma Fournel !

Les mots ricochèrent dans ma tête. Je ne comprenais pas.

— Quoi ?

— Je bois chaque soir pour t'oublier, pour oublier que je t'aime.

J'en restai coite, touchée en plein cœur. Je ruminais : ainsi, Paul déplorait de m'aimer ! Pourtant, à peine quelques jours plus tôt, ne disait-il pas qu'il s'agissait là d'un sentiment merveilleux ? Ne disait-il pas que notre amour était ce qu'il y avait de plus beau au monde ?

Nous nous considérions sans rien dire. Mon amant avait un sourire contraint. Il ajouta :

— Tu es si belle, Emma. Même avec la gnôle, je n'arrive pas à t'oublier.

Je ne savais quoi répondre. Paul s'affala de tout son long sur le lit, puis s'exclama :

— On est bien dans ton lit, madame la baronne : ce n'est pas pareil sur mon canapé.

— Sur ton canapé ? Tu n'as pas de lit ? demandai-je, interloquée.

— Si, j'ai un lit, mais je couche assis sur le canapé ! Je me punis. Je m'interdis d'être bien. Je ne vais pas être heureux alors que mon fils est bouleversé par mon départ !

J'eus du mal à admettre l'ineptie de son propos et je m'écriai :

— Te punir ? Mais qu'est-ce que tu racontes ? Ce n'est pas parce que tu dors assis sur un canapé que ton fils sera plus heureux ! Au lieu de boire, Paul, parle-lui, et parle à ta femme. Faites donc les choses comme il faut ! Tu bois pour m'oublier, dis-tu ? Que fais-tu ici, alors ? N'est-ce pas plutôt parce que tu n'as pas le courage de surmonter les difficultés ? Ce n'est pas l'alcool qui va les arranger, mais ta femme et toi ! L'alcool ne résout pas les problèmes. Et puis tu sais qu'en faisant ça, tu nous punis tous les deux ?

— Tais-toi, Emma, ne t'occupe pas de ça !

Prise de colère, je ripostai :

— Si, je m'en occupe ! Je suis là, moi aussi ! Je ne compte donc pas ? Je peux t'aider, Paul... Avec moi, tu surmonteras plus facilement les épreuves.

Mon amant s'effondra et se mit à pleurer comme un enfant. Mon amour l'emporta sur ma rage et je me jetai contre lui, lui susurrant des paroles réconfortantes et lui prodiguant des caresses. Il se calma.

— Je t'aime tant, Emma, je t'aime comme un fou.

Il s'excusa et promit que cela ne se reproduirait plus : il laisserait l'alcool et affronterait ces épreuves, pour moi et pour nous. Je le conduisis à la salle d'eau où il aspergea son visage à l'eau froide. Les effets de l'alcool se dissipaient un peu et l'alchimie sensuelle nous emporta une fois de plus dans un oubli capiteux.

À 1 heure du matin, nous prîmes enfin la décision de dormir. Au bout d'un instant, j'entendis le rythme régulier de sa respiration et je crus qu'il avait sombré dans le sommeil. Pour ma part, je n'y parvenais pas. J'étais trop perturbée par ces événements inattendus et par ces paroles. Je repensai aux raisons qui poussaient Paul à boire. Ah ! Sa faiblesse inspirait bien des craintes. Je sentais que j'allais me retourner longuement dans le lit. J'avais des picotements dans les membres, ma peau me démangeait. Je craignais de réveiller mon amant si je me levais, mais je n'y tenais plus. Avec mille précautions, je quittai le lit. Je marchai sur la pointe des pieds pour éviter que le plancher ne craque, puis tournai doucement la poignée de la porte afin qu'elle ne grince pas. Je descendis à la cuisine en me grattant les bras. Là, je bus un grand verre d'eau. Comme j'avais mal à l'estomac, je sortis du placard la tourte de pain et un fromage. Je m'installai à table. Tout en mangeant, je méditais sur mes dernières conjectures. Si Paul ne faisait pas preuve de plus de courage et de fermeté, où cela allait-il nous mener ? Je cherchais un moyen de contrer ce mauvais pressentiment.

J'en étais à ce point de mes réflexions quand j'entendis un froissement derrière moi. Je me retournai brusquement. Paul était là, à demi nu, le reste de ses vêtements sur l'avant-bras. Il me regardait d'un sale œil.

— Tu n'étais pas bien près de moi, Emma ?

— Je n'arrive pas à dormir, mais je vais remonter.

— Prends tout ton temps, jeta-t-il d'une voix aigre en enfilant ses habits.

— Que fais-tu ? demandai-je, en proie à une vive inquiétude.

Il ne répondit pas, chaussa ses souliers. Puis il me jeta un dernier regard ironique et s'avança dans le hall. Je ne bougeai pas, comme si l'on m'avait clouée à ma chaise. L'horloge sonna quatre coups. La porte claqua. Des larmes roulaient sur mes joues.

Le lendemain, je me creusai la cervelle afin de comprendre la raison du départ de Paul. S'était-il imaginé que je ne voulais pas dormir à ses côtés ? Était-ce autre chose ? Je me posai cent questions, en pure perte. À compter de cette nuit fatidique, la confusion gagna mon esprit. Mon équilibre déjà fragile se démantela un peu plus et la tristesse ne me quitta plus. Durant quatre jours, je restai sans nouvelles : Paul ne se montrait pas. Pensant qu'il ne reviendrait plus, je sombrai dans l'accablement. Mais, un matin, je reçus un télégramme m'avertissant de sa visite le samedi suivant. Il terminait par quelques mots d'amour qui me réconfortèrent et me firent même entrevoir la fin de cette funeste période.

Soulagée, ivre de joie à la pensée de revoir mon amant, je recouvrai un peu de clairvoyance et une idée me vint pour sauver notre navire : il fallait que nous passions une deuxième nuit ensemble – et qu'elle se passe bien. Elle devait en outre avoir pour cadre l'appartement de Paul. Ainsi, il s'y sentirait moins seul ! J'irais par la suite plus souvent et il pourrait enfin affronter les obstacles. Le jour dit, nous nous retrouvâmes et nous aimâmes. Je tentai ensuite de discuter de la situation mais Paul demeurait évasif et fermé et je n'insistai pas : je devinais son agacement croissant. Je pus toutefois lui soumettre mon idée et il accepta. Après le déjeuner, il se rendit à un rendez-vous d'affaires et revint me chercher en fin d'après-midi.

Parce que je montais pour la première fois dans sa voiture, je manifestai ma joie durant tout le début du trajet, et parce qu'il avait une main sur le volant et l'autre sur mon genou, j'avais confiance en mon idée, persuadée que la nuit à venir allait cette fois nous unir pour de bon. Le silence se fit : pas besoin de mots, la pression de ses doigts sur les miens me parlait d'amour. J'avais les yeux fixés sur la route mais ne la voyais qu'en filigrane au milieu du flot de mes pensées.

En ville, mon attention fut happée par les voitures, les vitrines, les façades, par les passants pressés, les fontaines sur les places, le vieux clocher de la cathédrale, la tour à mâchicoulis connue de tous les Mauronnais, ainsi que par les vestiges et les arcades de cette cité d'origine médiévale. Paul gara l'auto dans une rue étroite de la haute ville. Elle était pavée et bordée de logis séculaires qui, pour certains, avaient accueilli des personnalités, et dans lesquels on entre par de grands porches ou de vieilles portes ornées de mascarons. Derrière un lourd vantail en chêne, un escalier à vis grimpait jusqu'à l'appartement de Paul, situé au deuxième étage. Sur le palier, une haute fenêtre donnait sur une cour intérieure étroite mais fleurie.

La porte de Paul ouvrait sur un couloir desservant des pièces uniquement sur son côté droit. Le mur de gauche, côté cour, était quant à lui muni de trois hautes fenêtres. La lumière traversait ainsi le couloir avant de couler dans les pièces. Ces dernières étaient au nombre de quatre : une cuisinette, une salle à manger, deux chambres – plus une petite salle d'eau. Le mobilier était vieillot mais complet, avec des lits et des armoires dans les chambres, un haut buffet et une immense table dans la salle à manger, plus un canapé appuyé à la cloison, à moitié dissimulé sous une couverture chiffonnée – à ma grande consternation, Paul y couchait donc encore. La cuisine comprenait un vaisselier, un évier en émail, une table et des chaises, un fourneau et une gazinière. J'estimai qu'après une bonne réfection, cet appartement serait des plus convenables pour accueillir Paul et son fils. D'autant plus qu'il ne s'agirait que d'un logement transitoire.

Je déclarai à mon amant que le lieu me plaisait. Il haussa les épaules, l'air blasé. Je le considérai plus attentivement. Il avait les traits tirés et des poches sous les yeux. Le matin même, cela ne m'avait pas frappée. Hélas, la situation ne semblait guère évoluer dans le bon sens. Les paroles qui suivirent confirmèrent ma pensée.

— C'est de plus en plus dur ! Pour les vacances, elle est partie à Clermont avec Bruno ; ça me fait une longue trotte pour aller le voir !

— Tu ne t'y es pas opposé ? l'admonestai-je.

— Comment faire ? Bruno est content d'aller chez ses grands-parents...

— Pour deux mois ?

— Mais oui !

— Comment vas-tu te débrouiller pour le voir, alors ?

— Je ferai la route, pardi ! Mais c'est usant !

Je compris aussitôt que nous ne pourrions nous voir aussi fréquemment que je l'avais envisagé et une grande déception m'envahit. Agacée, je m'écriai :

— Mais pourquoi ne te montres-tu pas plus ferme ? Tu n'as qu'à dire à ta femme qu'ils viennent de temps en temps te voir à Mauron.

— Mon fils est en vacances, il n'a pas à se fatiguer avec des allers-retours !

— Mais s'il a envie de te voir, il sera tout heureux ! Ce n'est pas fatigant, un trajet en car une fois par semaine ; d'ailleurs, les enfants adorent ça !

— Ne parlons plus de ça, Emma, tu ne comprends rien !

Vexée et énervée, je me tus. Mon insistance ne servirait qu'à réveiller sa hargne. J'eus tout à coup envie de partir. Je demeurai indécise, car j'étais également tenaillée par le désir de rester auprès de mon homme. J'avais trop compté sur cette nuit à deux ! Quand Paul déposa sur la table le sac contenant les victuailles pour notre dîner, ma rancœur s'atténua et je tâchai une nouvelle fois de me convaincre qu'après ces deux mois difficiles, tout rentrerait enfin dans l'ordre. Paul déballa le sac. Devant la tourte de pain, le saucisson et le fromage qui devaient constituer notre repas, ma déception refit surface mais je rongeai mon frein et aidai Paul à préparer nos sandwichs. Un grand silence s'installa entre nous, jusqu'au moment où il passa près de moi pour porter notre pitance à la salle à manger.

— Allons, madame la baronne de La Tranchère, nous agrémenterons le tout d'un bon vin !

Je haussai les épaules et le suivis. Il tira de dessous la table une tablette que je n'avais pas remarquée et y posa les sandwichs. Puis il me désigna le canapé. Sans mot dire, je repoussai la couverture sur le côté et m'assis. Paul alla à la cuisine chercher une bouteille de vin et deux verres puis il revint prendre place à mes côtés. Comme je ne desserrais toujours pas les dents, il avoua :

— Je n'ai pas eu le temps de préparer un repas, mon Emma ; je me suis arrêté en vitesse chez l'épicier.

Jugeant ma déception mal venue, je lui souris et lui confiai mon bonheur de manger ici avec lui. Nous échangeâmes un long baiser, puis il versa à boire et nous trinquâmes. Un peu libérée de mes angoisses, je mordis à belles dents dans le pain et commençai à lui parler de la décoration pour l'appartement, mais il me coupa en disant que ces travaux n'étaient pas nécessaires pour une location si brève. Je me tus. De grands silences commencèrent à planer. Pour les rompre, nous parlions de choses insignifiantes : les bruits de la rue qui nous parvenaient très assourdis, l'âge des maisons, la beauté du site. Paul buvait de grandes rasades de vin. Je craignais que l'alcool ne lui montât à la tête mais il se contenta de rire.

Je finis par lui demander :

— Tu as des draps pour mettre dans le lit ?

— Pourquoi, tu n'es pas bien sur cette banquette, Emma ? rétorqua-t-il.

— On y est bien assis, mais pour dormir, rien ne vaut un lit, répliquai-je, inquiète, pressentant qu'il comptait coucher dans le canapé.

— On verra, mon Emma, ma petite baronne adorée.

Je n'appréciais pas son ton railleur ni le mot « baronne ». Je lui lançai un regard implorant et murmurai :

— Paul, pourquoi réagis-tu ainsi ? Penses-tu à nous, quelquefois ?

— Pour qui crois-tu que j'ai fait tout ça ? Pour qui crois-tu que je me sois mis dans cette galère ? Je dors dans ce divan, je ne mange pas – ou mal –, je fais de la route chaque jour !

— C'est comme ça parce que tu le veux bien : personne ne t'interdit de dormir dans un lit ou de dîner convenablement ; tu peux même venir manger à La Tranchère, et tu ne serais pas obligé de faire tant de voyages si ta femme ne s'était pas enfuie deux mois à Clermont.

— Je t'ai dit de ne pas te mêler de ce qu'elle fait ! Laisse Madame tranquille !

Mon ancienne jalousie remonta à la surface et mon ressentiment s'amplifia. Je criai :

— Eh bien, si tout ce qu'elle fait est si formidable, ne te plains pas et surmonte tout cela sans que ça rejaillisse sur nous ! Tu sais, Paul, je ne comprends pas que tu t'éloignes de moi.

— Oui, je sais que tu ne comprends pas, répondit-il en vidant la bouteille dans son verre.

— Tu crois que l'alcool va t'aider ? Nous allons au naufrage si tu continues comme ça ! Je ne voulais plus souffrir, Paul, et je souffre de tout cela.

— Il n'y a pas que toi !

— Tu disais que tu ne serais heureux que lorsque nous serions ensemble, que tu ne l'étais pas avant ! Il faudrait savoir...

Comme d'habitude, il resta silencieux. Il se leva et sortit une deuxième bouteille du meuble. La fameuse gnôle. Dépitée, je songeai derechef à partir. Je mis mon amant en garde : s'il avait l'intention de boire, je préférais rentrer. Il reposa doucement la bouteille, s'approcha et m'attira contre lui.

— Tu ne voulais pas que nous passions une nuit ensemble ici ? Alors, nous allons la passer, mon amour, maintenant !

Pressentant ce qui allait arriver et le fait qu'il boirait ensuite, je tentai de m'écarter mais il me retint fermement, puis il prit mon visage entre ses mains et l'embrassa. Dans un souffle, il enchaîna :

— Calme-toi, ma chérie, tu sais bien que, de toute façon, on va s'aimer, là, dans ce divan ; on ne peut pas s'en empêcher ! Tu vois, l'effet se produit déjà : dès qu'on se frôle, on a envie l'un de l'autre.

Son souffle était court, je sentais la dureté de son désir contre ma hanche. Mais, pour la première fois, je résistai.

— Il n'y a donc que ça qui compte pour toi ! m'écriai-je.

— Mais toi aussi, mon Emma, tu aimes ça ! Et c'est vrai que sur ce plan, nous nous entendons à merveille.

Il continuait à me prodiguer ses caresses, à chuchoter des mots doux et pleins de promesses. De nouveau, j'avais l'esprit confus. Je me laissais griser, emporter par sa flamme, par sa bouche que j'aimais tant, ses mains, son corps. De part et d'autre de la pièce nos habits volèrent et le divan fut témoin de notre désir effréné, de notre plaisir, de ce fol envol vers le pinacle de l'amour. J'étais sous le joug de ce pouvoir étrange, cette emprise à la fois si toxique et si divine. Et quand il n'en resta que les vapeurs, que nous revînmes à nous dans cet appartement minuscule, face aux réalités de l'existence, Paul se versa bien entendu une bonne rasade d'eau-de-vie. On aurait dit qu'il voulait oublier aussi l'endroit merveilleux où nous étions montés quelques instants plus tôt.

D'heure en heure, mon désappointement n'allait pas cesser de grandir. Je priais Paul d'arrêter de boire, j'essayais de lui enlever la bouteille – en vain. Il devenait presque menaçant et je renonçai. La gnôle coulait dans sa gorge aussi facilement que le vin. J'étais sidérée qu'il pût absorber cet alcool fort en si grandes quantités. Et quand il cessa enfin, l'ivresse avait produit ses effets. Il bafouilla :

— Emma, je vais rentrer à Creusot.

Je crus avoir mal entendu. Creusot était le nom du lieu-dit où il résidait auparavant avec sa femme, dans la banlieue de Mauron.

— Quoi ? Que dis-tu ? m'écriai-je.

— Je vais rentrer à Creusot, Emma, mon Emma, mon amour.

« Tu m'appelles mon amour et tu me dis que tu vas rentrer chez toi ! Où sont tes belles promesses, tous nos projets ? » : ces mots couraient dans ma tête, mais j'étais incapable de les prononcer. J'avais une boule dans la gorge. L'appartement était maintenant noyé par la nuit. Seule une petite lueur entrait par la fenêtre située en face de nous, de l'autre côté du couloir. J'aurais au moins pu prononcer ce « pourquoi ? » qui résonnait dans mon esprit. Mais à quoi bon ? Sans doute avais-je déjà la réponse. J'attendis, les yeux grands ouverts sur la fenêtre, le cœur serré, la gorge sèche, les larmes au bord des cils. Paul avala un autre verre de gnôle, puis murmura :

— Dors, mon Emma.

— Ici ?

— Oui, ici : dors à côté de moi, je te veux à côté de moi.

Quelle dérision, pensai-je. Au bout d'un moment, je compris à sa respiration que mon amant s'était assoupi. J'attendis encore de longues minutes, immobile, allongée sur le bord du divan, les muscles tendus pour ne pas basculer. Une petite voix me soufflait : « Que fais-tu là ? Va au moins dans le lit ! Que fais-tu là avec cet homme qui a accepté de passer cette nuit avec toi et qui met fin à tous vos projets parce qu'il n'arrive pas à surmonter sa faiblesse ? Où est donc son amour ? »

Je fus happée par l'envie de partir qui m'avait taraudée toute la soirée. Je glissai lentement hors du canapé, puis cherchai mes habits à tâtons dans l'obscurité. Je les enfilai sans faire de bruit et marchai à pas feutrés vers la porte. Je tournai lentement la poignée et dévalai le sombre escalier.

L'épaisse porte en chêne grinça sur ses gonds et je me retrouvai dans la venelle à peine éclairée par un lampadaire planté à quelques mètres de là. Je longeais les murs, regardant tantôt devant moi, tantôt vers les vieilles façades qui, du haut de leurs clefs d'arc et de leurs mascarons, me jetaient des sourires grotesques. Malgré la douceur de l'air, je frissonnais. J'atteignis un carrefour et hésitai, soudain perdue dans ce dédale de rues pavées au milieu duquel mes pas résonnaient étrangement. La logique me dicta d'emprunter la rue la plus pentue, qui me mènerait en bas de la ville près de la grande avenue des taxis. Mais en trouverais-je un à cette heure avancée ? Je descendis à petites enjambées, perdue dans mes pensées. Parvenue sur la place de la mairie, je respirai à grands coups. J'adoptai une allure plus vive, comme dictée par une injonction mystérieuse. Je courus jusqu'à l'avenue et, par chance, trouvai un taxi qui nous emporta moi et mon cœur meurtri.

Je dormais depuis peu quand, dans la matinée, Marie vint frapper à la porte de ma chambre pour m'annoncer la venue de Paul Dercou. Je dis à la cuisinière de le faire monter et ne pris pas la peine de m'arranger pour le recevoir. Il entra et vint s'asseoir sur mon lit. Longuement, il me regarda avant de dire :

— Tu ne m'aides pas beaucoup, Emma.

— Si, je voulais t'aider, Paul, je ne voulais même que ça, mais je vois bien que cela ne sert à rien.

— Pourquoi es-tu partie au milieu de la nuit ?

— Pourquoi serais-je restée avec un homme soûl qui me dit qu'il met fin à nos projets ? Tu m'as annoncé que tu retournais vers elle…

— C'est pour mon fils, Emma, pas pour elle : c'est toi, la femme que j'aime !

Je le considérai à mon tour : il avait les yeux injectés de sang, la peau bouffie, le teint vicié par l'alcool. Il poursuivit :

— Je retourne à Creusot pour mon fils, mais je t'en prie, Emma, donne-moi une deuxième chance ! Je ferai les choses comme il faut, la prochaine fois. Je t'en prie, ne me laisse pas ! Je parlerai à Bruno, je lui expliquerai la situation, je ne referai pas la même erreur. Fais-moi confiance, Emma, laisse-moi cette seconde chance : dans quelques mois, je partirai pour de bon, pour débuter notre vie à deux ! Et puis il y a une chose que je ne t'ai pas dite : Emma, elle sait pour nous, je lui ai dit que j'aimais une autre femme.

La nouvelle me laissa interdite. Mais il me restait assez de lucidité pour rétorquer :

— Elle le sait et elle veut quand même que tu reviennes ?

— Oui.

— Cela paraît incompréhensible ! répliquai-je. Et depuis quand est-elle au courant ?

— Je le lui ai dit quelques jours après mon départ. Je lui ai avoué que je t'aimais, et même que je l'avais trompée une autre fois avant toi.

Ce deuxième aveu me laissa sous le choc. Je ne savais pas que Paul avait eu d'autres relations extraconjugales.

— Quoi ? Tu as eu d'autres maîtresses avant moi ?

— Rien qui ait compté, Emma ! Des aventures sans lendemain. Je n'ai aimé qu'une seule femme : toi ! Mon mariage est un échec, comme l'a été le tien. J'ai couru le guilledou à la recherche du même ciel bleu que toi… mais mon ciel, je l'ai trouvé : c'est toi, Emma ! Reste que cette tentative de séparation avec ma femme est un fiasco. Donne-moi une deuxième chance…

Je passai l'éponge sur son dernier aveu, mais objectai :

— Es-tu bien sûr de toi ? Les difficultés seront les mêmes que celles que tu as vécues jusqu'ici : elle te mettra toujours des bâtons dans les roues. Sauras-tu l'éviter, cette fois ?

— Oui, je saurai, Emma, je saurai ! Fixe-moi un ultimatum !

Ses yeux s'embuèrent et il m'attira contre lui en me serrant de toutes ses forces. Il éclata en sanglots. Même embrouillé, mon esprit travaillait à vive allure. N'avais-je pas moi-même admis que cette rupture n'avait pas été préparée comme elle l'aurait dû ? Et ne devais-je pas faire confiance à Paul ? Il paraissait si sincère, si bouleversé ! Il avait d'ailleurs parlé à son épouse, il lui avait avoué son amour pour une autre. N'était-ce pas une preuve de ses sentiments – et le gage d'une réussite prochaine de nos projets ? Il retournait vers sa femme, certes, mais certainement pour son fils, et pour préparer convenablement cette séparation. Un jeune enfant était au centre de l'affaire ! Pouvais-je faire autrement que de lui laisser cette seconde chance ? Je ne concevais pas de ne plus le revoir… À cette simple idée, un étau me serrait la poitrine et le cœur. Mais un ultimatum ? Comment pouvais-je savoir de quel délai Paul aurait besoin ? Je posai ma main sur sa tête et lui caressai le crâne. Puis, je murmurai :

— D'accord, Paul, je t'accorde cette deuxième chance. Je voyais bien que rien n'avait été convenablement préparé. Mais je t'en prie, fais bien les choses, cette fois… Je ne sais pas combien de temps il te faut, mais ne tarde pas trop ! En attendant, voyons-nous comme avant. C'est dur, Paul, si dur… Mais je préfère encore cela à ne plus te voir du tout.

Il sanglotait. Mes larmes coulaient. Blotti contre ma poitrine, mon amant bredouilla :

— J'ai eu Madame au téléphone. Ils rentrent demain.

Une pointe m'entra dans le cœur. Je m'appliquai à affermir ma voix avant de répondre :

— D'accord, Paul.

Il se redressa doucement et essuya ses yeux. Puis il porta la main vers mon lobe gauche, toucha la boucle d'oreille du bout des doigts.

— Emma, on va les enlever. Je te les remettrai dans quelque temps, pour que tu les gardes toujours.

La pointe s'enfonça un peu plus dans mon cœur. J'acquiesçai silencieusement. Il décrocha les deux cœurs en or et me fit lever du lit. Puis il m'entraîna vers la coiffeuse, où était placée ma boîte à bijoux.

— On les met là, et… avant six mois, oui, avant six mois, je les raccrocherai à tes oreilles ! Avant six mois, tu entends ?

Je hochai simplement la tête. Il avait donc posé l'ultimatum : six mois ! Les deux cœurs furent enfermés dans la boîte avec mon alliance et le portrait de moi que Roger Brunel avait retrouvé dans les affaires de Thomas. Paul saisit la photo, la retourna et lut les mots que Thomas y avait tracés. Il reposa doucement le portrait à côté des boucles, puis me jeta un long regard que je ne pus déchiffrer. Il me montra ensuite le tableau, mon portrait, que j'avais fait exécuter pour Thomas.

— Tu me le donnes, Emma ?

Décontenancée par sa demande, j'hésitais à répondre.

— Il était à Thomas, je ne sais pas… il aimait tant ce portrait !

— Moi aussi, il me plaît. Tu voulais le donner à celui que tu aimais : Bertin n'est plus là, n'est-ce donc pas moi que tu aimes désormais ?

J'approuvai de la tête, timidement.

— En attendant de le mettre dans notre chambre, puis-je l'emporter, mon Emma ?

— Oui, soufflai-je sans grande conviction.

Paul m'attira de nouveau contre lui et m'embrassa. Il adorait ces longs baisers fougueux. Avant de passer la porte, il décrocha le tableau et le glissa sous son bras. Puis il me jeta un « À bientôt » et je restai là, debout, les yeux sur la tache blanche que le tableau avait laissée sur le mur – avec l'impression qu'elle abîmait la mémoire de Thomas.

25

J'étais tantôt assaillie par le ressentiment, tantôt par une tendresse illimitée et un fol espoir – mais même ces sentiments n'allaient jamais sans souffrance. La douleur était permanente : elle pesait sur mon cœur, mon corps, mon âme. Et la confusion se faisait telle dans mon esprit qu'à l'instant même où je retranscris ces épisodes, elle semble renaître. Je suis pressée d'en finir avec ces souvenirs et je ne sais par où commencer.

Il y eut donc cet « à bientôt » à l'époque de la moisson. Puis Paul revint me voir et nos rencontres reprirent comme avant. Il était redevenu le Paul Dercou du début de notre histoire, l'homme qui m'avait séduite avec ses manières charmantes et son beau sourire. J'aurais dû m'en réjouir, comme d'apprendre qu'il ne buvait plus. Mais j'éprouvais du dépit. Dépit de ne pas lui avoir vu la même trempe au moment où nous voulions lier nos vies, dépit qu'il ait espéré trouver l'oubli dans la boisson. « Je bois pour t'oublier, oublier que je t'aime ! » : ses mots me hantaient toujours. C'était tellement aberrant. J'aurais trouvé plus logique qu'il boive pour oublier son retour au bercail… J'étais écœurée qu'il ait désiré m'oublier au lieu de rassembler ses forces et de surmonter les difficultés pour m'aimer. Sa faiblesse était-elle donc si grande ?

Cette fois cependant, il semblait si décidé à réussir ! Je ne pouvais condamner ce retour au domicile conjugal, qui préparait le meilleur des recommencements pour nous deux. Je mis donc mon ressentiment de côté et lui accordai ma confiance.

Durant ce mois de juillet, trop bouleversée et trop souvent accaparée par l'attente de Paul, j'avais sacrifié ma visite au petit Julien. Un matin, lors d'une chevauchée, je poussai toutefois jusqu'à Valz pour proposer au gamin une escapade prochaine à Mauron. Il était alors en vacances et nous décidâmes que la sortie aurait lieu le vendredi suivant. Je restai avec l'enfant une bonne partie de la matinée avant de retourner aux champs que les ouvriers commençaient à moissonner.

Cette année-là, la fraîcheur de l'air avait retardé le mûrissement des céréales. Mais, dans la dernière semaine de juillet, la température avait subitement grimpé et Gerfaut ou Christian, l'un et l'autre très scrupuleux, allaient régulièrement contrôler la croissance du blé. Trop mûrs, les épis auraient en effet risqué de s'égrainer pendant la récolte. Les ouvriers avaient déjà procédé à l'équipement de la moissonneuse et à sa révision générale. Pour la première fois, l'engin était attelé au tracteur et j'étais curieuse de voir le spectacle. J'envisageais d'investir l'année suivante dans une moissonneuse-lieuse, une machine que Paul m'avait longuement vantée, ainsi que dans un râteau faneur, qui révolutionnait alors le monde agricole.

Je me consacrai à la confection des gerbes durant les jours qui me séparaient de ma rencontre avec Paul, prévue la veille de ma promenade à Mauron avec Julien. Ce matin-là, mon amant arriva très agité et m'annonça qu'il devrait me quitter en fin de matinée : il ne pouvait échapper à un rendez-vous professionnel fixé par son patron dans l'après-midi. Il proposa alors qu'on se revoie le lendemain, jour où il était libre. Je lui fis alors part de la promesse que j'avais faite à Julien.

— Si tu préfères voir ce gamin plutôt que moi ! s'exclama-t-il aussi sec.

— Allons, Paul, tu sais bien que je suis navrée de ne pas te voir ! Mais je ne peux plus repousser : Julien m'attend demain ! Ce qui me console, c'est qu'on sera vite samedi.

— En attendant, tu auras aussi vu le père !

— Oh, Paul ! Tu ne vas pas recommencer…

Mes espoirs vacillaient et le ton de mon amoureux ne présageait de bon. Effectivement, il persifla :

— À moins que tu aimes les vieux ? Mais, après tout, j'en ai rien à foutre de ce type !

— Les vieux ? lâchai-je un peu abasourdie.

— Mais oui, ce type est déjà un vieux, Emma !

Après un instant d'hésitation, je rétorquai :

— Je ne sais pas quel âge a le père de Julien, mais il ne me semble pas aussi vieux que tu le dis !

— Que tu crois, Emma…

Puis, très vite, Paul ajouta :

— À samedi, alors !

— Mais je croyais que tu restais avec moi pour manger ?

— Plus envie !

Dépitée, je m'accrochai à son torse et le suppliai.

— Paul, mon Paul, et si tu revenais après ton rendez-vous ?

Il eut un temps d'hésitation, puis un sourire narquois se dessina sur son visage et il annonça :

— Je ne pourrai pas : j'emmène Madame chez le tisserand ; nous devons commander un matelas, le nôtre est abîmé et on y est trop mal !

Je me remémorai alors les mots qu'il avait prononcés la veille de son retour à Creusot : « Je rentre, mais nous ne ferons plus lit commun. » Sur le qui-vive, je murmurai :

— Votre matelas ? Mais je croyais que tu ne dormais plus avec elle ? Que c'était seulement pour ton fils que tu retournais là-bas !

— Elle ne veut pas que nous fassions lit à part, elle me veut à ses côtés.

Mes doigts lâchèrent le pan de sa chemise. Je me redressai lentement.

— Tu ne me l'avais pas dit...

— Pour que tu ne sois pas jalouse. Tu sais bien, Emma, que nous sommes pareils, toi et moi !

Malgré la confusion qui régnait dans mon esprit, j'avais encore assez d'intelligence pour comprendre son insinuation : Paul me donnait toutes les raisons de croire qu'il avait toujours des rapports charnels avec son épouse. Il voulait susciter ma jalousie, il y était parvenu, mais je venais aussi d'avoir une révélation : ce que je ressentais découlait de ses manœuvres malsaines ; il me prenait décidément pour une gourde. Ma colère éclata.

— J'ai donc toutes les raisons d'être jalouse, c'est ça que tu veux dire ? Je crois que je vais te dire adieu, Paul ! Reste avec ta femme et oublie-moi ! C'est d'ailleurs ce que tu voulais, toi aussi, il y a quelques jours...

— Adieu ? Tu sais bien qu'on ne peut pas, mon Emma !

— Si, moi, je le peux ! mentis-je. Si la situation est bien telle que tu l'insinues, il vaut mieux qu'on se sépare. Si tu ne sais pas choisir, je le ferai à ta place !

Paul fit une grimace et j'eus l'impression qu'il regrettait d'être allé trop loin. Il essaya de m'attirer contre lui, mais je m'y opposai. Il reprit :

— Elle tient à ce que nous continuions à faire chambre commune pour notre fils. Il n'y a d'ailleurs pas d'autre chambre à part celle de Bruno. Mais il n'y a plus rien entre elle et moi. Il n'y a que toi, Emma.

Je plongeai mon regard au fond du sien, cherchant une preuve de sa sincérité, mais je ne savais plus que croire. Je penchais toutefois pour une manœuvre destinée à faire naître ma jalousie après que la sienne eut refait surface. Mon espoir de faire route vers le bonheur venait une fois encore d'être bien ébranlé. Je poussai un gros soupir de lassitude. Oui, j'étais lasse de tout et navrée de ne pas réussir à sortir Paul de ma vie. Il me serra contre lui et je n'offris aucune résistance. Était-ce pour ne pas envenimer la situation ? Pour ne pas voir surgir ces orages dont je ne voulais plus ? Je crois avoir eu, à cet instant, la prémonition de tourmentes à venir, et je lançai d'une voix suppliante :

— Je t'ai déjà dit que je ne voulais plus souffrir...

Mon amant passa un doigt sous mon menton pour me faire relever la tête et il me regarda au fond des yeux.

— Tu ne souffriras pas, mon Emma : tu verras que bientôt, nous serons heureux.

Il m'embrassa et, une nouvelle fois, j'abdiquai. Mais quand il fut parti, le poids qui comprimait ma poitrine ne s'allégea pas. Je ne savais plus où j'en étais.

Le lendemain matin, quand je descendis à Valz, ce sentiment d'oppression ne m'avait toujours pas lâchée. Même la présence de Julien et les doux moments que nous passâmes dans le jardin public de Mauron ne réussirent pas à le dissiper. Quelle belle journée ce fut pourtant ! Nous rentrâmes par le car du soir et, sur la demande implorante de l'enfant, j'attendis cette fois l'arrivée de son père.

Quand il revint, Julien et moi étions assis dans l'herbe rase de la cour. Il se posa à nos côtés et son fils lui raconta notre journée. Son récit nous fit bien rire. À son insu, j'observais Yves Macerf. Je me rappelais les propos de Paul, mais ni les rides ni les cheveux presque blancs ne m'aidèrent à estimer l'âge de l'homme qui riait assis près de moi. Je brûlais de lui demander quand il était né. Pour ce faire, j'aurais pu évoquer les propos de Julien, et ces vingt ans dont il ne démordait pas, mais je ne pus me résoudre à poser la question.

À un moment, je songeai aussi à aller écouter ses disques, mais le temps nous manqua, et parce que je n'étais pas d'humeur propice, je ne m'attardai pas. Le père et le fils me raccompagnèrent une bonne partie du chemin. Avant de me dire au revoir, Yves Macerf me demanda s'il pourrait participer au battage avec son fils, tout curieux qu'ils étaient de voir fonctionner la machine. J'acceptai bien évidemment et les invitai même au repas. La joie de Julien me réjouit. Marie et Renée seraient elles aussi heureuses de le voir !

En chemin, mes pensées se tournèrent vers Paul et ce qui s'était passé la veille. J'étais certaine qu'il usait de ces tactiques parce qu'il souffrait de sa jalousie, et je ressentis de la compassion. Mais pourquoi ne pouvait-il s'empêcher de me faire du mal ? À moins que les relations avec son épouse fussent bien celles qu'il avait sous-entendues ! Mais alors, pourquoi s'imposer cet ultimatum ? L'étau se resserra dans ma poitrine.

Le samedi, je fus réveillée par un rai de lumière qui filtrait à travers les persiennes. À cette époque de l'année, l'astre illuminait la chambre. Tout cet éclat rose me mit dans de meilleures dispositions et mes espoirs se ranimèrent à la pensée de la journée à venir. Une heure plus tard, j'entendis le ronflement de l'auto et le crissement des pneus, puis le tintement de la sonnette. Affairée à préparer le café, je criai à Paul d'entrer. Après un moment de silence, je me retournai et le vis, appuyé contre le chambranle de la porte de la cuisine. Il me fixait avec un regard étrange. Je lui souris. Comme il continuait à me dévisager, je lançai :

— Pourquoi me regardes-tu comme ça, mon Paul ?

— Tu es si belle, Emma !

— On boit le café ? proposai-je.

Il ne bougea pas. Je commençais à m'inquiéter.

— Tu es encore plus belle quand tu ris, Emma – comme hier au soir avec Macerf !

La surprise fut de taille, mais je crus que Paul plaisantait, qu'il jouait encore une fois avec le feu.

— Ah ? Tu m'as vue rire hier soir ? m'étonnai-je, railleuse.

— Oui ! Je t'ai vue, Emma. Tu riais, tout près de lui ! Vous écoutiez le gosse et vous riiez tous les deux, tout près l'un de l'autre, dans sa cour ! Tu voulais me dire adieu l'autre jour ? Je crois que tu as tes raisons, désormais : tu veux t'en aller avec ce type !

— Tu racontes n'importe quoi ! répliquai-je, comprenant qu'il m'avait bel et bien épiée.

— Tu voulais me dire adieu, hein ? Va donc chercher la montre que je t'ai offerte, le sac aussi, les vêtements, le parfum ! Tout, Emma, tout !

— Mais que comptes-tu faire ?

— Tu verras bien. File chercher les cadeaux, je te dis !

Connaissant son entêtement, je savais qu'il ne servirait à rien que je me rebiffe. Et puis j'étais lasse de ses emportements stupides. Je haussai donc les épaules et allai chercher ses présents. Mais j'étais loin de me douter de ses intentions... Aussi restai-je ahurie lorsque je le vis jeter la montre par terre et l'écraser sous sa chaussure. Il sortit ensuite un couteau d'un tiroir et lacéra le sac qu'il m'avait offert en décembre. Je le regardais toujours, sidérée. Quand il eut jeté au sol le sac en lambeaux, ce fut au tour du beau foulard en soie d'être tailladé, à la bouteille de parfum d'être brisée. Lorsqu'il eut fini, il cracha :

— C'est moi qui te dis adieu, Emma : je préfère souffrir de ne plus te voir plutôt que d'être jaloux. Je retourne vers Madame. Au moins, à ses côtés, je suis tranquille : elle ne court pas après les autres hommes et elle ne me trompera pas, car elle m'aime, elle !

Comme j'avais le tempérament assez vif et que la rage était montée, je criai :

— Eh bien, tant mieux ! De toute façon, je ne pourrais pas vivre avec un type comme toi !

Je n'eus pas le temps d'esquiver sa main. Sa gifle me fit chavirer la tête et je vis aussitôt mille points blancs. Je demeurai à moitié étourdie le temps qu'ils se dissipent, puis m'élançai vers Paul, bourrant de coups de poing ses épaules et sa poitrine. Il m'immobilisa en me saisissant les bras. Je hurlai :

— Va-t'en, tu es fou !

Comme je tentais de me libérer, il serra mes bras avec une force telle que je poussai des cris de douleur. Il me lâcha alors et me considéra d'un air hébété. Puis, il se précipita à la cuisine et en revint avec un linge mouillé à l'aide duquel il frotta mes bras avant de le passer sur ma joue brûlante. Tout en s'exécutant, il balbutiait :

— Tu vois ce que tu m'as fait faire, Emma ? Tu vois où nous en sommes ? J'aurais pu te tuer !

Les larmes coulaient sur mes joue, je reniflais. Soudain, je vis mon amant tourner les yeux vers le couloir. Je pivotai moi aussi et aperçus Marie. Elle nous regardait tour à tour, ainsi que les cadeaux saccagés qui gisaient au sol. Paul lança alors le linge humide sur le tas et se rua vers la sortie. La porte claqua. J'étais anéantie. Marie s'approcha de moi et me tendit les bras.

26

Cette rupture si extravagante me laissa sous le choc. Je ne pus rien faire d'autre que de quêter un peu de réconfort entre les bras qu'on me tendait. La cuisinière m'expliqua qu'elle n'avait pas pris son congé ce jour-là, trop accablée par ses rhumatismes ; alarmée par les éclats de voix, elle était sortie de sa chambre et avait assisté à la scène.

Après m'avoir tenue un moment contre son giron, elle m'entraîna à la cuisine où elle me prépara une décoction de menthe. Je tâchais de retrouver une contenance. J'avais honte d'exposer ainsi mon chagrin et je tentais de refouler mes larmes. Quand j'eus avalé la tisane, la cuisinière s'assit face à moi.

— Ma pauvre petite, commença-t-elle, croyez-vous que cet homme mérite une seule de vos larmes ? Vous devriez le sortir de votre vie et de votre tête ; avec lui, vous ne feriez que tomber de Charybde en Scylla.

Ses paroles me dessillaient les yeux. Mais si j'avais pleinement conscience que Paul et moi vivions un amour destructeur, je savais aussi la souffrance que j'allais endurer en ne le voyant plus et en renonçant aux délices vers lesquelles nous emportait une force irrésistible. J'espérais même qu'elle nous ramènerait l'un vers l'autre. Mon amant reviendrait, nous nous aimerions, encore, toujours... Mais ah, je délirais ! Paul ne m'avait-il pas dit adieu ? Il fallait me rendre à l'évidence et me résigner à endurer cette souffrance qui me blessait déjà comme un couteau.

Je ne pouvais demeurer auprès de Marie ; je ne tenais pas à ce qu'elle fût témoin de mon tumulte, de mes larmes, de mes plaintes. Je la rassurai donc sur mon état et m'enfuis dans le parc. Longtemps je marchai, respirant l'air chaud qui n'eut hélas aucun effet apaisant. Au lieu de commencer à combattre ma douleur, je préférais songer aux instants merveilleux que nous avions vécus ; je fermai même les yeux pour mieux m'envelopper du souvenir de nos étreintes. Nous nous aimions avec une telle fougue ! Les sentiments de Paul semblaient aussi forts que les miens. Mais j'entendais aussi son adieu, je le revoyais détruire les cadeaux qu'il m'avait offerts. L'émotion qui m'assaillait était si forte que je vacillai.

Je ne sais quel sentiment, mon déchirement ou ma rancune, me poussa à me coucher sur la mousse, où je gémis longtemps. Cette épreuve me ramenait deux ans en arrière ; les visages de Thomas et de Paul s'imposaient tour à tour devant mes yeux fermés. Mon ancienne souffrance s'ajoutait à celle d'aujourd'hui. S'y joignait le fardeau de l'injustice : pourquoi la destinée m'infligeait-elle de telles tortures ? Pourquoi s'acharnait-elle en m'offrant ainsi l'amour pour mieux me le retirer ? Après ce nouveau coup du sort, songeai-je, ma peine ne s'éteindrait jamais, je la porterais jusqu'à mon dernier souffle.

J'étais un être brisé qui avait perdu sa conscience et je ne voyais plus aucune raison de vivre. Car, sans amour, l'existence ne mérite pas d'être vécue. Ainsi ruminais-je quand un rai de soleil se coula à travers la trouée et tomba sur moi. D'un coup, les piaillements des oiseaux résonnèrent en d'incessants conciliabules, le souffle de la brise fit frémir les feuillages. J'ouvris les yeux, regardai, écoutai, respirai. Dans toute sa splendeur, le parc m'apparut alors comme une possible raison de vivre. N'avais-je pas puisé en lui les forces dont j'avais eu besoin pour avancer dans la vie ? Que me restait-il, sinon l'amour pour ce domaine ? Je me dressai sur la mousse et contemplai le ciel si bleu. Tout cet azur et ce halo de lumière dans lequel je baignais produisirent sur moi le plus bénéfique des effets. J'eus un brusque élan de volonté : je pouvais surmonter mon malheur, je l'avais déjà fait deux ans plus tôt.

Le lendemain, ma rancune envers Paul Dercou me laissa résignée à cet adieu. Durant la nuit, en revanche, je n'avais pas su faire taire ma douleur. Elle prenait tout mon être, l'entraînait dans des tremblements que je ne pouvais refréner ; elle se reflétait sur mon visage. Quand Renée arriva (elle avait repris son office), elle ne fut point dupe et me questionna. N'ayant pas de secrets pour elle, je lui fis part de l'adieu de Dercou et de ce qui s'était passé. De toute façon, je la soupçonnais d'avoir été prévenue par la cuisinière. Devinant que ma colère allégerait ma peine, Renée me parla cette fois sans ambages.

— Vous avez eu affaire à un être immature et irresponsable. Quand je pense que sa jalousie l'a conduit à vous accuser d'avoir un deuxième amant, c'est ahurissant. Vous qui aviez un tel attachement pour lui… Au fond, il savait bien qu'il s'inventait ces histoires ! Les insinuations au sujet de sa femme sont tout aussi odieuses. En réalité, il suffisait d'une petite contrariété pour le rendre fou : j'ai assisté à l'un de ses départs subits, souvenez-vous ! Vous m'avez certes souvent parlé de votre fougue réciproque ; mais sans cela, Emma, que restait-il ? Vous étiez dans un dialogue de sourds, il ne répondait ni à vos questions ni à vos attentes. Je crois que vous espérez autre chose de l'amour – un ciel bleu, m'avez-vous dit. Vous l'a-t-il apporté, ainsi qu'il l'avait promis ? Non, vous n'avez connu que tempêtes ! On dirait que pour lui, c'est un jeu de vous faire sans cesse balancer entre l'espoir et l'accablement. Et briser ainsi les choses qu'il vous a offertes, sans raison, est-ce le comportement d'une personne normale ? L'amour ne se limite pas aux réjouissances du corps, Emma.

Tout ce que disait Renée me semblait si évident, si juste ! Et pourtant, je trouvais encore des raisons de croire qu'elle se trompait peut-être.

— Pourquoi cet ultimatum, alors ? questionnai-je.

— M. Dercou croyait sans doute qu'il arriverait à surmonter ses problèmes ! Il l'a cru aussi la fois précédente. Mais vous voyez bien que sa promesse était vaine ! Et ses beuveries, à quoi servent-elles ? À oublier cette faiblesse dont il ne se rend peut-être même pas compte, mais qui est bel et bien là !

Je poussai un long soupir. Subitement, je repensai aux boucles d'oreilles : Paul ne les avait pas détruites !

— Sans doute les a-t-il oubliées, tout comme vous, jugea Renée. Mais d'après ce que je sais du personnage, Emma, il n'est pas dit qu'il ne revienne pas ! Dans ce cas, rappelez-vous que c'est un être faible, malgré ses grands airs, un caractériel, un enfant capricieux. Pensez à vous ! Je ne vois sur votre visage que l'ombre qu'y mettent toutes ces tempêtes, vos déceptions continuelles, et cet adieu.

— Tu penses donc qu'il ne m'aime pas, qu'il s'est moqué de moi ?

Mon amie marqua une pause. Elle se lassait de mon obstination.

— C'est dur à admettre, Emma, mais sans doute vous aime-t-il à sa façon… Je pense surtout qu'il s'aime lui !

Je me recroquevillai dans la bergère. À côté, nous avions placé le berceau du petit Yanis qui dormait comme un ange. La douleur m'étreignait le cœur et le ventre.

— Mais moi, Renée, je peux à peine concevoir de ne plus le voir : c'est bien de l'amour, tout de même !

— Bien sûr que vous vous êtes attachée à M. Dercou, mais n'avez-vous pas mis vos espoirs en lui pour prolonger le chemin heureux que vous aviez entamé avec M. Bertin ? Or, entre aimer et placer ses espoirs en quelqu'un, il y a une grande différence, Emma. L'attirance physique vous fait croire à l'amour, mais je ne vois entre vous aucun lien affectif, un ingrédient pourtant indispensable dans une relation.

Cette conversation me plongea dans une profonde méditation. Comme ma lucidité tardait à revenir, enfouie sous le poids de mon chagrin ! Je tâchai d'énumérer tout ce qui avait contribué à ce naufrage. Je me remémorai les lubies de Paul, souvent suivies par son brusque départ, ses bouderies, ses silences. J'avais beau le prier d'être plus raisonnable, il n'écoutait que ses impulsions, se moquait bien de mes suppliques. Au bout de plusieurs jours d'attente, il revenait comme si de rien n'était, calmé, charmant, épris. Et parce qu'il se plaignait que je ne lui fisse point sentir à quel point j'étais heureuse de son retour, je m'engluais dans une culpabilité qui n'avait pas lieu d'être. Ces attitudes contradictoires, souvent immatures, me déstabilisaient au plus haut point. Même après nos réconciliations et nos étreintes enfiévrées, ma vie me semblait sans saveur et dépourvue de sens. C'était une page cornée par mes retours incessants entre angoisse et espoir.

Je pris conscience que je m'étais accrochée à Paul Dercou comme à une bouée de sauvetage après la mort de Thomas. Mais, hélas, la bouée était percée ! J'avais aimé Paul sans déceler les failles que ma lucidité me laissait voir maintenant, sans voir son vrai visage, si bien caché sous le masque qu'il avait porté durant les premiers mois de notre histoire.

Ces réflexions me redonnaient certes de la force, mais la souffrance m'accablait toujours. D'où venait-elle, en réalité ? De l'adieu ? N'était-ce pas surtout une blessure de ma sensibilité, elle qui s'était laissé prendre au piège de mes faiblesses et de mon inclination ? Ne souffrais-je pas surtout d'une forme d'humiliation, pour n'avoir pas davantage fait preuve de discernement ?

27

Le battage s'effectua la veille du 15 août. Quand la moisson était terminée avant cette date, on disait qu'elle était allée bon train. La veille, comme de coutume, les ouvriers avaient placé la batteuse sur l'aire devant la grange, et le matin, dès l'aube, ils avaient préparé les gerbiers. Les javelles étaient si nombreuses qu'on avait employé tous nos fermiers. Ils arrivèrent au lever du soleil, ainsi que les Macerf. L'enfant tenait tant à voir le démarrage de la batteuse qu'il n'avait pas rechigné à se lever avant le jour. Pour ma part, je n'avais pas eu de mal à sortir du lit, m'étant réveillée en sursaut toutes les heures. Cinq jours avaient passé et mon chagrin n'avait pas encore perdu de son intensité. Je me réjouissais toutefois de cette journée de battage où se combinaient labeur et festivités, de la présence de Julien et de celle du petit Yanis. Renée, qui avait participé aux préparatifs, avait en effet passé la nuit au domaine avec son bébé. Après le coucher du petit, dont j'avais bien profité, nous avions passé la veillée avec Marie, comme jadis. Les deux femmes s'étaient liguées pour déloger Dercou de mes pensées et me faire changer d'humeur.

Même si nous ne l'évoquâmes guère, la vieille cuisinière, qui était à l'aise avec moi, fit souvent allusion à Paul, lançant contre lui quelques-unes de ses locutions. Elle n'y alla pas de main morte ! Après tant d'années, je me souviens encore de cette veillée. Nous étions toutes trois occupées à préparer le repas du lendemain. Marie était assise à la table, face à moi, et elle épluchait des pommes de terre. L'air de rien, mais concentrée sur ses phrases, elle avait tout d'abord jeté : « La caque sent toujours le hareng », pour indiquer que Dercou avait sans doute gardé quelque chose de sa basse extraction. Peu après, elle nous avait recommandé de nous méfier de ces irascibles qui ont « la tête trop près du bonnet ». Me voyant de nouveau assombrie et perdue dans mes songes, elle remarqua que mon amant m'avait fait « tourner en bourrique » et qu'il était inévitable que cette histoire « finisse en eau de boudin ». Selon Marie, Paul ne trouverait pas son « chemin de Damas » et ne se repentirait pas. « Après la pluie, vient le beau temps », conclut-elle triomphalement : si je pleurais aujourd'hui, je rirais demain ! La cuisinière avait atteint son but : toutes ces locutions avaient fini par me faire sourire. Renée avait pour sa part approuvé chacune de ces phrases, et je progressais vers la lucidité. C'est pourquoi, durant la nuit, je me réveillai souvent et méditai.

Au matin, dès leur arrivée, j'accompagnai Julien et son père à la batteuse, autour de laquelle les hommes s'étaient rassemblés. Après un brin de conversation, chacun prit son poste et Christian demanda à l'enfant de se ranger à son côté pour assister à la mise en route de la machine. Le premier employé actionnait l'engin. Je me tins moi aussi tout près : j'avais beau avoir déjà assisté à ce spectacle, j'étais aussi ravie que le gamin ! Christian accéléra le moteur et embraya la grande poulie. La courroie se mit à chuinter, la batteuse commença à trembler et à cracher un grand nuage de poussière. Julien poussa un cri de joie au moment où retentit la sirène. Du haut d'un tas, deux hommes lancèrent des gerbes sur le tablier où avait grimpé Yves Macerf. À ses côtés, Gerfaut présentait les gerbes tandis qu'un autre coupait les ficelles. Je regardais mon locataire et mon vacher saisir les premières javelles.

Christian poussa la manette des gaz afin de caler le moteur au meilleur régime, puis il leva son chapeau pour donner le départ. Le père de Julien, à qui l'on avait confié le rôle d'engreneur, approcha la javelle de la bouche du batteur qui l'avala avec un grognement de satisfaction. La manœuvre commençait.

Le garçonnet applaudit et cria :

— Vas-y, p'pa !

Je levai les yeux sur Macerf. Il était vêtu d'un pantalon de toile beige assez large et d'une chemise à carreaux bleus et blancs dont il avait retroussé les manches sur ses bras musclés couverts de poils dorés. Contrairement aux autres hommes, il ne portait pas le traditionnel chapeau de feutre ; son épaisse tignasse devait suffisamment le protéger du soleil. Nos regards se croisèrent. Il m'adressa un sourire que je lui retournai, puis il reporta son attention sur son travail.

Je restai sur place, espérant recevoir les premiers grains de la récolte, comme deux ans plus tôt. Avec deux des fermiers, mon vacher Benoît était préposé à l'ensachage. Une bonne partie des hommes s'étaient groupés au pied de la batteuse afin d'accueillir les grains, mais, me voyant patienter, ils s'écartèrent. Émue, je les regardai tour à tour.

Ils étaient tous là, ouvriers et fermiers. Il ne manquait que le père Martin, qu'on n'avait plus revu au domaine depuis les sinistres événements. On racontait que les Martin étaient maintenant moins à craindre, qu'ils avaient abandonné leurs mauvaises manières. Reste qu'on ne les voyait plus à La Renaudie, ni à la messe du dimanche, ni aux grandes foires. Et même si on l'apercevait parfois dans les bois, le patriarche n'avait pas repris son permis de chasse. Après le décès d'Adrien, j'avais visité mes fermiers en compagnie de

Gerfaut, y compris pour la perception des loyers, et je n'avais pas évité les Martin. J'avais alors eu la certitude qu'ils ignoraient tout de la conspiration entre leur fils et mon mari. J'ai même songé que, s'ils avaient connu la vérité, ils l'auraient dévoilée afin de réhabiliter Régis.

Parce que les hommes m'avait laissé cet honneur, je tendis la main sous la goulotte et reçus les grains. Après les avoir reniflés, j'en croquai quelques-uns. Le souvenir du sentiment de renaissance que j'avais éprouvé deux ans plus tôt me ramena à Dercou et à ma souffrance présente. Depuis l'arrivée de Julien, j'avais cependant réussi à ne plus penser à ma peine : je pouvais donc me distraire de mon chagrin.

— C'est du beau grain, ça ! lançai-je tout de go.

Les hommes éclatèrent de rire et ceux qui m'entouraient allèrent croquer le blé mûri à point. Quand ils eurent avalé les grains, on eût juré qu'ils avaient reçu une promesse de vie. Julien nous imita, puis répéta mes paroles. Quel moment fort ! Il porta ensuite une poignée de grains à son père. Yves Macerf se pencha pour la saisir. Harangué par son voisin qui voulait qu'il enfourne sa javelle dans la gueule de la machine, il porta rapidement le blé à sa bouche et fit mine de s'étouffer pour amuser son fils. Je m'esclaffai. Mais comme la batteuse n'en finissait pas de tousser, tous les hommes se mirent sérieusement au travail. L'enfant fut embauché comme commis pour la matinée ; sachant que je passerais l'après-midi en sa compagnie, je filai rejoindre Marie et Renée à la cuisine.

Sur le chemin herbeux qui relie les bâtiments à la demeure, je ne pus m'empêcher de repenser à Paul. Ce fut comme si une main s'enfonçait dans ma poitrine et me broyait le cœur. Et il y avait cette chose, dans mon ventre, latente, prête à le labourer !

J'inspirai un grand bol d'air et regardai autour de moi. À cette heure, la rosée s'était évaporée et, dans sa lente ascension au-dessus des collines, le soleil baignait le paysage. Je m'efforçai une fois encore de renouer avec les pensées qui m'avaient fait tant de bien dans le parc. Je humais l'air à pleins poumons et scrutais le tableau qui me faisait face. On distinguait l'enclos et la demeure, dont les murs clairs et le toit rouge détonnaient dans la verdure. Cette vision fut souveraine. Ici étaient mes ressources, morales et physiques, et l'origine des sensations qui m'avaient permis de vivre. Dans ces formes, ces couleurs, ces arômes qui n'avaient cessé de faire mon émerveillement et ma joie. Ah, ces odeurs, je les avais toutes humées ! De la plus délicate à la plus corrompue ! Certains matins, fatiguée de ma chevauchée, je me couchais d'ailleurs à même l'herbe ou la mousse pour m'enivrer de senteurs en observant la course des nuages.

Dès que j'eus traversé la charmille, d'autres arômes firent frémir mes narines. C'étaient ceux des mets de Marie, que la brise transportait depuis les fenêtres ouvertes. Je pressai le pas. Le tableau que j'aperçus ajouta à ma liesse. Il aurait pu être peint par Renoir. Qu'on imagine la grande cuisine emplie de vapeur et de soleil. Ce qui frappe d'abord le regard, ce sont les deux femmes en tablier, debout dans ce voile opalescent. L'une devant la grande cheminée, l'autre devant l'immense table de chêne – et dans l'angle, un berceau tout habillé de soie blanche. Puis, contre le mur du fond, côté fenêtre, un buffet rustique festonné et garni de vaisselle en porcelaine. À droite, la cheminée avec ses chenets et sa grande crémaillère, son manteau orné d'une étroite bande de toile qui empêche la fumée de se répandre ; dessus, divers ustensiles : bougeoirs, boîtes, bocaux. À gauche, un grand fourneau qui ronronne sous les marmites fumantes, et au-dessus, contre le mur, la série de casseroles aux culs rutilants. Au plafond sont fixées des barres de bois d'où pendent saucisses, saucissons, boudins, épis de maïs… Ici des claies, là une étagère où sont rangés les miches de pain, des fruits, des noix, des châtaignes…

Ce tableau était animé par le choc des ustensiles et les gestes des deux femmes. Des fumets exquis s'exhalaient des terrines et des charcuteries, des poules en train de bouillir avec leurs aromates, des légumes tout frais cueillis et de toutes ces merveilles culinaires qui faisaient saliver. Ce tableau et ces parfums eurent sur moi les mêmes effets que le parc – comme un alcool doux qui vous emporte un moment loin des tourments. Je prêtai la main pour couper les terrines, épicer les sauces et porter les couverts sur la grande table que Renée avait déjà dressée dans la cour, sous des nappes blanches. Travail et discussions meublèrent les minutes. Puis, avant l'heure du festin, je donnai le biberon au bébé, changeai ses couches et le promenai dans la cour.

À midi et demi, la batteuse se tut et les ouvriers se rassemblèrent autour de la table. Je rendis le bébé à sa mère, qui alla le coucher. Tout le monde prit place, et le hasard fit qu'Yves Macerf se retrouva juste à ma gauche. J'invitai Julien à s'asseoir à ma droite. Renée et Marie apportèrent le chariot chargé du vin et des entrées. Je ne vais pas m'étendre sur ce festin digne de ceux d'antan. À la table coula non seulement le vin, mais la joie et les rires. Car après plusieurs belles rasades, les galéjades allèrent bon train ! Je ne pourrais cependant taire le plaisir d'avoir eu Julien à mes côtés. Je l'aimais comme le fils que je n'avais pas eu. De ce moment, je garde un autre doux souvenir : à la fin du repas, le bras d'Yves Macerf frôla le mien. Je ramenai prestement ma main vers mon assiette. Le père de Julien se pencha alors vers moi et murmura :

— Et moi, et moi !

Du fait du brouhaha de notre joyeuse assemblée, je distinguai mal ses mots et lui demandai de répéter. J'entendis une nouvelle fois : « Et moi, et moi… »

Je regardai Macerf au fond des yeux et m'exclamai en riant :

— Et vous, et vous ?

— Non, ce n'est pas ça !

Surprise, je lui avouai ne pas avoir compris ses premières paroles. Mais il répéta obstinément les mêmes mots. Presque gênée de ma niaiserie, je demeurai songeuse quelques secondes, mais quand je me décidai à lui demander une explication, il s'était tourné vers son voisin de table et bavardait avec lui. Je me consacrai donc à Julien. À la fin du repas, lorsque les hommes s'apprêtèrent à retourner au travail, je hélai toutefois Macerf et le priai de m'éclairer.

— Je vous le dirai peut-être un jour, souffla-t-il.

Il m'enveloppa de son regard bleu et s'éloigna en souriant. Ce mystère me poursuivit une bonne partie de l'après-midi, mais en présence de l'enfant, occupée avec lui et avec Princesse, je finis par ne plus y songer.

Le soir venu, lorsque tout le monde fut parti et qu'il ne resta que le souvenir de ce jour si beau, ma douleur réapparut comme un boomerang. Je réfléchissais néanmoins à l'énigme d'Yves Macerf. Je passai en revue les homonymes, mais pourquoi donc aurait-il par exemple murmuré « Émoi, émoi » ? J'en conclus que j'avais mal entendu.

La nuit qui suivit m'emporta dans d'horribles songes : je voyais venir vers moi une grosse poule bouillie, comme celle que nous avions mangée. J'y vis le symbole de ma douleur. Durant des nuits, cette image me hanta. Je faisais un rêve récurrent : chaque nuit, je croquais un morceau de la poule. Elle rapetissait donc, et je me demandai si cette image reflétait la réalité. Ma douleur aurait-elle disparu quand il ne resterait que la carcasse de la volaille ?

Un matin de la fin août, Marie et moi entendîmes un bruit de moteur dans la cour. Nous nous consultâmes du regard et fîmes un pas dans le vestibule afin de jeter un œil par la porte ouverte. Mon cœur battait la chamade et mes membres tremblaient. Je crois bien que j'espérais cette venue... Nous aperçûmes la voiture rouge et Paul qui en descendait. Je mis les mains devant ma figure, poussai un petit cri ; ce geste alarma Marie, qui chuchota :

— Qu'est-ce qu'il veut encore, celui-là ? Renvoyez-le, ma petite !

Je détournai les yeux, prévoyant déjà que je n'y parviendrais pas. Appréhendant sans doute ma faiblesse, la cuisinière répéta ses paroles avant de s'engouffrer dans la cuisine. J'attendis en déglutissant par deux fois, bouleversée. Paul apparut sur le seuil et stoppa en m'apercevant. Nos regards s'aimantèrent. Ce que je découvris dans ses yeux abolit d'un coup mes beaux raisonnements et ma souffrance. Il me semblait que nous nous étions vus la veille. Je ne sais combien de temps s'écoula avant qu'il ne s'approche, doucement. À un mètre de moi, il s'arrêta de nouveau et glissa :

— Me revoilà, Emma.

Je fis un effort pour lui cacher mon émoi. Je désirais me montrer inébranlable et lui demandai d'une voix rêche :

— Que veux-tu ?

— Je veux te voir, t'aimer, mon Emma.

— M'aimer ? Ne m'as-tu pas dit adieu ?

Dercou fronça les sourcils et lissa sa couronne de cheveux. Je le trouvais beau dans la lumière. Son crâne luisait et ses yeux aussi, comme ceux d'un loup. Sa bouche appelait la mienne, ses pommettes saillaient sur ses mâchoires un peu crispées. L'encolure de sa chemise marron était ouverte sur son torse couvert de poils noirs. Sa poitrine se soulevait, il avait le souffle court. Il parla.

— Je ne peux pas te dire adieu car je t'aime trop, Emma. Je ne peux pas me passer de toi : dès que je me réveille, tu habites ma pensée, le jour, le soir, la nuit dans mes rêves... Tu me hantes.

Presque réjouie par sa souffrance, forte de ses regrets et de son amour, je m'écriai, hautaine :

— Mais ne m'as-tu pas dit que tu aimais mieux être avec ta femme ? Qu'avec elle, tu étais bien tranquille ? Que tu préfères ne plus me voir plutôt que d'être jaloux ? Sans raison d'ailleurs !

— Ah ! Emma, que dis-tu ? Tu sais bien que je ne peux pas me passer de toi, que nous ne pouvons d'ailleurs pas nous passer l'un de l'autre, que notre amour est plus fort que tout !

Il se rapprocha. Tout ce que mon discernement m'avait dicté s'effaça, mes résolutions s'effondrèrent et une douce émotion m'envahit. Je me jetai contre lui. Et tout recommença !

28

Cette nuit, l'orage m'a réveillée et je n'ai pu me rendormir à cause de la douleur dans mes doigts. Je me suis mise à écrire. Les pages de ce cahier se remplissent doucement. Je suis assise à ma table. De temps en temps, je regarde par la fenêtre pour voir où en est le temps. Le soleil a fait son apparition, mais elle a été brève. De gros nuages s'unissent de nouveau et tendent dans le ciel une toile violine, épaisse. Un dernier rayon la transperce et irise les crêtes des arbres. L'effet est saisissant. Un nouvel orage s'annonce. J'entends déjà le tonnerre qui gronde au loin.

Tout recommença, en effet ! Il avait suffi de quelques mots pour que je retombe dans les bras de Dercou, pour que reviennent bourrasques et ciels bleus. Et pour me retrouver bientôt dans la même eau trouble, les mêmes interrogations, les mêmes tremblements et tourments que Marie et Renée devinaient sans mal. Durant cinq mois encore, combien de fois mon amant démarra sur les chapeaux de roue, combien de fois il arriva sans prévenir, combien de fois je lui fermai la porte au nez et combien de fois je lui rouvris les bras ! Nous nous déchirions, mais l'envoûtement nous ramenait toujours l'un vers l'autre, nous tenait prisonniers.

Des éléments nouveaux s'ajoutèrent à ce train infernal. Paul déserta notamment le lit conjugal pour coucher dans un réduit ; il dévoila aussi mon identité à son épouse. Comment vérifier ses dires ? Et puis, ces faits soudaient nos desseins, nous n'avions pas d'autre issue ! J'attendais, résignée, éprouvée, tantôt pleine de confiance et tantôt d'incrédulité. Puis, un beau matin d'octobre 1952, je reçus une missive de Mme Dercou : « Vous comprendrez que cette situation ne peut plus durer. Prenez les affaires de mon époux et gardez-le avec vous. Je vous souhaite bien du bonheur. »

Ces mots confirmaient les paroles de Paul, mais je dus relire le message pour m'assurer que sa femme ne voulait vraiment plus de lui. J'attendis ensuite qu'il vînt pour lui montrer le télégramme et lui demander une explication.

— Après mon retour chez moi, en août dernier, raconta-t-il, ma femme pensait que j'étais revenu pour elle. Nous nous sommes bien entendus pendant quelque temps, mais ensuite, je n'ai plus pu… C'est là qu'elle a voulu que nous fassions lit à part. Elle me reprochait d'être revenu uniquement pour Bruno.

Avec amertume, je le soupçonnais de me mentir peut-être sur d'autres points, mais, curieuse d'en savoir plus, je me tus. Il poursuivit.

— Très vite, la guerre a fait rage entre nous, ce que je ne voulais pas. Et maintenant, elle tient à ce que je m'en aille. Mais pas question d'apporter mes affaires chez toi : je vais chercher une autre location.

— Mais pourquoi veut-elle que tes affaires soient ici ?

Il ne répondit pas. J'ajoutai :

— Tu peux bien apporter des choses, Paul.

— Non, il faut que je trouve un logement et qu'on fasse comme on avait dit !

— Est-ce que tu as parlé à Bruno, cette fois ? m'enquis-je.

Pas de réponse là non plus ! Au cours des cinq derniers mois, il avait déjà éludé la question, et je ressentis de nouveau une forte inquiétude. Ce manque de communication entre nous me paraissait une lacune de plus en plus étrange et profonde. Je fis part des doutes que je nourrissais quant à ce second départ. Mon amant s'emporta.

— Tu ne vas pas recommencer, Emma, je t'ai déjà dit que ça se passerait autrement, cette fois !

Je me refrénai mais l'appréhension ne me quittait pas. Je décelais en outre sur son visage la même expression inquiétante que quelques mois plus tôt, et dans son comportement un changement proche de celui qu'il m'avait déjà infligé. Je poussai un soupir. Il me serra contre lui, murmura :

— Je vais chercher ce logement très vite. Tu verras, mon Emma, tout se passera bien ! Je rêve d'être tout le temps avec toi, de t'emmener au cinéma, au restaurant, en voyage... Nous ferons plein de choses ensemble. Je pense beaucoup à notre avenir.

Il avait la voix si douce et son étreinte était si fervente que je me sentis coupable de ne pas avoir foi en lui. Ma confiance ne constituait-elle pas cette aide primordiale dont il avait besoin ? Je répondis donc :

— Oui, Paul, j'y pense aussi.

Début novembre, Dercou dénicha un logement, toujours à Mauron mais dans la ville basse, non loin de la demeure familiale. Cette proximité avec son fils me conforta dans l'idée que les difficultés seraient moins grandes qu'en août. Paul emménagea donc et m'emmena un matin visiter son appartement, qu'il avait garni de quelques meubles disparates. Je lui proposai de choisir au domaine ceux dont il avait besoin. Il accepta sans grande conviction, d'un simple hochement de tête.

Ce jour-là, nous projetâmes de passer bientôt une nuit ensemble, sans nous cacher que nous gardions un bien mauvais souvenir des précédentes.

Nous étions en pleine période de chasse et les battues au sanglier allaient bon train. Comme de coutume, j'y assistais le plus souvent possible. Le dimanche soir, je me rendis à la découpe afin de récupérer notre dû. N'ayant pas participé aux précédentes répartitions, je m'attardai auprès des ouvriers et des chasseurs présents. La plupart d'entre eux étaient mes fermiers et je trouvais là une excellente occasion de discuter. Je leur demandais des nouvelles de la famille, même si, le plus souvent, nous parlions du travail de la terre, auquel j'étais attachée autant qu'eux.

Il était près de 21 heures quand Paul fit irruption dans le local. J'en fus fort surprise. Il faut dire que nos problèmes de communication n'avaient cessé d'empirer. La fatalité voulut qu'il me trouvât en train de rire avec les hommes, dont l'un venait de lancer une boutade. Moi qui ne riais plus si souvent, qui m'appliquais à ne pas exposer mes tourments, je m'étais coulée dans la bonne humeur ambiante. Paul me décocha l'un de ses regards malveillants. Il salua toutefois les hommes et discuta un moment avec eux en les regardant découper les parts. Pour lui faire oublier ses mauvaises pensées, je dévoilai notre relation en glissant ma main dans la sienne. Je savais pertinemment que mes ouvriers étaient au courant : ils avaient croisé Paul un bon nombre de fois... Les minutes passèrent et mon amant sembla se dérider. Quand nous quittâmes le local, j'étais rassurée, mais toute mon aisance fondit quand je constatai qu'il me laissait porter le panier de viande, qui pesait bien quinze kilos. Une fois encore, sa bonne humeur factice m'avait fait m'illusionner. J'en eus la confirmation quand il se dirigea vers sa voiture.

— Mais tu pars si vite ? m'exclamai-je. Pourquoi es-tu venu, alors ?

— J'étais venu passer la nuit avec toi, mais j'ai changé d'avis.

Il monta dans l'auto et démarra à toute vitesse. Je regardai le véhicule s'enfoncer dans l'allée éclairée par les phares ; quand l'obscurité l'enveloppa, je gravis l'escalier, mon panier à la main. Marie m'attendait.

— Qu'est-il venu faire ? demanda-t-elle.

N'ayant plus de secrets pour elle, je répondis :

— Il venait passer la nuit ! Mais il a changé d'avis…

— Pourquoi ?

— Parce que je riais avec les ouvriers, Marie !

La cuisinière leva les bras au ciel.

— Ah ! ma pauvre enfant, s'exclama-t-elle, laissez donc ce gougnafier aller au diable !

Comme je le redoutais, le scénario vécu en août se reproduisit. Paul se remit à boire et ne s'en cacha pas, avançant cette fois non pas qu'il voulait m'oublier, mais que notre amour était impossible ! Tous mes espoirs vacillèrent et mes angoisses reprirent de plus belle. Mon amant revint cependant deux ou trois fois ; l'envoûtement opérait toujours et nous entraînait dans la chambre rose. Comme appelé par ses démons, Paul repartait après m'avoir confié son amour et ses regrets de me vouer ce genre de sentiment. Il espaça ses visites, passa parfois en coup de vent. Il voulait me revoir, disait-il.

Je n'en pouvais plus de ses longues absences, de ses allées et venues impromptues ; je ne comprenais rien à ces changements de comportement si brusques, à ces délires. Je le priais de se rapprocher de moi, mais il s'éloignait inéluctablement, trouvant toujours un argument pour renforcer sa culpabilité. Coupable il était de ne plus allumer la cheminée à Creusot, car Madame ne savait pas le faire ! Je rétorquai qu'elle n'avait qu'à apprendre. Coupable il était de ne pas la conduire en voiture chez tel ou tel commerçant. Elle n'avait qu'à y aller en taxi ou à pied ! répondis-je. Coupable il était de ne pas arriver à convaincre son fils de lui rendre visite ! Mais il n'avait qu'à se faire obéir, arguai-je. Coupable il était de m'aimer ! Là, je ne rétorquai plus rien. Quels arguments absurdes !

Chaque soir, Paul noyait dans l'alcool cette culpabilité qui n'avait pas lieu d'être mais qui le reprenait au réveil. Et comme si j'en avais été responsable, il se vengeait en ne venant plus me voir. Sans doute m'accusait-il inconsciemment des obstacles qu'il rencontrait et de cette faiblesse qui l'empêchait de les surmonter. Tout un chacun les aurait pourtant franchis en se rapprochant de l'être aimé.

Quelle dérision ! Mon amant se posait en victime, il se plaignait de sa solitude, de ne pas manger correctement, de ne pas avoir de chauffage alors qu'il ne l'allumait pas, et de tant d'autres choses insensées ! Renée s'indignait, disait avec justesse que cet imbécile n'aurait dû se sentir coupable que d'une chose : me faire ainsi souffrir. « Laissez donc cet être instable, faible et irresponsable, qui arrive si bien à venir pour deux heures de coucherie ! me disait-elle. Oubliez-le, et puisque votre histoire lui semble impossible, renvoyez-le dans ses pénates. Il a toutefois raison sur un point : votre amour est bel et bien impossible – car je ne suis pas sûre qu'il s'agisse vraiment d'amour. Se comporterait-il ainsi s'il vous aimait ? Et vous ? Aimer un être qui vous fait tant souffrir ! Vous ne vous entendez que sur le plan physique. Et maintenant, Dercou passe ses soirs à boire et à geindre, il vous laisse triste et seule alors que vous pourriez être ensemble et vous lancer dans cette vie qu'il disait désirer. Allons, Emma, réagissez ! »

Oui, je souffrais. Tout me plongeait dans l'hésitation et le trouble. Je ne voulais pas voir la réalité en face. Mes souffrances passées se réveillaient et toutes se livraient bataille dans mon cœur. Celui-ci saignait et mes oreilles se fermaient à la raison. Dès que je flanchais dans mes résolutions et songeais à nos moments de bonheur, Dercou reprenait toute son influence. Il aimait nos ébats, et moi aussi. Après toutes ces années d'abstinence avec Adrien puis le décès subit de Thomas, ne m'étais-je pas rattrapée dans les bras de Paul ? Mais, à part ce plaisir immodéré, qu'avions-nous partagé ? Nos conversations dérivaient toujours vers le sexe, elles étaient vides de tout ce dont j'aurais aimé parlé, et lui aussi peut-être. À chaque rendez-vous, des disputes éclataient, les mots se teintaient de rancune, de reproche, d'agressivité, jusqu'à l'insulte. Je m'étonnais de ma vulgarité. D'où venait-elle ? La stupéfaction, l'exaspération, le découragement ?

Il y eut encore des visites en coup de vent, des excès de colère et de tendresse, des regards noirs ou énamourés, des sourires ironiques et des grimaces, des « je t'aime » et des « je veux t'oublier », des « j'ai rencontré une femme terrible » ou « je ne veux que toi », des « me revoilà » et des « adieu ! ».

Et puis il y eut mon rêve ! Mais était-ce bien un rêve ? Une nuit de fin novembre, j'avais enfin sombré dans le sommeil après avoir longtemps pleuré. Thomas vint-il vraiment me rendre visite, cette nuit-là ? Tout me sembla en tout cas si vrai : son apparence, sa voix et mon amour pour lui. J'étais allongée, il faisait nuit noire. Il apparut soudain au pied du lit, se glissa vers moi. Son visage était au-dessus du mien, ressemblant trait pour trait à celui que j'avais connu. « Tu dois laisser ce fou, Emma, me dit-il avec son intonation si caractéristique. Ne le vois plus, oublie-le, il te détruit à petit feu ! » J'avais une conscience absolue de l'amour de Thomas et du mien, et de la force de ce sentiment. Oh, je l'aimais tant, comme de son vivant ! Je le laissai pourtant s'évanouir sans regret ni tristesse.

À mon réveil, j'étais convaincue que cette apparition n'était pas un rêve et, durant trois jours, ces objurgations me hantèrent. Mon amour n'était pas revenu de l'au-delà sans être sûr de lui !

Ce fut le moment que choisit Paul pour réapparaître, jovial, habillé de neuf et criant son amour comme au premier jour. Derrière ces simulacres, je le soupçonnais d'être guidé par la pulsion sexuelle, ce qui se confirma quand il voulut monter dans la chambre rose. Je refusai et, pour me prouver que son amour se limitait à ces deux heures de plaisir, je lui proposai d'aller plutôt passer la nuit chez lui. Comme je le subodorais, il refusa tout net.

— Tu ne veux pas que je vienne parce que tu bois chaque soir ! assenai-je. Tu es prêt à donner un peu de toi maintenant, pour t'envoyer en l'air, mais le soir, tu préfères être tranquille afin de boire pour oublier ta culpabilité – et surtout ta faiblesse. Tu ne sais pas donner : tu prends et tu n'offres rien, tu es égocentrique.

Ses yeux plongèrent au fond des miens. Je reconnus ce regard qui m'avait choquée un jour, au tout début de notre impossible course vers le bonheur : il était noir et froid comme celui d'un démon. Paul avait ce regard quand je lui exposais ses quatre vérités.

— Oui, le soir, je bois, reconnut-il. Le jour, je parcours des kilomètres en pensant à toi ; je ne vais même plus au travail. Je pense sans cesse à toi, Emma, à toi, mon impossible amour. Toi et moi, Emma, ce ne serait possible que sur une île déserte – mais tu n'aimes que ce domaine, ces vieilles pierres, ce tas de terre où tu règnes en baronne !

— Vivre sur une île déserte ? m'exclamai-je avec un rire amer. Ne faisais-tu pas des projets d'avenir pour nous deux, ne voulais-tu pas m'emmener au cinéma, au restaurant, en voyage ? Ne voulais-tu pas vivre heureux avec moi au milieu de ce tas de pierres et de terre ?

— Si, j'en rêvais, mais c'est impossible : je ne peux pas t'empêcher d'être la baronne de La Tranchère, avec autour de toi tout ton cheptel d'hommes ! Ici, tu es la reine et tu aimes ça, Emma, tous ces types qui te regardent et que tu enjôles avec tes yeux de biche, ta splendide chevelure et tes reins creusés quand tu enfourches ta jument. Ah, je suis sûr que chacun ici a eu envie de t'attraper – et tu aimes ça !

— Mais tu ne penses donc qu'à ça ! criai-je.

— Oh oui, j'y pense, et je pense que si l'on se disait vraiment adieu, jamais je ne connaîtrais ça avec une autre !

— Oh que si, rétorquai-je : tu connaîtras le même plaisir, tu auras une autre liaison et tu te conduiras avec la nouvelle comme avec moi, tu sauteras au plumard comme avec moi et tu lui diras « Vous êtes terrible ! ». Après, il y en aura une autre et une autre et une autre, que tu feras elles aussi souffrir *ad vitam* !

Je posai ma main sur ma bouche, consciente de mon impudence. À quoi rimaient nos paroles, désormais ? Paul eut un petit rire.

— Tu te trompes, Emma. Je t'aimerai encore quand la terre sera poussière ! À mes yeux, tu es la plus belle femme du monde, mais tu es aussi mon impossible amour.

J'étais anéantie. Ses paroles dressaient devant moi un mur infranchissable, et je ne pus que bredouiller :

— Tu es fou ! Va-t'en, Paul !

— Oui, je pense aussi que je suis fou. Tu veux que je m'en aille ? Mais je te retrouverai, Emma… Si ce n'est demain, ce sera dans dix ans, dans vingt ans, car je t'aimerai toujours.

— Tu es encore dans ton appartement ? m'enquis-je soudain, songeant qu'il était peut-être retourné à Creusot.

— Oui, j'y suis toujours ! Le soir, je m'assieds à la table. C'est le grand silence, je mange des sandwichs et je pense à toi, j'ai froid et je n'ai personne à qui parler. Parfois, j'écoute la radio, après quoi je me mets sur mon matelas pourri et je prends ma bouteille de gnôle. J'oublie tout, sauf toi, Emma !

— Pourquoi ? Pourquoi ? Pourquoi en est-il ainsi ? murmurai-je.

Comme d'habitude, Paul ne répondit pas. D'ailleurs, qu'avait-il à répondre ? Se rendait-il compte du dérèglement de son esprit ? Il s'approcha de moi, caressa mes cheveux. Son regard était redevenu celui qui m'avait séduite. Je crus y voir de l'amour et une main me serra très fort le cœur. Je me serais une nouvelle fois jetée dans ses bras si les mots de Thomas n'avaient alors résonné à mon oreille. Son image passa devant mes yeux. Paul et moi étions deux embarcations à la dérive, incapables de revenir à leur port d'attache. Je me repliai sur moi-même et m'écriai :

— Puisque je suis ton impossible amour, et puisque notre avenir est lui aussi impossible, qu'es-tu venu faire ici ?

— Te voir, Emma, j'avais besoin de te voir.

— Eh bien, tu m'as vue !

Je me tenais à distance de Paul. Grand bien m'en prit : en une seconde, son visage se métamorphosa, devint inquiétant. Cette transformation m'éclaira sur sa double personnalité. J'étais sûre de ne pas être le jouet de mes illusions : Paul était bel et bien un être double. Même avec le recul, je ne peux élucider les causes obscures qui lui dictaient sa conduite, mais il n'est pas impossible que ses deux personnalités se soient livré un combat permanent.

Mon amant tourna subitement les talons, se dirigea lentement vers la porte et disparut. Je fus saisie de tremblements, comme si je savais déjà que je ne le verrais plus. Guidée par une voix intérieure, je montai dans ma chambre et sortis les boucles d'oreilles de la boîte à bijoux. D'un coup brusque, je tirai sur les cœurs pour les décrocher, brisant ce symbole d'amour comme Paul avait détruit les autres cadeaux. Puis j'allai au petit salon prendre une enveloppe et glissai les fragments d'or à l'intérieur. D'une main tremblante, j'écrivis son nom et celui de sa rue : Paul Dercou, rue Victor-Hugo, Mauron. Je descendis ensuite l'escalier en vitesse et allai attendre le facteur. L'horloge venait de sonner onze coups. J'avais conscience d'avoir mis fin à notre histoire.

J'avais en effet assez souffert et je jugeais désormais moi aussi que cet amour était impossible. Non pour les raisons incohérentes qu'il avait évoquées, mais parce que sa personnalité ne changerait jamais. Je souffrais pourtant. Paul ne me prendrait plus jamais dans ses bras, ne me serrerait plus contre son torse velu dans lequel j'aimais fourrager. Nos peaux ne se colleraient plus l'une à l'autre, ces peaux que nous jugions magnétiques et dont l'odeur agissait sur nous comme un philtre… Je ne savourerais plus les plaisirs divins vers lesquels nous emportait cette folle emprise.

Des tremblements agitaient mes membres, comme si j'avais été privée de ma drogue. Durant la journée, ils s'amplifièrent ; croyant les neutraliser, j'allai me terrer dans mon refuge, sous les alcôves de verdure où n'entraient que les bêtes sauvages. Mais ils ne cessèrent point.

Quatre jours plus tard, le facteur me livra un petit paquet. Il renfermait un sachet contenant une multitude de pièces colorées, comme celles d'un puzzle. En y regardant de plus près, je compris qu'il s'agissait des restes du tableau que Dercou avait emporté chez lui, mon portrait ! Le choc fut immense. Étant donné le nombre et la petitesse des morceaux, on devinait que Dercou avait découpé la toile au ciseau, avec un soin particulier. En agissant ainsi au lieu de déchirer en quatre cette œuvre à laquelle je tenais, il montrait l'étendue de son mépris – et sans doute aussi ce que son inconscient malade aurait rêvé de me faire physiquement subir. Accessoirement, ce geste montrait l'ignorance crasse de Dercou, car l'auteur de la toile était un peintre de talent. Pantoise, je m'assis en me tenant le ventre à deux mains. Tout en contemplant à travers mes larmes les pièces éparses sur la table, j'essayai de reconstituer le puzzle de notre histoire.

29

Même en ayant ainsi revécu mon histoire avec Dercou par le biais magique de l'écriture, je ne peux toujours pas reconstituer ce puzzle. Même le plus fin des psychologues n'y parviendrait pas – tout simplement parce qu'il manque des pièces ! Paul Dercou les a gardées dans le tréfonds de son être. « C'est une histoire qui ne tient pas debout », aurait simplement dit ma bonne Marie.

Me souvenant que Paul n'avait pas voulu apporter ses affaires au domaine, j'en conclus que son retour à Creusot était en quelque sorte programmé. Peut-être même était-il déjà revenu auprès de sa femme. Pétrie de souffrance, je m'en remis aux escapades dans la nature et me raccrochai aux paroles de Thomas, de Marie, de Renée. Les deux femmes étaient révoltées de me voir dans cet état : « Dites-vous que vous l'avez échappé belle et que cette rupture est la meilleure chose qui pouvait vous arriver ! Votre vie va enfin retrouver un sens, et vous serez à nouveau heureuse… »

Je voulais le croire et cherchais l'oubli dans les livres. Le hasard mit entre mes mains ces mots de Musset :

Il y a au monde une chose sainte et sublime, c'est l'union de deux de ces êtres si imparfaits et si affreux. On est souvent trompé en amour, souvent blessé et souvent malheureux ; mais on aime, et quand on est sur le bord de sa tombe, on se retourne pour regarder en arrière et on se dit : « J'ai souffert souvent, je me suis trompé quelquefois, mais j'ai aimé. C'est moi qui ai vécu, et non pas un être factice créé par mon orgueil et mon ennui. »

Ces mots qui me remuèrent le cœur et les entrailles m'apportèrent une première consolation : je n'avais pas à regretter d'avoir vécu cette histoire avec Dercou. Par-delà la souffrance qu'elle avait engendrée, j'avais connu là une expérience rare. Était-ce Dercou, moi ou la fatalité qui y avait mis fin ? Je cessai de cogiter : cette rupture était de toute manière inévitable. Pour me consoler, je comptais aussi sur le temps. Je souffrais, certes, mais ce n'était pas comme durant les dernières tempêtes ou comme après la mort de Thomas, quand je déambulais dans le parc, la pensée en désordre, croyant ne plus jamais être heureuse ni connaître l'amour. Après ce deuil, que s'était-il passé ? Du temps s'était écoulé et je m'étais attachée à Paul Dercou. Je me délivrerais donc aussi de mes sentiments actuels ! Je me répétais que tout passe, que la vie est faite d'oubli.

Au fil des jours, comme par miracle, ma lucidité revenait. Je me faisais une raison au sujet des tragiques événements de mon existence. Je ne croyais plus que le fait de ne rien désirer d'impossible nous rende heureux. Au plus profond de moi, je souhaitais vivre un autre amour ; au cours de mes promenades, j'embrassais des yeux le ciel bleu. Aussi puéril que cela puisse paraître, je priais les forces de l'infini afin qu'elles mettent un autre homme sur ma route et projettent sur ma vie ce bleu que j'avais tant espéré.

Les jours s'écoulèrent. Au bout d'un mois, Paul envahissait toujours ma pensée et j'étais encore sujette aux tremblements. Chaque jour, après mes chevauchées, je suivais le conseil de Marie et Renée, et tâchais de me distraire dans des occupations diverses. Je retournai voir mes parents une fois par semaine, je me rendis en ville avec Renée et son enfant, et me résolus à descendre à Valz plus souvent. Mon amie disait qu'auprès du jeune Julien, je trouverais le plus grand des réconforts. Je décidai donc de lui rendre visite le jeudi avant Noël.

Ce matin-là, je me contemplai plus longuement dans le miroir et fus effarée en voyant mon visage. En un mois, j'avais vieilli de dix ans ! La souffrance enlaidit : elle fait s'affaisser les contours du visage, tire la bouche vers le bas, accuse les ridules, ternit le teint, le regard, les cheveux. Je brûlais de retrouver cette beauté éclatante que Paul Dercou avait tant louée. Plus encore que ma détresse, ma décrépitude physique l'aurait probablement réjoui, lui qui espérait que je ne pusse guérir de notre rupture ! Mais la vie m'apportait de quoi me forger un nouveau moi. Je m'aspergeai longuement la figure à l'eau froide et frottai vigoureusement mon visage pour raviver mon teint. Je massai ma peau avec une crème de beauté oubliée dans un tiroir et mis un peu de poudre sur mes pommettes. Je brossai ensuite mes cheveux, les fis bouffer et leur rendis de la brillance à l'aide d'une huile essentielle elle aussi abandonnée dans un tiroir. J'enfilai une longue jupe marron en tweed épais, une chemisette en coton et un chandail en laine vert clair – une teinte qui s'alliait à l'ambre de mes yeux. Par-dessus, je jetai enfin ma grande cape noire. Transfigurée, je passai devant la cuisine. Entendant Marie récurer son fourneau, je m'arrêtai et lui fis un petit signe. Elle me considéra, ébaubie, puis s'approcha.

— Ma petite, je suis bien aise de ne plus vous voir ce sang de navet !

Je me précipitai en riant vers la porte d'entrée. Dehors, la bise soufflait. Elle arrachait aux arbres leurs oripeaux ainsi que les petites branches mortes. Elle se faufila sous ma cape et m'administra sur le visage une bouffée froide qui eut un effet plus salutaire encore que l'eau du lavabo. J'aimais ce vent du nord, impétueux et plus franc que celui du sud, qui rend les têtes folles. Le vent du nord, lui, rafraîchit même la cervelle ! J'en avais bien besoin.

Passant devant la fontaine, je remarquai qu'on lui avait fermé la bouche, comme à chaque fin d'automne. À la surface de l'eau, les feuilles tombées, rouges, jaunes et mordorées, étaient toutes ballottées, et quand une rafale les emportait, on eût dit des papillons prenant leur envol. Cette évocation printanière me mit du baume au cœur. Ma pensée m'échappait certes souvent pour vagabonder dans le passé, mais il y aurait toujours quelque chose pour la rappeler à l'ordre. D'ici le printemps, mon chagrin s'apaiserait, et quand cette bise saine aurait fait place aux zéphyrs capiteux, ma plaie serait refermée. « Allons, Emma de La Tranchère, rassemble tes forces ! », me dis-je en refoulant mes larmes. Près de l'écurie, je croisai Christian avec qui je discutai tandis qu'il sellait la jument. Tout en galopant contre le vent, je me rendis compte que, pour la première fois depuis un mois, j'avais réussi à bavarder plus de deux minutes sans me tenir le ventre. Depuis que je m'étais contemplée dans le miroir, les spasmes avaient effectivement disparu. Le temps poursuivrait son œuvre…

Julien émergea de la maison, tout sourire. Il me sauta au cou et je puisai des forces dans son étreinte. Nous décidâmes de partir sur-le-champ en promenade : avec nos vêtements chauds, nous ne craignions pas la bise. Le hasard nous conduisit à la chênaie. J'y étais rarement venue, mais je reconnus l'ancien emplacement des hêtres abattus par le père de Julien. Macerf avait arraché les souches et ratissé tout autour. Le vent et les bêtes avaient complété le camouflage.

J'avançais sous les arbres, suivie de près par l'enfant. Un sentiment étrange m'étreignait, comme si cet endroit communiquait avec mon âme dans un langage secret. Je levai les yeux vers les arbres – des chênes rouvres assez chétifs, pour la plupart curieusement assemblés en bouquets de trois. Leurs pieds étaient enserrés dans la mousse et leurs troncs s'évasaient à une dizaine de mètres de hauteur, là où les branches supérieures se rejoignaient, s'entrelaçaient. Quelques feuilles jaunies y étaient restées accrochées, comme des étoiles que la bise aurait fait scintiller sous le ciel gris et bas. Riche et bien drainé, le sol était jonché de feuilles mortes et de glands, un régal pour les écureuils, les cerfs, les sangliers.

Tout comme moi, Julien regardait, écoutait et humait l'air saturé de tanins et d'une légère odeur de noisette. Nous nous enfonçâmes un peu plus sous les arbres. Par endroits, le passage était obstrué par des genévriers ou des buis restés à l'état d'arbrisseaux. La surface de la chênaie ne devait pas dépasser un are ; à travers les trouées, le regard filait vers les grands champs et les forêts plus denses. Plus au sud, en contrebas, on devinait la déclivité du terrain et le début des gorges au fond desquelles courait la Saline. Avec Julien, nous nous mîmes à discuter. L'enfant m'annonça que, durant les deux mois qui venaient de s'écouler, son père et lui étaient montés deux ou trois fois au domaine, mais qu'ils ne m'avaient pas dérangée car il y avait la voiture rouge.

Surprise et un peu gênée, je m'exclamai :

— La voiture rouge ?

— Oui, la voiture rouge de ton amoureux !

Je demeurai sans voix. D'un ton très naturel, le petit poursuivit :

— Alors, on a rebroussé chemin et papa a dit que je devais attendre que ce soit toi qui viennes. Donc, je t'attendais.

— Et pourquoi dis-tu que c'était mon amoureux ?

— C'est papa qui a dit : « Il y a son jules. » Moi, j'ai dit : « Quoi ? », mais il n'a pas répondu. Je sais bien ce que c'est, un jules ! C'est un amoureux.

Le jour où Macerf était monté pour proposer d'acheter les trois arbres, il avait effectivement vu Paul et avait sans doute compris qui il était.

— Dis, Emma, reprit Julien, il vient encore, ton amoureux ?

J'hésitai. L'image de Dercou passa devant mes yeux et je ressentis un gros pincement au cœur. Je pris une voix insouciante :

— Non, mon petit, il ne vient plus – donc toi, tu peux venir quand tu veux !

— Pourquoi il ne vient plus ? Tu ne l'aimes plus ?

Parfois, on se met à rire pour cacher un soupir de tristesse. C'est ce que je fis, puis j'ajoutai :

— Si je te le dis, tu garderas ça pour toi ?

Julien hocha la tête en tordant sa jolie bouche.

— Des fois, expliquai-je, rien ne va plus entre les amoureux, alors il vaut mieux qu'ils ne se voient plus.

— C'est comme avec mes copains alors : si on n'a envie que de se battre, il vaut mieux ne plus se parler !

— C'est exactement ça, mon grand, répliquai-je en riant cette fois pour de bon.

— Alors, je viendrai, Emma. Pas trop souvent quand même, pour pas t'embêter – et pas les dimanches, car j'irai chez tata Ginette. Papa, lui, le dimanche, il va toujours dans les bois.

— Oui, mais il ramène plein de gibier, avançai-je du tac au tac, espérant obtenir une réponse spontanée.

— Oh oui ! ne manqua pas de répondre Julien. Il en fournit toute l'année à tante Ginette et à Noémie, la …

Il s'interrompit, sans doute conscient d'avoir trop parlé.

— À Noémie, notre rebouteuse ? le questionnai-je.

Le petit fit oui de la tête. Je n'insistai pas, ne voulant pas mettre mal à l'aise ce garçonnet auquel allait toute ma tendresse. Julien m'apprit qu'il irait chez sa tante avant tout dans l'idée de revoir un ancien camarade de classe qui habitait la maison voisine. Mais il était également content de passer ces quelques heures avec Ginette, qui n'avait d'autres parents que les Macerf et se réjouissait des visites.

Nous parcourûmes la chênaie de long en large, puis le froid nous poussa à rentrer, tout comme l'heure que nous n'avions pas vu tourner. Déjà, le ciel s'assombrissait : le soleil, qu'on ne voyait que par intermittence, avait entamé sa descente derrière La Renaudie. Sur le chemin, j'inventai un jeu, mimant une bête sauvage pour le plaisir de courir après Julien. Ses rires résonnaient à mes oreilles ; ils constituaient un expédient pour combattre la souffrance qui me reprenait par moments.

Lorsque, tout essoufflés par notre course, nous fûmes arrivés à la demeure, je préparai un chocolat chaud tandis que l'enfant garnissait l'âtre. Le feu, réduit à un gros brasier rougeoyant, ne tarda pas à se ranimer. J'entendis crépiter les bûches. Je m'activais à mon aise avec les ingrédients et ustensiles dénichés aux endroits indiqués par Julien. J'étais étonnée par l'ordre et la propreté qui régnaient dans la maison. La plaque du fourneau astiquée à la paille de fer et les dalles du sol bien luisantes révélaient assez qu'Yves Macerf était un homme soigneux. La décoration apportait quant à elle de la douceur à la pièce.

J'avais un souvenir assez précis des chambres à l'étage et de l'autre pièce du haut, avec les deux bergères, l'horloge, le phonographe, les piles de disques et de livres. J'eus soudain très envie de monter la revoir – mais je ne pouvais me permettre une telle liberté. Nous avalâmes le cacao et Julien me fit voir les illustrations que lui et son père avaient ajoutées à son cahier de récitations. Je ne vis pas le temps passer mais hélas, le soir tombait rapidement à cette période de l'année. Je m'apprêtais à partir quand un bruit se fit entendre du côté de la porte. Yves Macerf tapait des pieds sur le seuil, sans doute pour ôter la terre accrochée à ses semelles. La porte s'ouvrit et, poussée par la bise, elle alla battre contre le mur.

L'homme entra et nos regards se croisèrent. Il était habillé d'une longue canadienne beige et d'un chapeau noir en feutre épais. À la campagne, c'étaient plutôt la casquette, le bonnet ou le béret qui étaient de mise. Mais ce couvre-chef allait bien à Macerf et renforçait sa distinction. À cet instant, j'avais du mal à voir en lui le probable braconnier ou le misanthrope qu'avait évoqué Christian. Il ôta chapeau et veste, les suspendit à une patère. C'était un bel homme, d'âge mûr ; il ne ressemblait en rien à Dercou ou Thomas. Dans la lumière, les crans de sa chevelure prenaient la teinte de l'argent et ses yeux, le bleu de l'océan au soleil. Des rides traversaient son front, s'amassaient en pattes-d'oie sur ses pommettes saillantes. Sa peau était burinée, avec des rides d'expression très marquées. Il avait un nez droit à l'arête fine, des lèvres minces, le front et le menton larges. Il me donna une poignée de main et m'adressa un sourire qui découvrit ses dents blanches et régulières. Sa voix grave s'éleva.

— Je vois que j'arrive à temps : un peu plus et je vous manquais !

Je tenais en effet ma cape dans mes mains.

— Avec Julien, nous n'avons pas vu les heures filer, expliquai-je, et la nuit est là…

— C'est gentil d'être venue. Mon fils attend toujours vos visites avec impatience.

— Oui, mais maintenant, s'écria l'enfant, je vais pouvoir aller voir Emma, car elle ne voit plus son jules !

Je me sentis rougir jusqu'à la racine des cheveux. Nous nous considérions, avec Macerf. Il semblait aussi surpris et gêné que moi. Je m'attendais à ce que le gamin dévoilât les causes de la rupture avec Dercou, mais il tint sa langue comme promis et se contenta d'expliquer :

— Emma m'a dit que je pourrais monter à La Tranchère autant que je voudrais !

— Eh bien, si vous vous êtes entendus, c'est parfait, s'exclama son père.

Et il ajouta à mon intention :

— Ne souhaitiez-vous pas découvrir ma collection de disques ?

Je tergiversai : la proposition me séduisait mais la nuit tombait et je craignais que Marie se fît du souci.

— J'aimerais bien, monsieur Macerf, mais il se fait tard : une autre fois peut-être, quand les jours seront plus longs.

Le père de Julien serra les lèvres et hésita un instant.

— Pourquoi pas un dimanche, en début d'après-midi ? Je ne vais à la chasse que le matin ou le soir.

— Papa écoute souvent de la musique le dimanche, révéla l'enfant. Il s'enferme là-haut car moi, ça m'embête : c'est pas des musiques de notre temps !

— On ne t'a rien demandé, Julien ! le tança Macerf.

Le gamin adressa un regard mauvais à son père, suivi d'une grimace. Ce dernier se tourna vers lui et lui ordonna sèchement de se calmer. Julien croisa les bras autour de son ventre et baissa les yeux. Je n'avais jusqu'alors jamais assisté à un conflit entre eux et n'avais pas imaginé Yves Macerf dans le rôle du père autoritaire. Ce côté dominateur ne me déplut pas, même si j'étais chagrinée pour l'enfant. J'hésitais à prendre la parole, mais comme Macerf esquissait un sourire à l'insu du garçonnet, je déclarai à Julien :

— Moi, j'aime bien toutes les musiques, mon petit.

Puis je me tournai vers son père.

— Eh bien, pourquoi pas, monsieur Macerf ? Ce sera avec plaisir.

J'allai embrasser Julien. Il paraissait avoir oublié la petite altercation avec son père, qui m'accompagna dans la cour. La bise nous souffla au visage son haleine glacée et l'homme s'inquiéta de savoir si j'étais assez couverte. Je le rassurai et grimpai sur le dos de la jument. Il lui flatta le flanc et me remercia d'être venue tenir compagnie à Julien.

— Vous avez un fils adorable et je me suis prise d'affection pour lui.

— Oui, j'ai vu ça, et je puis vous dire qu'il vous porte également dans son cœur. À bientôt, alors ?

J'acquiesçai, pris les rênes et donnai un petit coup d'étrier sur les flancs de Princesse. Malgré le froid, je la gardai au pas une bonne partie du trajet. La nuit était tombée et la lune faisait des clins d'œil derrière les nuages pourchassés par la bise. Dans la faible clarté, je distinguais le tracé du chemin et les arbres de chaque côté, semblables à des spectres mouvants. Mais je n'avais pas peur. Je baignais dans une quiétude à laquelle je n'avais pas goûté depuis longtemps, et lorsque mes pensées s'évadaient vers Dercou, je m'empressais de songer aux heures que je venais de vivre avec Julien et à ces derniers instants dans la maison de Valz, en compagnie du fils et de son père.

30

L'hiver s'installa, froid et sec. Mes journées étaient bien remplies : je les meublais avec mes escapades matinales, mes traditionnelles allées et venues à l'étable et dans les bois pour les coupes, les visites à mes parents et mes sorties en ville. Lorsque je n'étais pas dehors, je me consacrais au rangement de la maison, je m'occupais du bébé quand Renée vaquait à son office ou bien je tenais compagnie à Marie en faisant de la couture. Je montais parfois au salon écouter les disques que j'achetais lors de mes virées en ville, et chaque soir je lisais, trouvant là un autre moyen d'oublier mes soucis. Lorsque, avant de dormir, mes pensées retournaient vers Paul Dercou, qu'une main invisible me serrait le cœur, je me répétais que chaque jour qui passait était comme un pas vers la délivrance.

Le soir du 24 décembre, quelques flocons voltigèrent sans réussir à enneiger le paysage. J'avais fait atteler la charrette pour partir tenir compagnie à mes parents. Nous nous rendîmes à la messe de minuit et je passai la nuit à La Renaudie – la première depuis que j'avais quitté le toit familial. Après la dégustation du vin chaud dans lequel avaient macéré des écorces d'orange, mon père monta se coucher et nous fîmes la veillée, ma mère et moi. Je lui confiai mes déboires avec Dercou et elle regretta d'être toujours la dernière informée de mes tourments. Si je l'avais tout de suite mise au courant de ma liaison, je ne lui en avais effectivement pas dévoilé les aléas. J'étais retenue par mon orgueil et par le désir de laisser croire à mon bonheur, comme du vivant d'Adrien. Quand elle apprit la vérité, ma mère se rangea à l'avis de Marie et de Renée, et jugea que cette rupture était un cadeau que me faisait la vie : « Ma pauvre enfant, s'exclama-t-elle, qu'aurais-tu fait avec cet énergumène ? Tu aurais vécu un enfer ! » L'existence, ajouta-t-elle, m'apporterait bien d'autres joies, plaisirs et amours.

Le lendemain de Noël, j'allai jusqu'à Valz offrir mes cadeaux et des friandises à Julien. Avant la rentrée scolaire, je l'emmenai en outre à Mauron pour lui acheter une paire de chaussures. Comme il avait l'air heureux ! Et quelle émotion il me causa lorsqu'il se jeta contre moi et me souffla à l'oreille :

— Emma, pour moi, tu es comme la maman que je n'ai plus.

Bouleversée, je serrai le petit bonhomme dans mes bras. Ah ! C'était la providence qui l'avait mis sur ma route. J'étais comblée. Je vouais certes une immense tendresse au petit Yanis, mais le lien ne pouvait être le même, étant donné son tout jeune âge et la présence constante de sa mère.

À compter de ce jour, Julien prit en tout cas l'habitude de monter chaque jeudi au domaine. Le lien se resserra encore entre lui et les deux domestiques. Elles n'étaient pas avares d'affection ! Les ouvriers eux aussi l'avaient adopté. Peu à peu, il devenait l'enfant du domaine et je me demandais parfois de quel œil son père voyait cette relation : savait-il que notre attachement était si fort ?

Un jour, Julien m'annonça :

— Papa me fait demander quand tu iras le voir pour écouter de la musique.

Je n'avais pas oublié ce projet, mais je n'avais pu me résoudre à descendre à Valz un dimanche. Je savais que, ce jour-là, Julien se rendait chez sa tante, et à l'idée de me retrouver seule avec Yves Macerf, j'éprouvais de l'appréhension et repoussais ma visite. Cependant, le 15 janvier était passé et je ne lui avais toujours pas présenté mes vœux.

— Oui, il faudra bien que j'y aille, répondis-je – au moins pour souhaiter la bonne année à ton père.

— Oh, papa se fiche de ça, mais il sera content de te faire écouter ses disques ! Je peux lui dire que tu iras dimanche prochain ?

Le garçonnet me prenait de court.

— Hum, pourquoi pas… oui, peut-être, mon petit.

— Oui ? Alors, je peux lui dire ?

Ne voulant pas gâcher le plaisir du gamin, j'acquiesçai. Il leva les bras au ciel et poussa un ululement de joie. J'éclatai de rire.

Après son départ, ce rendez-vous avec son père m'obnubila. J'étais partagée entre le regret d'avoir accepté et l'envie de découvrir un peu mieux l'univers d'Yves Macerf. Par ailleurs, personne n'ignorait ma récente relation avec Dercou et les commérages iraient bon train si l'on me voyait entrer ou sortir de chez Macerf en l'absence de son fils. Le lendemain, je fis part de mes réticences à Renée.

— Vous n'empêcherez pas les ragots, estima-t-elle, et ce, que son fils soit présent ou pas. Car ce qui risque de faire jaser, c'est le fait que l'homme soit célibataire. Mais ne vous souciez donc pas de ça…

Avec malice, mon amie fit ensuite allusion à la tournure que pourrait prendre cette entrevue.

— Tu vois, la repris-je, même toi tu imagines déjà ce à quoi tout le monde pensera !

— Voyons, Emma, je m'amuse. Votre affection pour Julien est une raison très convenable de fréquenter son père. Et puis je crois que ce monsieur est quelqu'un de bien.

Le dimanche matin, j'étais toujours dans l'embarras. Ma gêne venait surtout de la perspective de cette intimité inédite avec Macerf. Il y avait aussi les insinuations de Renée : on pourrait croire que le père de Julien et moi avions une relation ! C'était d'autant plus ennuyeux que cet homme ne correspondait pas à mes aspirations. En secret, je rêvais en effet d'en rencontrer un qui ressemblerait fortement à Thomas ou Dercou.

Ce matin-là, je passai pourtant plus de temps que d'ordinaire dans la salle d'eau et mis un soin particulier à ma toilette. Après le petit-déjeuner, j'allai seller Princesse. J'étais bien emmitouflée dans mon grand manteau noir, la tête protégée par un bonnet et les mains par des gants de laine. J'arrivai à la maison de Valz sur les coups de 14 heures. À peine avais-je attaché la jument qu'Yves Macerf apparut sur le seuil. Je m'approchai de lui, l'air emprunté. Tout en serrant sa main, je lui présentai mes vœux, qu'il me retourna. Puis il me fit entrer dans la maison. Une douce chaleur m'enveloppa aussitôt. Dans la cheminée, les flammes folâtraient et chuintaient. J'ôtai mon manteau et le suspendis à la patère. Je m'apprêtais à y ajouter bonnet et gants, mais Macerf me les prit des mains pour aller les poser sur un landier placé devant la cheminée.

— Ils seront tout chauds quand vous les enfilerez ! Vous avez dû avoir bien froid en chemin…

Je lui répondis que je ne souffrais jamais du froid lorsque je montais à cheval. La conversation s'engagea ainsi tandis qu'il préparait le café. Je restai à ses côtés. Après avoir été si gauche à mon arrivée, je me sentis soudain étrangement à l'aise ! Nous étions en train de parler équitation quand nous prîmes place dans les fauteuils pour boire le café. Remarquant pour la première fois le léger accent de Macerf, je lui demandai de quelle région il était originaire. Il m'apprit qu'il était né à Lyon et y avait grandi. À vingt ans, il était venu s'installer en Auvergne, à Clermont précisément, où il avait suivi des études de génie électrique, une discipline qu'il avait ensuite enseignée pendant de longues années. La lassitude du métier et les aléas de la vie l'avaient finalement amené à se reconvertir. Par amour du bois, il s'était fait scieur. À plusieurs reprises, je notai une forme de réserve dans ses propos ; je crus toutefois comprendre que sa réorientation professionnelle s'était produite après son veuvage. Celui-ci avait dû considérablement chambouler son existence…

Avec le père de Julien, j'avais l'impression de pouvoir parler en toute confiance. L'air de rien, il m'interrogeait habilement et témoignait un vif intérêt à mes propos. J'en vins même à lui raconter mon arrivée à La Tranchère, avec une éloquence qui lui fit comprendre l'amour que je portais au domaine. Avec délicatesse, il me questionna au sujet d'Adrien et je parlai de sa maladie – en taisant, bien entendu, qu'il avait souffert de syphilis.

Macerf supposait que l'absence d'enfant dans mon foyer était due au décès prématuré de mon mari. Sans me sentir humiliée, je le détrompai et lui déclarai que je n'avais pu en avoir. Un peu confus, il me confia :

— Je suis heureux du lien qui s'est noué entre vous et Julien. Je crois que vous y trouvez tous les deux votre compte.

Moi qui me demandais ce qu'il pensait de cette tendresse mutuelle, je me sentis soulagée et réjouie par ces paroles.

— Je me suis vraiment attachée à votre fils, confirmai-je : il représente beaucoup pour moi.

— Je l'avais deviné, et vous représentez tant pour lui aussi… Je crois qu'il voit en vous une maman.

Mon intense émotion se lisait sans doute sur mon visage car il ajouta :

— Cela me satisfait, et j'espère que rien ne viendra perturber cet attachement réciproque.

Tout à coup, je songeai que plusieurs raisons pourraient effectivement mettre un terme à ma relation avec Julien : et si Macerf se remariait ? S'il partait de la maison de Valz ? Remarquant mon inquiétude, l'homme murmura :

— En tout cas, ça ne viendrait pas de moi.

J'écarquillai les yeux, me demandant ce qu'il voulait dire. Je n'osais lui poser la question. Un silence plana. Macerf aborda alors le sujet qui avait motivé ma venue : la musique. Il ne nous fallut pas plus de dix minutes pour conclure que nous avions les mêmes goûts, tant pour les compositeurs classiques que pour les chanteurs de l'époque : Georges Guétary, Charles Trenet, Édith Piaf, Juliette Gréco, bien d'autres encore... Macerf m'invita d'ailleurs à monter découvrir sa collection de disques. En pénétrant dans le petit salon, je compris que ce qui m'avait frappée à ma première visite, c'était la luminosité de la pièce, éclairée par une fenêtre plus large et plus haute que toutes les autres dans la maison. Je fis part de cette observation à mon hôte, qui m'expliqua qu'il avait agrandi l'ouverture et fabriqué lui-même la baie.

— Je voulais qu'ici, il y ait beaucoup de lumière. C'est ma pièce, mon havre – un peu comme pour vous votre salon. Et au-dehors, c'est la chênaie, un peu comme pour vous votre parc.

Je fus émue par la ferveur dont sa voix s'était teintée. Tourné aux trois quarts vers la baie, mon hôte baignait dans la lumière, et sa chevelure, à l'origine châtain clair, prenait partout des reflets argentés. Ses sourcils étaient plus fournis que je ne le croyais, sa lèvre inférieure plus épaisse que dans mon souvenir. Il avait le front un peu bombé, le cou large, presque dans l'alignement de son visage. La peau, distendue au niveau de la pomme d'Adam, trahissait un âge mûr. Les épaules étaient généreuses et le torse puissant. Par l'encolure ouverte de sa chemise, je vis que sa poitrine était recouverte de poils châtains comme ses sourcils. Il pivota et son regard tomba sur moi. Je détournai vivement la tête, gênée d'avoir été surprise en train de l'examiner, puis m'avançai vers la table et me concentrai sur les disques. Il vint se placer à mon côté et éparpilla les pochettes afin que je puisse les contempler à mon aise. Découvrant des enregistrements classiques que je possédais aussi, je les lui désignai. Il saisit un disque, le mit en place sur le phonographe en disant :

— Vous devez connaître *il Prete Rosso*...

Je fis l'étonnée : je ne connaissais pas ce musicien ! Mais quand la musique s'éleva, je reconnus *Les Quatre Saisons*.

— *Il Prete Rosso* ? questionnai-je.

— Lui-même ! Vous le savez sans doute, Vivaldi était ecclésiastique et il avait une longue chevelure rousse ; « Le prêtre roux » est un sobriquet qui a surtout cours à Venise...

— Vous êtes très cultivé, monsieur Macerf, déclarai-je, impressionnée. Que savez-vous d'autre ?

Je le défiais sur le ton de la plaisanterie mais, à ma grande surprise, il répondit :

— Vivaldi était un violoniste d'exception réputé pour être un médiocre compositeur : cela s'est révélé faux !

J'approuvai. Cette musique était si belle ! En fouillant parmi les disques, je tombai sur les célèbres valses de Strauss, mais je les avais tant écoutées pendant ma liaison mouvementée avec Dercou que je dissimulai prestement la pochette sous les autres. J'aimais *Le Beau Danube bleu*, mais si Macerf le passait, je craignais que les notes sublimes ne réveillent des souvenirs importuns à cette heure. Brahms, Schubert, Verdi, Beethoven, Mendelssohn, Wagner faisaient partie de cette riche collection. Ils côtoyaient des chanteurs contemporains, dont Jacqueline Dulac, Line Renaud, Les Compagnons de la chanson, Yves Montand... Dans la pile, j'aperçus même l'impayable « Tactique du gendarme » de Bourvil, qui faisait tant rire Marie. Nous écoutâmes deux ou trois morceaux, suivis par une *Rhapsodie hongroise* de Liszt que je n'avais pas entendue souvent.

Pendant que tournait le phonographe et que les notes charmaient nos oreilles, éveillant parfois des émotions que nous dissimulions, mon hôte me fit également découvrir des romans et des livres d'art. De la bibliothèque, je tirai un petit opuscule ; voyant qu'il s'agissait de poésies de Lamartine, je l'ouvris. Macerf regarda la page à laquelle je m'étais arrêtée et, avant même que je ne lise le titre de l'œuvre, il déclama :

> « *Hâtons-nous, jouissons !*
> *L'homme n'a point de port, le temps n'a point de rive ;*
> *Il coule, et nous passons !* »

Je le regardai, étonnée, et cherchai les vers qu'il venait de citer ; ils étaient issus du « Lac ». Ces mots me ramenèrent brusquement en arrière et me rappelèrent l'espoir que je mettais dans la course du temps. Ces deux derniers mois, je m'étais beaucoup occupée pour apaiser ma souffrance, mais de quoi donc avais-je joui ?

J'étais subjuguée par la culture d'Yves Macerf, lui que je prenais pour un simple scieur de bois et un braconnier. Plus les minutes s'écoulaient et plus je me détendais : je puisais dans sa compagnie un sentiment de paix que je n'avais pas savouré depuis fort longtemps, ainsi qu'une assurance nouvelle. J'avais l'impression que c'était réciproque. Peut-être est-ce pourquoi nous ne vîmes pas le temps passer. Mais la lumière déclinait, le soir tombait déjà et je songeai à rentrer.

— Ne voulez-vous pas attendre Julien, Emma ? me demanda mon hôte.

C'était la première fois qu'il m'appelait par mon prénom et j'en fus troublée. J'acceptai d'attendre l'enfant et Macerf proposa que nous nous installions devant la cheminée. Il arrêta le phonographe ; je jetai un dernier regard à la pièce. Au rez-de-chaussée, le père de Julien prépara un chocolat chaud ; pendant ce temps, j'ajoutai deux bûches dans le foyer. Je me sentais comme chez moi. Cette aisance m'avait gagnée tout naturellement – pas comme avec Dercou, en présence de qui je mesurais tous mes gestes, mes paroles et mes actes, par crainte de ses lubies. Yves Macerf possédait quant à lui un tempérament qui s'accordait au mien. Je m'installai dans l'un des fauteuils et il me tendit un bol de chocolat, puis il prit place sur l'autre siège. C'est alors qu'il me dit :

— Je vois souvent passer de la tristesse dans vos yeux.

La surprise m'empêcha de répondre. Je me contentai de regarder les flammes dans l'âtre.

— Et quand je dis cela, poursuivit-il, vous détournez le regard, comme si vous aviez vu un fantôme.

J'émis un petit rire et, ayant en partie recouvré mon assurance, je demandai :

— De la tristesse, un fantôme ? Que voyez-vous d'autre, monsieur Macerf ?

— Une ombre sur votre visage ! D'où vous vient cette tristesse ? Souhaitez-vous me le dire ?

Je fronçai les sourcils, hésitante, car un souvenir venait de surgir de ma mémoire. Avec audace, je répondis :

— Peut-être vous le confierai-je quand vous m'aurez éclairée sur vos mots : « Et moi, et moi ! » Vous vous en souvenez ?

Macerf posa son bol sur la table placée entre nous. Il me regarda bien en face et déclara d'une voix grave :

— Je crois qu'il est trop tôt pour vous le confier.

Déçue, je rétorquai :

— Trop tôt aussi, alors, pour vous révéler la cause de ma tristesse !

Ses yeux bleus ne m'avaient pas lâchée. Troublée, j'avais du mal à soutenir ce regard. Heureusement, la porte d'entrée s'ouvrit et je poussai un soupir de soulagement en apercevant Julien. Sans prendre le temps de quitter sa vareuse, il vint me sauter au cou. Yves Macerf nous regardait, l'air ému, un sourire au bord des lèvres.

31

Mon arthrose devient si aiguë que mes doigts prennent la couleur de l'encre ! Je peine de plus en plus à tenir mon stylo et je ne peux plus appuyer ma main sur la table à cause de la déformation et de la douleur. Je vais trop lentement : il me faut une heure pour écrire une demi-page... Je crains de ne pas terminer ce cahier. Ah, Aurélie ! Je voudrais pourtant que tu saches comment c'est arrivé... Je voudrais parvenir au point où ce que tu sais, toi, viendra compléter cette histoire de ma vie.

Un autre mois passa. La neige était tombée, déposant sur toute la contrée une belle couverture blanche. Je restais davantage à l'intérieur, tricotant de la layette pour le bébé. Parfois, je relevais la tête et fixais la fenêtre du salon d'un regard vide. Le paysage était confondu entre ciel et terre, comme si l'hiver avait jeté sur lui un voile lactescent. On aurait cru le temps suspendu. Chaque battement de l'horloge me rappelait toutefois que rien n'arrêtait la marche des jours, rien !

Lorsque je repensais aux moments vécus avec Dercou, je ressentais de l'angoisse, de la tristesse, mais j'étais encore sous le charme et souhaitais même parfois son retour et le renouveau de notre histoire. Toutefois, plus le tic-tac de l'horloge résonnait à mes oreilles, égrenant les minutes, les heures, les jours, plus ma conscience s'éveillait – ou, pour mieux dire, plus je la réveillais ! J'observais ce qui se passait en moi et autour de moi. Je me voyais comme de l'extérieur. La femme que je contemplais était dans un triste état et je lui murmurais que sa souffrance était trop cher payée pour quelqu'un qui ne méritait que l'oubli. Il ne fallait plus revenir sur cette mauvaise expérience, ni sur le passé, ne plus éprouver de chagrin mais de la joie ! Dans ces moments de méditation, je me sentais bien, emplie de vigueur. J'en déduisis que ma seule vraie force était d pouvoir décider de mon humeur. En fin de compte, plus les jours filèrent et moins je songeai à Dercou.

À l'issue de notre premier tête-à-tête, mi-janvier, Macerf m'avait invitée à revenir le dimanche suivant. J'avais accepté, mais n'avais finalement pu lui rendre visite, ma mère ayant entre-temps attrapé une pneumonie. Durant trois semaines, je me rendis quotidiennement à son chevet. Le médecin ne nous laissa hélas guère d'espoir et mon père et moi crûmes son heure arrivée. Fort heureusement, elle se remit. Je descendis donc chez Macerf le deuxième dimanche de février, et ce, en dépit de la couche de neige qui recouvrait le chemin de terre. Celle-ci n'avait d'ailleurs pas empêché Julien de monter au domaine le jeudi précédent. Il faut dire qu'il était fringant et agile comme un chevreuil. Pour ma part, je fis comme de coutume le trajet à cheval car Princesse ne craignait pas de cavaler sur la neige et elle adorait même s'y rouler.

Dès ce deuxième rendez-vous, ma relation avec Yves Macerf prit de l'importance ; notre complicité ne cessait de croître. Rapidement, il me questionna de nouveau sur les causes de cette ombre sur mon visage et de cette tristesse qu'il avait découverte dans mes yeux. J'hésitai. Il m'exhorta à parler en évoquant de lui-même Dercou, qu'il avait naguère surnommé mon « jules » en présence de Julien. Je lui fis part de notre rupture, dont il était déjà informé, et de mes désillusions. Au fil de nos rencontres, je lui narrai ma vie avec Adrien et mes amours avec Thomas. L'aisance avec laquelle nous bavardions nous conduisit à de longs échanges, et même à nous débarrasser de toutes les convenances pour ne garder que la spontanéité, la franchise et l'authenticité d'une relation de confiance. Je m'épanchais. Si je montrais de la réserve, mon hôte m'encourageait :

— Qu'est-ce qui vous retient de me parler ? Je n'attends que ça : une communion, sans arrière-pensées, sans non-dits. Je sens bien que vous souffrez de ne pas vous laisser aller, et vous risquez de souffrir davantage encore en ruminant dans votre coin.

Quand enfin je voulus savoir ce qui le poussait à jouer ainsi les confidents, voire les thérapeutes, il me répondit qu'il entendait m'apporter un soutien et chasser toute ma tristesse. Lorsque je lui demandai pourquoi donc il s'était donné une telle mission, il souffla :

— Comme si vous ne le saviez pas...

J'avais compris, mais je fis l'aveugle, la sourde. Je préférai redemander à Macerf le sens des mots mystérieux qu'il avait prononcés lors du battage, en août. Après que nos bras se furent frôlés, finit-il par confesser, il avait en fait murmuré : « Aime-moi, Emma. » Le sentiment profond révélé par ce simple effleurement était allé crescendo au fil de nos échanges, se transformant en un amour tout entier attaché à mon bien-être. J'étais embarrassée, et parce qu'aucune réplique ne me venait à l'esprit, que je me contentais de le regarder d'un air apitoyé, il poursuivit ses aveux :

— Ce sentiment qui s'est nourri au fur et à mesure de nos échanges vous paraît peut-être déstabilisant dans une période où vous recherchez la quiétude. Après l'expérience traumatisante que vous avez vécue avec Dercou, voici que cette eau dormante d'Yves Macerf vient causer des remous ! Pourtant, ne soyez pas troublée, Emma, car je n'ai d'autre souhait que de vous voir enfin heureuse et épanouie. Vous avez payé assez cher pour la longue récréation d'un irresponsable. Il m'est insupportable de penser que vous puissiez m'imaginer animé des mêmes travers que ce fou.

Ces paroles résonnaient profondément en moi. Nous pouvions au moins continuer à nous voir et à passer d'agréables moments ensemble puisque Macerf disait ne rien attendre en retour de son amour et de son dévouement. Mais je m'interrogeais : qu'éprouvais-je pour lui ? J'étais sûre que mes sentiments se limitaient à de la sympathie, car, en compagnie du père de Julien, jamais je n'avais ressenti les mêmes émotions qu'avec Thomas ou Dercou. De plus, mon histoire avec Paul était encore trop fraîche. Et Macerf ne possédait pas les traits physiques qui m'avaient par deux fois séduite.

Aussi étrange que cela puisse paraître, la révélation et la constance de son amour s'imposèrent entre nous comme une chose anodine, à laquelle nous ne fîmes plus référence. Nous tendions tous deux vers un même but : mon bonheur, qui ferait aussi le sien. Nos entrevues n'étaient toutefois pas celles d'un thérapeute et de son patient, et Macerf lui aussi se laissait aller à des confidences qui renforçaient notre attachement mutuel et notre complicité.

J'étais curieuse de connaître son existence. Si nous avions évoqué sa jeunesse et le présent, la période qui séparait les deux avait été le plus souvent ignorée. J'avais néanmoins appris qu'il était bien le braconnier que j'avais soupçonné, ainsi que son âge – il avait cinquante ans – et le suicide de son épouse peu après la naissance de Julien. Malgré ma curiosité, je ne lui demandai pas ce qui l'avait poussée à une telle extrémité. Je ne voulais surtout pas réveiller une souffrance qu'il semblait avoir réussi à refouler – contrairement à moi qui avais eu besoin de parler de mes malheurs pour les exorciser. Au fil du temps, nos passés respectifs occupèrent de moins en moins nos conversations et firent place à des sujets plus attrayants, relatifs à notre vie actuelle : le travail, nos occupations, nos aspirations...

J'avais souhaité voir le temps filer au galop et emporter mes tourments ; un beau matin, je devais constater que mon vœu était exaucé. Après avoir sauté du lit, j'avais ouvert la fenêtre et accordé toute mon attention au ciel de mai, intégralement bleu et baigné de soleil. Je contemplai le paysage au loin, sa verdure printanière ponctuée de fleurs, agitée par une brise capricieuse qui transportait leurs parfums jusque dans les combes ombreuses où l'air sentait encore la végétation fanée. Plus près de moi, le parc déroulait ses frondaisons jusqu'au milieu des allées et de la cour, sortes d'écrins ocrés où couraient des rivières de fleurs de toutes les couleurs, où des paniers garnis de plantes vivaces et des arceaux couverts de clématites servaient de nids et de perchoirs aux oiseaux. Des bouquets d'iris jaillissaient çà et là tels des jets de lumière, et des touffes de graminées, savamment sélectionnées par Marcel pour leurs teintes vives, éclataient dans l'ombre comme des flammèches. Longtemps, je contemplai ce tableau, ravie de l'avoir ainsi à ma portée, songeant qu'il s'agissait là d'un privilège. Je ne pensais plus à ce qui avait causé ma souffrance. Je ne la ressentais plus ! Ma pensée allait à Yves Macerf, auprès de qui je n'avais pas vu passer cet hiver tant redouté.

Je descendis à la cuisine où Marie déjeunait. Je l'embrassai et, tout en remplissant mon bol de café, je fredonnai. M'asseyant près de la cuisinière, je compris d'un coup d'œil qu'elle se réjouissait de ma joie. Mes rencontres avec Yves Macerf n'étaient un secret ni pour elle ni pour Renée, et toutes deux m'avaient encouragée à entretenir cette relation. Durant ces six derniers mois, elles avaient en effet pu assister à mon renouveau, moi qui avec Dercou n'étais plus qu'une épave : je ne savais plus cuisiner sans rater mon plat, coudre sans me tromper, je n'avais plus la main verte ni la voix chantonnante ou le regard rieur… Quelle femme étais-je donc devenue ?

Au fil des derniers jours, j'avais retrouvé mon habileté, mon entrain et l'usage de mes sens. Je n'avais toutefois pas révélé aux deux femmes la déclaration d'amour que m'avait faite Macerf, car malgré les quatorze ans qui nous séparaient, le père de Julien et moi, les deux femmes m'auraient sans doute poussée dans les bras de ce célibataire travailleur et posé en qui elles voyaient un bon parti. D'autant plus que j'aimais son fils comme s'il avait été le mien ! Mais l'amour de Macerf n'était pas réciproque et j'avais jugé inutile de décevoir mes deux amies.

Pourquoi diable ce matin-là ma pensée était-elle donc tout attachée à cet homme ? Et pourquoi les heures me parurent-elles bien longues jusqu'au moment où je descendis au galop vers la maison de Valz ?

Dès mon arrivée, je lui déclarai que je souhaitais faire une promenade. Il y consentit : durant les six mois écoulés, nous n'étions guère sortis, préférant la chaleur de l'âtre au froid qui avait persisté jusqu'à la fin avril.

Me voilà donc cheminant au côté de Macerf, m'extasiant devant la transformation du paysage.

— Il montre un nouveau visage, constata-t-il alors : la nature sourit, comme vous !

Je ne réponds pas, mais tout mon être semble se soulever. Les fleurs sont si belles ! Le ciel si bleu, le soleil si brillant ! Outre ses parfums suaves, la brise semble porter les notes sublimes d'une musique que je ne parviens pas à identifier. Toute à mon exaltation, je n'ai pas prêté attention à la direction que nous avons prise ;

lorsque nous arrivons à l'orée de la chênaie, je me rends compte que Macerf m'a conduite jusqu'à son havre.

Quand nous pénétrons sous les chênes, je ressens la même impression étrange que naguère, celle d'un mystérieux accord avec les rouvres. Mais il y a autre chose… Ce transport qui n'a cessé de croître depuis mon réveil, d'où vient-il ? J'avance lentement sous les jeunes arbres où joue la lumière, en écoutant le bruit que font les pas d'Yves Macerf sur le terreau encore humide, les feuilles décomposées et la mousse nouvelle. Arrivée au milieu du bois, je m'arrête et lève les yeux sur les têtes crénelées à travers lesquelles les rais du soleil pleuvent jusqu'à nous. Je hume l'air baigné des arômes de tanin et de noisette, mais aussi de l'odeur de la résine et des pousses vertes, des baies des genévriers glauques et des premières russules. Je prête l'oreille à l'envolée d'un oiseau, aux froissements de la chênaie et au murmure à peine perceptible de la Saline que la brise transporte jusqu'à nous.

De nouveau, je crois entendre ces notes d'une musique que ma mémoire garde captive. Puis, je perçois la respiration de Macerf. Il est tout près de moi. Je me retourne et mon regard tombe au creux du sien. Tout ce bleu me trouble. J'ai soudain la révélation que cet azur que j'ai tant cherché est là, en la personne d'Yves Macerf. Je promène les yeux sur son visage. Je me suis si souvent demandé ce que j'éprouvais pour lui… N'avais-je pas compris la nature de ce sentiment qui grandissait de jour en jour ? N'avais-je pas compris que mon bonheur venait d'Yves ? Et cet élan depuis le matin, cette force étrange, ce trouble délicieux, ne sont-ils pas des expressions de l'amour ? Il me semble que plus jamais je ne pourrai me passer de cet homme qui se tient face à moi. Je me détourne pour cacher mon trouble, et regardant au loin dans la chênaie, je déclare :

— Voici donc votre havre, monsieur Macerf.

— Oui, et je suis ému d'y être avec vous, Emma.

Je lève de nouveau les yeux sur les frondaisons. Au-dessus de nos têtes, elles tournoient, et j'entre dans leur danse de beauté et de lumière. La musique vient de toute part. Je la reconnais, cette fois : c'est *Le Beau Danube bleu*, que j'écoutais en boucle du temps où je pleurais. Ni Macerf ni moi ne l'avons jamais fait tourner sur le phonographe.

— Aimez-vous Strauss, monsieur Macerf ? demandé-je.

Un court instant, il paraît perplexe. Puis, il s'approche de moi, passe un bras autour de ma taille et m'entraîne pour une valse en pleine forêt ! Je n'ai pas à m'appliquer : même les pieds dans la mousse, je tourne et lui aussi. Nous sommes serrés l'un contre l'autre. Les chênes frissonnent dans les éclaboussures du soleil et les notes caracolent d'une branche à une autre. À mon oreille, mon cavalier chuchote :

— Oui, Emma, j'aime *Le Beau Danube bleu*, que tu n'as jamais voulu écouter avec moi ! J'en avais envie, pourtant, mais je savais que cette musique aurait réveillé de douloureux souvenirs. Je t'ai vue maintes fois cacher le disque sous les autres ! Je me souviens aussi du moment où tu m'as demandé si j'étais heureux. Je t'ai dit oui, parce que tu te confiais à moi, parce que tu m'autorisais à t'apporter mon soutien. Quand tu me racontes ce que tu fais entre nos rendez-vous, tu me permets de partager un peu ta vie et j'en suis heureux. Aujourd'hui, je suis également heureux parce que je ne vois plus de tristesse dans tes yeux, parce que la vie, dans sa justice, a enfin rétabli ton droit au bonheur. Je ne suis malheureux que des choses que je ne peux pas faire avec toi.

Je m'arrête et, plongeant mes yeux dans les siens, déclare :

— Oui, je crois aussi que ma souffrance s'est enfuie, grâce à vous – et je crois que… que je vous aime.

Son regard azur se trouble. J'ajoute :

— Cupidon s'est glissé dans notre amitié, m'atteignant de sa flèche, mais comme une sotte, j'ai mis longtemps à m'apercevoir de son effet !

— Tu n'es pas sotte, Emma : il fallait seulement que tu ne sentes plus ta souffrance. Pour moi, il a suffi d'un discret frôlement de bras, même si ce coquin de Cupidon m'avait prévenu en me soufflant : « Tu l'aimeras. » Je t'ai en effet aimée du jour où je t'ai vue, et j'ai toujours été guidé par l'envie de t'aimer pour te rendre heureuse.

Nous sommes face à face, nos visages tout près l'un de l'autre. Yves Macerf frôle mon épaule, caresse mes cheveux, colle sa bouche contre la mienne. Le baiser dure et me fait chavirer. Le ciel et les cimes des chênes tournoient au-dessus de nous. Mon amoureux me retient en me prenant dans ses bras. Je relève la tête et il enferme mon visage dans ses mains, le baise du front jusqu'au menton. Je perçois son souffle, ses frémissements. Je regarde tout autour de nous, et il m'imite. J'ai envie de m'allonger sur la mousse : je veux y reposer mes émotions, les savourer, me laisser emporter dans le tourbillon sans risquer de tomber. Mais tout se brouille, tout se combine comme à dessein. C'est lui qui m'entraîne un peu plus loin, sous une alcôve qu'il connaît sans doute pour y avoir débusqué le sanglier. Il étend sa veste sur la mousse, je m'y assois, il vient à mes côtés. Nous nous étreignons, nos baisers se multiplient, nos cœurs se répondent. Lentement, et parce qu'Yves Macerf a en lui cette manière de douceur, il m'emporte avec lui dans le plus haut et le plus bleu des cieux.

Redoutant de trouver le temps trop long jusqu'au dimanche suivant, nous décidâmes de nous voir le jeudi, au moins pour un moment. Ce serait donc moi qui descendrais ; Yves préviendrait Julien. Le jour dit, je partis donc juste après le déjeuner car je devais passer chez Noémie prendre une pommade. Marie souffrait à nouveau de ses rhumatismes et elle était à court de cet onguent composé par la rebouteuse, l'unique remède qui apaisait ses douleurs. J'arrivai chez Noémie au moment où elle prenait le café. Elle m'en servit une tasse et nous bavardâmes comme de coutume à propos de La Tranchère, de son travail, de mes parents, de ses voisins... et d'Yves Macerf ! Le sujet devait forcément être abordé puisqu'il était son plus proche voisin et qu'elle connaissait ma relation avec le petit Julien. D'ailleurs, depuis que la rebouteuse avait soigné sa cheville, l'enfant s'arrêtait parfois chez elle en rentrant de l'école, et il lui avait parlé de moi.

Je crus comprendre qu'elle avait aussi rencontré sa tante Ginette, et, poussée par je ne sais quelle curiosité, je la questionnai sur la mère de Julien. Je cherchais à connaître les raisons qui l'avaient conduite au suicide.

— Ah ! s'exclama Noémie, la pauvre Florine n'a pas supporté d'être mère à cet âge ! Elle était déjà fragile, souvent dépressive ; après la naissance du petit, son état a empiré, et un jour, elle est allée se noyer. Si c'est pas triste !

— Mais quel âge avait-elle à la naissance de Julien ? demandai-je très surprise.

Compte tenu de l'âge de Macerf et de celui du gamin, Florine avait sans doute donné la vie une fois parvenue à la quarantaine, ce qui n'était quand même pas bien vieux.

— Elle avait cinquante ans, peuchère !

Je restai pantoise. Certes, Yves Macerf avait fort bien pu avoir une épouse plus âgée que lui, mais je devinai que la réalité était tout autre : les rides sur son visage, la peau distendue sous son menton, ses cheveux argentés, m'avaient toujours soufflé qu'il était plus vieux qu'il ne le disait. D'une voix étranglée, je demandai son âge à Noémie.

— Yves ? Dame, il a maintenant la soixantaine bien sonnée, me répondit-elle.

J'étais effondrée. À cause de notre écart d'âge, mais aussi de son mensonge. Les deux me semblaient énormes. Sans doute avais-je pâli car Noémie me demanda si je me sentais bien. Je prétextai la touffeur de l'air, fis des efforts pour reprendre contenance, puis m'empressai de quitter la rebouteuse.

Une fois dehors, je marchai à côté de la jument en inspirant de grandes bouffées d'air. Pourquoi donc Macerf m'avait-il menti sur son âge ? Il avait certainement craint que je ne puisse l'aimer en raison de ces années de différence. Il m'avait, il est vrai, certifié qu'il n'attendait pas d'être aimé en retour... mais peut-être avait-il gardé un petit espoir ? Dans ce cas, pourquoi m'avait-il mystifiée, le dimanche précédent ? J'avais été folle de Thomas, j'avais été amoureuse de Dercou et, depuis quelques jours, ma vie était bouleversée par Yves Macerf.

Toute la semaine, j'avais été comme sur un nuage. Cela avait été... comment dire... si fort, si bon, si long ! C'était cette durée, surtout... si douce, qui différait tant de la brusquerie continuelle que j'avais connue avec Dercou. Avec Macerf, les ébats ne se résumaient pas à une simple coucherie : ils étaient un acte d'amour. Mais il m'avait menti et le ciel repeint en bleu n'avait plus la même immensité ni la même luminosité. D'un seul coup, les vingt-quatre années qui nous séparaient se trouvaient pour ainsi dire retranchées des projets que j'avais déjà élaborés. Le long avenir que j'avais vu se profiler s'écourtait au moins des dix ans qui m'avaient été cachés. Ma déconvenue fit place à un grand ressentiment.

Je dus faire bien des efforts durant l'après-midi pour ne pas montrer mon désappointement à l'enfant. Plus les heures s'écoulaient, plus grandissait mon désir de dire ses quatre vérités à son père. Je résolus de ne plus le revoir après cela. Mais, à cette seule perspective, une grande souffrance m'envahissait.

Vers 19 heures, je me mis à guetter son arrivée par la fenêtre. J'avertis l'enfant que j'avais à parler à son père et je l'embrassai pour être prête à sortir au moment voulu. Enfin, j'aperçus Macerf sur le chemin et me précipitai dehors, sous l'œil intrigué de Julien, qui resta cependant sagement assis dans le fauteuil, son livre d'histoire sur les genoux. Dans la cour, j'allai au-devant d'Yves, qui m'adressa un immense sourire. Mon cœur chavira. En un instant, je nous revis sous les chênes, corps à corps et cœur à cœur dans ce long et merveilleux voyage d'amour. Mais je ne pardonnais pas son mensonge. Je ne lui rendis donc pas son sourire et le toisai avec dédain.

— Que se passe-t-il, Emma ? me demanda-t-il hâtivement.

— Pourriez-vous me dire en quelle année vous êtes né, monsieur Macerf ?

À son visage, je vis qu'il avait compris, mais il se contenta de me fixer d'un regard empli d'inquiétude.

— Dites-moi votre âge ! repris-je.

— J'ai soixante et un ans, Emma, murmura-t-il.

J'inspirai lentement avant de passer devant lui pour aller détacher Princesse. Il me rattrapa.

— Je voulais juste te rendre heureuse, et l'âge n'a rien à voir là-dedans.

Je pivotai brusquement et sifflai :

— Pourquoi ne pas me l'avoir dit, alors ?

— J'ai estimé que ce n'était pas nécessaire : cinquante ans, eh, pourquoi pas ? J'ai voulu continuer l'œuvre de Thomas, être celui qui t'aime ; je voulais même t'aimer plus que lui, faire plus que lui !

— Pourquoi m'avoir laissée croire à vos cinquante ans, même dimanche dernier, avant que...

— J'ai pensé que tu ne voudrais pas de moi et j'ai préféré ne pas parler d'âge, mais je t'aime beaucoup trop pour te faire souffrir ! Je ne peux pas vivre sans toi, Emma ! Je voudrais que tu me pardonnes mais je voudrais surtout que tu comprennes que je t'aime, que je veux que tu sois heureuse ! Tu m'as avoué ton amour... On peut donc vivre heureux ce qui nous reste d'existence, non ? Cette durée-là ne dépend pas de nous, et de mon côté, je t'aimerai toute ma vie, tout simplement !

Il avait une voix si grave, si sincère ! J'aurais pu passer l'éponge sur un mensonge au fond bien pardonnable. Il m'aimait, qu'importait l'âge, en effet ? Ne dit-on pas qu'il n'y en a pas pour aimer ? Et puis Macerf était loin d'être un vieillard ! Mais j'étais trop obstinée et aveuglée par mon ressentiment. Je montai en selle et donnai des coups de talon dans les flancs de Princesse. C'est alors qu'il cria :

— Je t'attendrai, Emma, chaque dimanche à la chênaie !

Tout au long du chemin, ses paroles rebondirent contre les parois de mon crâne.

Cette nuit-là, il y eut un fracassant orage – le premier de la saison. Au matin, le ciel était encore envahi de gros nuages blancs que des vents contraires s'amusaient à pousser d'un côté et de l'autre, laissant passer entre eux de fugaces éclisses de soleil. Quelques vapeurs roses montaient des ravins et s'évaporaient doucement. Ce calme faisait planer une sorte de menace, comme si la nature attendait un autre coup d'éclat.

Le ciel resta incertain jusqu'en fin de matinée, mais vers midi, les nuages s'amassèrent de nouveau pour ne former qu'une immense tenture qui vira très vite du blanc au violet. Un grand souffle de vent passa, un éclair foudroya l'horizon, de grosses gouttes crépitèrent un peu partout. La toile céleste se déchira et des trombes d'eau s'abattirent sur la contrée dans un grondement de tonnerre.

Ce déluge dura plusieurs jours. Dans les moments d'accalmie, on entendait le roulement des eaux de la Saline que l'écho des gorges propageait jusqu'au domaine. Je restais oisive, l'esprit songeur et le cœur étreint. Je ne cessais de penser à Macerf et, bien que le désir de le revoir me tenaillât, je laissais ma rancœur mener le bal. Le dimanche arriva et je ne me rendis pas à la chênaie.

Je n'eus affaire à mes ouvriers qu'à l'heure de la traite, parce que j'aimais me rendre à l'étable par temps de pluie. J'allai aussi voir le râteau faneur que Gerfaut et Christian avaient, à ma demande, acheté en mars. Les ouvriers n'attendaient plus que la fenaison, mais ils étaient soucieux de l'impact des orages sur le foin. Si le mauvais temps perdurait, la récolte en souffrirait ! Pendant les heures creuses, je tins également souvent compagnie à Marie. J'avais donné quinze jours de congés à Renée, qui venait de perdre son père. Elle avait souhaité se rendre chez sa mère, qui puisait un grand réconfort dans la présence de Yanis. Je n'avais donc pas confié mon histoire à mon amie et pas davantage à Marie, déjà bien préoccupée par ses rhumatismes qui empiraient. Je tergiversais constamment, en proie à ma rancune et mon amour.

Le temps s'améliora le samedi. Dès le matin, le ciel ouvrit ses courtines et le soleil fit son premier clin d'œil. La nature se tendit vers cet astre brûlant et s'ébroua. La terre regorgeait d'eau. De grandes flaques luisaient çà et là, et des ruisselets nouveaux couraient à travers champs pour aller se jeter dans la Saline. De petits criaillements d'oiseaux se firent entendre, bientôt suivis de battements d'ailes, et la brise souleva l'exquise exhalaison des fleurs. J'errai dans le parc tout le jour, y cherchant l'apaisement et l'oubli d'Yves Macerf. Las, le retour du beau temps me fit l'effet inverse : mes souvenirs revenaient en nombre, je nous revoyais couchés dans la chênaie, chez lui à discuter en écoutant de la musique, et durant toutes ces heures que nous avions passées ensemble. J'eus beau tenter de chasser l'image de Macerf, elle finissait toujours par resurgir. « Je t'attendrai chaque dimanche à la chênaie » : ces mots résonnaient autant que dix jours auparavant !

Le lendemain matin, mon instinct ou ma petite voix m'incita à descendre à la chênaie. Après le petit-déjeuner, j'allai donc seller Princesse et dévalai le sentier au trot. Je liai la longe de la jument à l'orée du bois et pénétrai sous les arbres, le cœur bringuebalant, l'œil et l'oreille aux aguets. Dans l'ombre mouchetée de soleil, je ne distinguai que les silhouettes des chênes et n'entendis que le grondement de la rivière. Je marchai à pas nonchalants jusqu'à l'alcôve où nous nous étions aimés. Je la contemplais, un peu hagarde, quand un bruit derrière moi me fit sursauter. Je vis Macerf s'extraire d'un fourré. Il tenait son fusil, canon dirigé vers le sol.

— Je t'ai fait peur, Emma ?

— N'était-ce pas votre intention quand vous avez déboulé ainsi des buissons ? demandai-je d'une voix hautaine.

Un rai de soleil tombait sur lui. À l'ombre d'un chapeau couleur havane à bords relevés comme ceux des cow-boys, son visage paraissait austère et le bleu de ses yeux presque mauve. Ils brillaient étonnamment. Ses lèvres s'entrouvrirent pour répondre mais son attention fut soudainement attirée au fond de la chênaie.

Intriguée, je lorgnai dans la même direction et j'aperçus un cerf entre deux bouquets de chênes, à une cinquantaine de mètres de nous. Élégant et racé, il avait la tête fière et de grands bois. J'eus l'impression qu'il me fixait de ses magnifiques yeux dorés. J'étais captivée. À côté de moi, j'entendis un mouvement et le claquement de la crosse du fusil. Mais, au même moment, une voix parut s'élever de l'endroit où était l'animal.

— Emma, Emma… tu te souviens ?

J'étais tétanisée. Le cerf semblait parler, et il s'adressait à moi avec la voix de Thomas !

— Emma… Emma… tu te souviens… Gléba… Il y a bien un après, mais tu dois être heureuse sur cette terre, Emma, Emma.

Du coin de l'œil, je vis le fusil se lever. Je pivotai et, comme il visait l'animal, je le heurtai à deux mains. Le coup partit. Mon attention se reporta aussitôt sur le cerf, qui détalait entre les arbres en direction de la combe. Je crus que la balle l'avait frappé et je lançai un regard furibond à Macerf avant de m'élancer aux trousses de l'animal.

— Emma ! entendis-je crier. Que se passe-t-il donc ? Je ne voulais pas tirer ! Je ne l'ai pas touché…

Mais je continuais ma course folle sous les chênes, en proie à des émotions indescriptibles encore aujourd'hui. J'en étais persuadée, Thomas m'avait visitée dans mon sommeil quelques mois plus tôt… et maintenant, la même voix sortie de nulle part m'assurait que l'être humain revit, que tout doit mourir et que, pourtant, rien ne peut cesser ! Tandis que je courais, je n'avais à l'esprit que la première partie du message, qui m'était justement transmis à un moment de ma vie où le jour ne parvenait pas à se faire dans mon esprit.

Je dévalai la pente en bordure de la chênaie, en direction des gorges où bondissait la Saline. Le cerf était là-bas. Il s'arrêta et, une nouvelle fois, ses yeux dorés me fixèrent. La voix retentit :

— Emma, sois heureuse ici-bas avant de trouver le bonheur éternel sur Gléba.

Mon Dieu ! Étais-je en train de rêver ? L'animal sauta sur la rive. Je repris ma course et me jetai à mon tour sur les rochers. Le cerf avait disparu. Je marchai sur les pierres glissantes en sondant les flots impétueux. Rien ! Je me penchai, mais mon pied dérapa et je glissai. Je fus attirée vers le fond et heurtai des galets. Je remontai à la surface et tentai de rejoindre la rive, en vain ! Le courant m'emportait vers des rapides plus vifs encore. J'étais roulée, cahotée, malmenée.

À plusieurs reprises, ma tête émergea et je me débattis contre le courant, mais bientôt, mes forces déclinèrent. J'avalais beaucoup d'eau, je coulais. J'eus alors la conviction que j'allais mourir. À cet instant, les paroles que je venais d'entendre vibrèrent dans mon cerveau. Un écran noir tomba devant mes yeux ; ma vie s'y déroula rapidement, en particulier les épisodes douloureux qui l'avaient jalonnée. Et je n'eus plus peur. Qu'importait la mort ! J'avais assez souffert, et puis ce message ne m'avait-il pas été envoyé afin que je puisse m'acheminer tranquillement vers cet ailleurs, vers Gléba ? Je ne résistai plus. J'eus simplement le temps d'entrevoir des frondaisons et un coin de ciel bleu avant que les eaux ne se rabattent sur moi.

J'étouffais quand, soudain, je me sentis tirée des ténèbres par des bras puissants. Ma tête émergea, ma poitrine se remplit d'air. J'entendis la voix affolée d'Yves.

— Emma, tiens-toi à moi, respire ; je t'aime, Emma, reviens, je t'aime tant !

D'autres mots résonnèrent dans ma tête : « Sois heureuse ici-bas. » Les notes sublimes de Strauss s'élevèrent d'un coup au milieu des flots. J'ouvris les yeux. Je vis tout d'abord le ciel limpide, les cimes vertes des arbres, les escarpements couverts de fleurs… puis je le vis, lui, qui me faisait face ! Son visage mûr et contracté, son regard azur et angoissé, ses cheveux argentés ruisselants d'eau... Bien que je n'eusse plus peur du trépas, j'ai su que je devais repousser la mort et choisir l'amour.

Tu vois, Aurélie, on ne peut accepter la mort qu'à l'heure où il est devenu impossible de s'y soustraire. Je voulais respirer le même air que cet homme, revoir avec lui le soleil, les fleurs et tout ce qui compose notre monde ! Je voulais lui dire combien il était précieux à mon cœur et à mon âme.

Je m'agrippai donc à Yves, nouai mes bras autour de son cou, me serrai contre son torse. Je n'avais plus qu'une pensée en tête, qu'un désir au cœur : franchir avec lui les portes de notre ciel tout repeint de bleu. J'aimais cet homme, Aurélie... ton grand-père.

Épilogue

La jeune femme relève la tête du cahier et pousse un long soupir. Les derniers mots sont à peine lisibles. « Sans doute son arthrose », se dit Aurélie. Elle dirige son regard embué vers la fenêtre. Le soleil est levé depuis longtemps, une petite brise de printemps l'accompagne. Des souvenirs remontent dans la mémoire de la jeune héritière, datant de l'époque où elle était petite fille et venait au domaine avec son père. Julien Macerf avait toujours aimé La Tranchère, mais pas autant qu'elle ! Combien de fois avait-elle couru dans le parc, avec son grand-père Yves et Emma ! Combien d'heures elle y avait passé, seule, quand elle était comme Emma en proie à la tristesse. Ainsi, sa grand-mère avait connu d'autres amours et elle avait souffert ! Avec Yves Macerf, en revanche, le bonheur avait duré presque trente ans.

Aurélie pousse un autre soupir et pose le cahier sur la table. Elle parcourt la pièce du regard, croyant entendre le rire d'Emma et la voix de Marie, qu'elle n'a pas connue. D'un pas engourdi, elle marche jusqu'au perron, scrutant tout sur son passage. La brise lui souffle au visage son haleine tiède et parfumée. Le soleil caresse sa peau et le chant mélodieux de la fontaine lui chatouille les oreilles. Elle descend l'escalier et emprunte l'allée d'un pas plus alerte. Parvenue à l'orée du parc, elle est arrêtée par le merveilleux concert des oiseaux. Elle lève les yeux : les frondaisons se mettent à tournoyer sous le ciel bleu. Dans leur valse, Aurélie voit le visage d'Emma. Elle sourit, heureuse… parce que rien n'est jamais fini, parce que l'amour, comme la vie et comme le temps, est éternel.

Cet ouvrage a été composé et mis en pages
par Facompo (Lisieux)

Impression réalisée par

CPI
FIRMIN-DIDOT

27650 Mesnil-sur-l'Estrée

en décembre 2012
pour le compte des Éditions de l'Archipel
département éditorial
de la S.A.S. Écriture-Communication

Imprimé en France
N° d'impression : 115846
Dépôt légal : janvier 2013